CE QU'EN PENSENT LES LECTEURS

« Exaltant. Original. Addictif. Monsters made of Magic rassemble toutes les caractéristiques d'un roman fantastique sensationnel. Vous serez vite immergés dans les aventures de Jezebel, sans parvenir à en sortir »
- Inès Heck, autrice de *La Sorcière Nockwell*

« Ce roman est un parfait mélange entre magie et mystère. On est plongé dans une intrigue unique et j'ai eu envie d'en savoir plus même après la toute dernière phrase. »
- Adélina Lauruol, autrice de *Moons & Sun*

« Magie, romance et mystère pour une lecture haletante ! L'auteure nous entraîne dans un univers sombre et mystérieux dans les pas d'une héroïne en quête de vérité. Les pages se tournent toutes seules à mesure que secrets et révélations s'enchaînent autour de personnages intrigants… »
- Charlotte Kleiber, autrice de *Terres de Kemet*

« L'auteure nous plonge dans une aventure dans le genre de la série "Legacies". Des étudiants, de la magie et des mystères, de quoi éveiller votre envie de découvrir la vérité. »
- Jessica Boutry, autrice de *Le Miroir : Eternity*

« Un univers bien rodé, une trame élaborée, une romance palpitante et des secrets intrigants. En clair, la recette explosive de ce roman. »
- JeVousLis, professionnelle de l'édition

« Dès le début de ce roman, j'ai compris que j'allais être embarquée dans une histoire super. Des personnages attachants et surtout réalistes et cohérents, un univers passionnant et maîtrisé, et une plume qui nous embarque avec une belle facilité. En bref, un roman à lire absolument qui ne vous laissera pas indifférent ! »
- Secretofabook, chroniqueuse

Correction : Colyne / Secretofabook
Couverture : Nicolas Jammoneau
Illustrations d'intérieur : Sila Draw
Maquette intérieure : Elin Bakker
Cartes intérieures : Elin Bakker - Pixabay

ISBN : 9798858987475
Première édition.

© 2023 Elin Bakker
Tous droits de traduction, de reproduction et d'adaptation réservés.

Le code de la propriété intellectuelle interdit les copies ou reproductions destinées à une utilisation collective. Toute représentation ou production intégrale ou partielle faite par quelque procédé que ce soit, sans le consentement de l'auteur ou de ses ayants cause est illicite et constitue une contrefaçon sanctionnée par les articles L335-2 et suivants du Code de la propriété intellectuelle.

Tous droits réservés à l'auteure Elin Bakker (aussi sous le nom de plume Rina B Owen).

Monsters Made of Magic

*À toutes les âmes bienveillantes
qui n'ont jamais demandé de comptes*

Académie
Covett

©ARCHIVES ACADÉMIE COVETT. REPRODUCTION INTERDITE

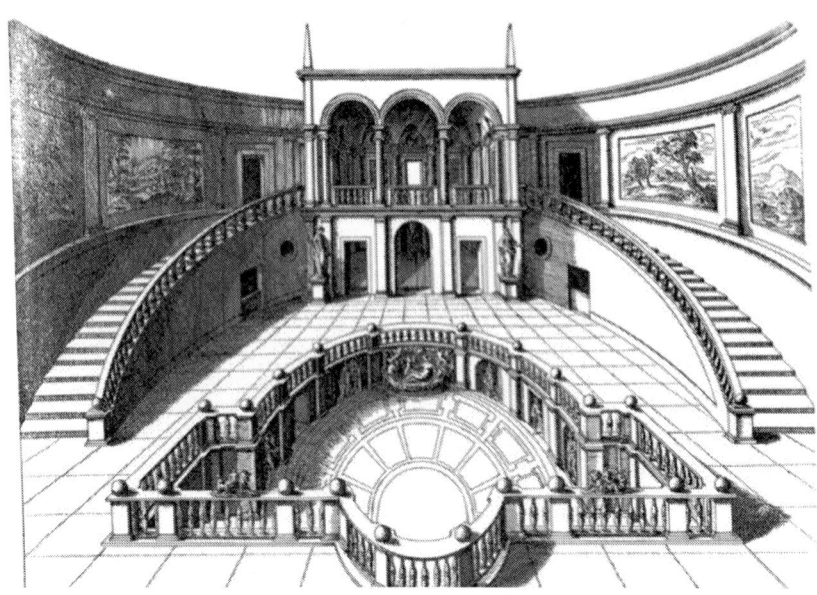

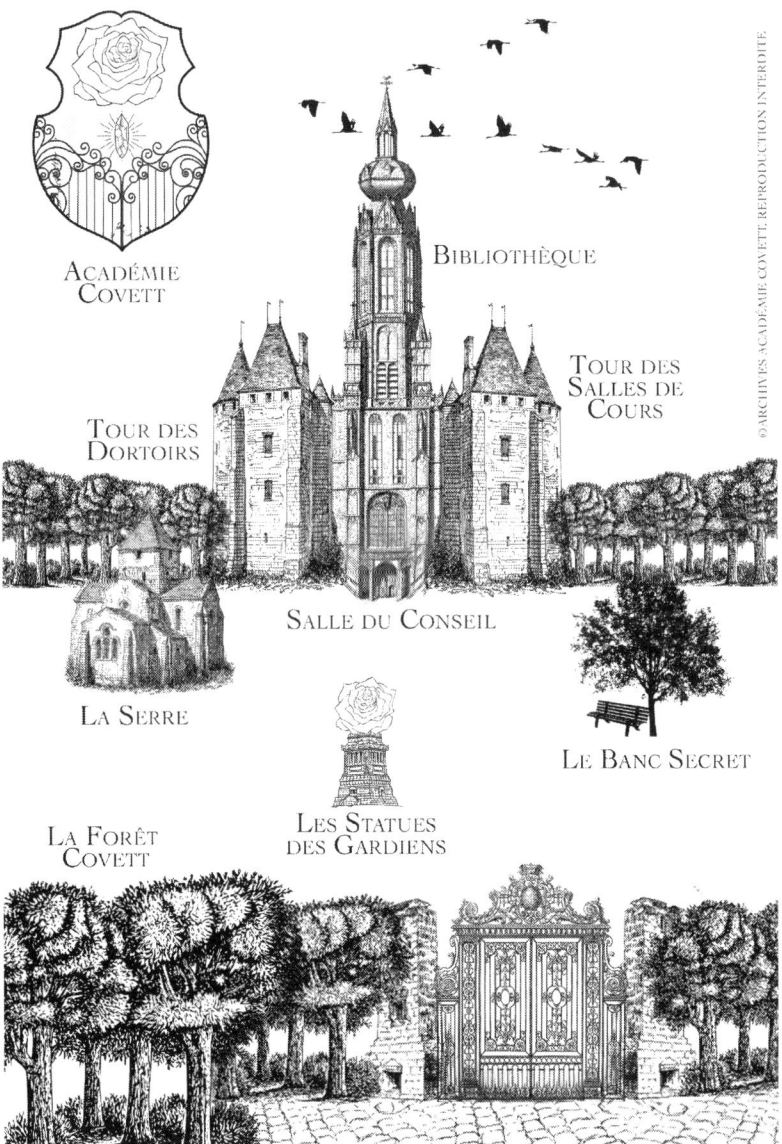

LES TYPES DE MAGES

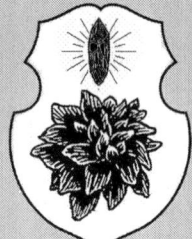

MAGES DIMENSIONNELS

PIERRE : ONYX
FLEUR : DAHLIA NOIR
GARDIEN : SIR HANDERS

MAGES DE SANG

PIERRE : RUBIS
FLEUR : ROSE
GARDIEN : DAME DUROY

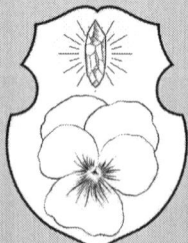

MAGES SCINTILLANTS

PIERRE : AMÉTHYSTE
FLEUR : VIOLETTE
GARDIEN : DAME SHIZUMI

©ARCHIVES ACADÉMIE COVETT, REPRODUCTION INTERDITE

Mages de Lumière

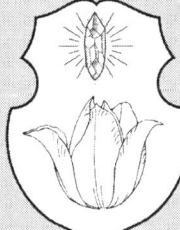

Pierre : Diamant
Fleur : Lys
Gardien : Sir Vyr

Mages des Rêves

Pierre : Topaze Impériale
Fleur : Tulipe
Gardien : Dame Kishi

Mages de Création

Pierre : Saphire
Fleur : Bleuet
Gardien : Sir Gödrindt

Mages Chasseurs

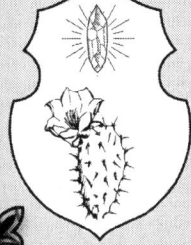

Pierre : Émeraude
Fleur : Cactus
Gardien : Sir Sevien

©ARCHIVES ACADÉMIE COVETT, REPRODUCTION INTERDITE

JESS HANDERS

The Chariot

KHALA GERMAIN

MATIAK SEVIEN

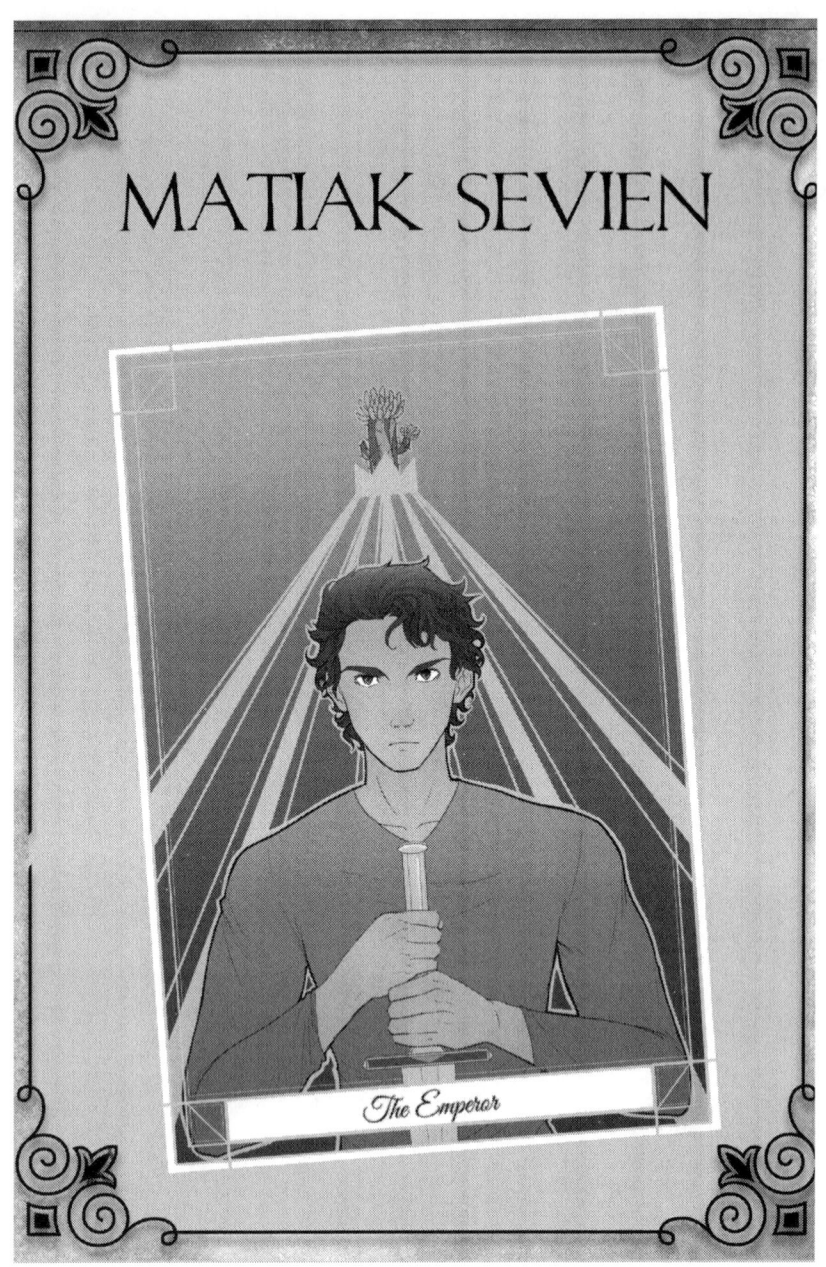

The Emperor

TORIN VYR

The Magician

LA PLAYLIST

- MAGIC
  1. Hurts like hell - Fleurie
  2. Waiting Game - BANKS
  3. Soldier - Fleurie
  4. The Other Side - Ruelle
  5. The world is waiting - Kat Leon
  6. Mind Games - 88rising & MILLI (ft. Jackson Wang)
  7. Things we lost in the fire - Bastille
  8. Fear and Loathing - Marina and The Diamonds
  9. The Tradition - Halsey
  10. Never let me go - Florence + the machine

- MONSTERS
  1. Haunting - Halsey
  2. Paint it, black - Ciara
  3. River - Bishop Briggs
  4. I'll make you love me - Kat Leon
  5. Love and war - Fleurie
  6. Monsters - Ruelle
  7. Vigilante Shit - Taylor Swift
  8. Whispers - Halsey
  9. Start a war - Klergy
  10. All I need - Within Temptation

©ARCHIVES ACADÉMIE COVETT, REPRODUCTION INTERDITE

Prologue

Il pleuvait la nuit où Beth Handers s'est enfuit en sanglotant. Les ombres paraissaient être sur le point de la rattraper, de la dévorer. Depuis l'obscurité, des sourires dangereux n'attendaient que de la voir tomber à terre, prise en proie à l'étreinte étouffante de son crime.

Ses jambes brûlaient et sa vision devenait plus floue à chaque nouveau pas qu'elle fit en direction de la sortie. Des rires diaboliques résonnèrent dans son esprit, créant des vagues de frissons le long de sa colonne vertébrale.

Elle était si vulnérable, si faible. Une victime parfaite aux yeux des créatures qui l'entouraient. Alors, pour sauver la vie de son cher secret, elle accéléra autant qu'elle le pouvait en poussant un cri de guerre.

Ses mèches collaient à son front, imbibées des gouttes de pluie ruisselant le long de son visage devenu livide. Son maquillage noir traçait des larmes obscures de ses yeux jusqu'à son menton, accentuant la rage et la détermination brillant dans son regard.

Elle serra les poings et ne se retourna pas une seule seconde, avant de franchir l'immense portail en fer et de s'éloigner dans la forêt qui l'avait autrefois tant effrayée.

À présent, aucun lieu ne pouvait la terrifier plus que celui qu'elle venait de quitter.

MAGIC

Effet qui semble surnaturel, irrationnel, par la force, l'intensité du sentiment, du plaisir, de la satisfaction qu'il procure.

Chapitre 1

Assise devant son ordinateur, Jess attendait avec impatience le mail qui changerait sa vie. Depuis des semaines, elle n'avait quasiment pas dormi à cause de la période d'admissions qui approchait. Alors, maintenant qu'elle était sur le point de recevoir la réponse de Harvard, elle se trouvait dans un état des plus étranges. Une partie d'elle avait envie de partir en courant, de se cacher. Une autre était impatiente d'ouvrir le courriel décisif.

Elle n'avait jamais fait la fête, n'avait pas eu de relation amoureuse, avait passé ses journées à étudier et à s'adonner à des activités extra scolaires. Tout ça dans l'espoir de rejoindre les bancs de Harvard un jour.

Sa mère faisait de son mieux pour donner une bonne éducation à sa fille unique, mais son salaire de secrétaire était loin de pouvoir payer une admission à une Ivy League School. De ce fait, Jess s'était obstinée à devenir une Honor Student, à être invitée à rejoindre un tel établissement gratuitement en obtenant une bourse.

Afin d'y parvenir, elle avait toujours atteint les meilleurs scores de son lycée, sans jamais faillir. Peu importe si ça la rendait peu sympathique aux yeux des autres élèves. De toute façon, les occupations d'adolescents ne l'intéressaient pas. Elle aurait tout le temps de s'amuser une fois qu'elle aurait décroché un bon travail avec un salaire qui lui permettrait de partir en vacances à des destinations lointaines. Une fois que sa mère serait financièrement à l' abri. Elle s'était toujours battue pour son enfant et il était temps qu'elle lui rende la pareille.

Depuis toute petite, Jess s'était donné comme objectif d'être la meilleure. Il n'y avait de la place dans son cœur et son esprit que pour la victoire.

Toutefois, afin de financer ses cours particuliers nécessaires pour maintenir son niveau, elle avait décroché un petit boulot dans un Coffee Shop non loin de chez elle. Chaque week-end, elle y travaillait les après-midis, ce samedi-là inclus.

Elle espérait donc que le mail de Harvard arriverait avant qu'elle ne doive partir se préparer à sortir. Stresser n'était pas dans ses habitudes, mais face à un tel enjeu, il était compliqué de garder son calme.

Elle avait l'impression que ça faisait des heures qu'elle fixait l'écran de son ordinateur, alors qu'elle ne s'était levée de son lit que quelques dizaines de minutes plus tôt. Incapable de dormir une seconde de plus, elle s'était immédiatement assise derrière son bureau avec les yeux rivés sur les pixels de sa boîte email.

Sa chambre était à peine décorée si ce n'était par les grands cadres que sa mère y avait accrochés. Elle les avait achetés pour son anniversaire et ils contenaient des photos en noir et blanc de Paris. La jeune fille s'était promis d'emmener un jour sa mère dans cette ville qui la faisait tant rêver, même si elle-même n'en voyait pas l'attrait. Toutes les villes étaient les mêmes, après tout. Des bâtiments, des magasins, des musées, des bureaux. Rien de bien spécial.

Lorsqu'elle était petite, Jess avait imaginé sa mère vivre dans les rues de la capitale française, son mari au bras. Elle avait rapidement fini par comprendre que sa génitrice n'avait jamais été mariée et que son père ne leur reviendrait pas. On ne le lui avait jamais explicitement dit, mais tous les indices indiquaient qu'il avait pris la fuite dès l'annonce de la grossesse. C'était peut-être une des raisons pour lesquelles Jess était indifférente face aux relations amoureuses. Elle avait vécu le pire des exemples.

Sur son bureau se trouvaient posées des lettres en bois qui formaient le nom « Jezebel ». C'était ainsi que sa mère l'appelait depuis toute petite, même si c'était bel et bien Jess Handers qui était écrit sur ses papiers d'identité. Au fil des années, ce surnom atypique était devenu leur secret.

Soudain, alors qu'elle était perdue dans ses pensées, un son électronique se fit entendre. Elle vit aussitôt apparaître le nom « Harvard » en haut de sa longue liste de mails.

Sa gorge devint sèche et un nœud se forma dans son estomac. Elle qui était toujours si stoïque et contrôlée, se retrouva emprisonnée par ses doutes et les battements effrénés de son cœur. Cet instant avait existé des centaines de fois dans son imagination, mais le voir devenir réalité était tout autre chose.

Elle ne s'était pas une seule fois demandé ce qu'elle ferait si on la refusait, si elle avait travaillé d'innombrables heures pour rien. Si son monde entier s'écroulait du jour au lendemain.

À vrai dire, elle était terrifiée à l'idée d'affronter cet instant fatidique qu'elle avait tant attendu. Pourtant, son visage resta de marbre, comme à son habitude.

Elle inspira profondément en posant sa main sur le touchpad de son ordinateur et porta la souris jusqu'au mail qu'elle venait de recevoir. Consciente qu'il n'y avait plus de retour en arrière possible, elle cliqua sur l'onglet et commença à lire la lettre qu'elle contenait.

Les dés étaient jetés.

CHAPITRE 2

Debout derrière le comptoir du Coffee Shop, Jess ne parvenait pas à effacer une seule seconde son sourire de ses lèvres. Ses collègues la fixaient d'un air confus, peu habitués à la voir de si bonne humeur.

En général, elle était froide et ses traits figés. Étant une personne très rationnelle, les émotions n'étaient pas son fort. Puis, le fait qu'elle se fichait royalement de l'avis des autres y était également pour quelque chose.

À présent, une seule pensée restait dans son esprit : elle avait été acceptée à Harvard ! Elle avait obtenu sa bourse tant convoitée !

Elle peinait à y croire et manquait de crier de joie dès qu'elle se ressassait les mots de la lettre d'acceptation.

« Chère Jess Handers… votre dossier a su se démarquer… votre volonté d'explorer plusieurs activités et passions extra scolaires est inspirante… vos distinctions académiques

remarquables… nous serions honorés de vous compter parmi nos élèves à la prochaine rentrée. »

En réalité, elle n'était pas particulièrement attachée aux activités qu'elle avait pratiquées en dehors des cours, mais elle n'en avait rien fait remarquer dans sa lettre de motivation. Au contraire, elle avait joué la carte de la jeune fille engagée et motivée. Ç'a bien payé !
Elle n'avait personne d'autre que sa mère avec qui partager ou fêter la nouvelle et le lui avait annoncé dès qu'elle l'avait croisée au petit-déjeuner. De la joie et du soulagement avaient alors envahi la maison entière. Une part d'elle souhaitait crier l'annonce sur tous les toits, mais puisqu'elle ne possédait pas d'amis, tout le monde s'en ficherait. Pour la première fois, elle ressentait la solitude de la bulle qu'elle s'était créée au fil des années. Son accomplissement passerait inaperçu aux yeux des autres.
Un jeune homme entra dans le Coffee Shop au moment où elle se trouvait à la caisse et elle l'accueillit avec un sourire miraculeux collé aux lèvres. Il le lui retourna, avant de porter le regard sur le menu suspendu au-dessus du bar en bois.
Il paraissait chercher quelque chose, mais Jess ne fit pas l'effort de l'aider. Elle n'avait aucune envie de se lancer dans l'énumération d'une liste de recommandations dont elle n'avait jamais rien goûté. Bientôt, à Harvard, elle n'aurait même plus à y penser.
Le client porta enfin de nouveau son regard vert sur elle. Une lueur inhabituelle était logée dans ses iris. Elle

était comme hypnotique, mais Jess ne se laissa pas envoûter.

— Avez-vous choisi ? lui demanda-t-elle d'une voix neutre.

Ce n'était pas parce qu'elle était de bonne humeur qu'elle s'adonnerait à de la fausse hospitalité. Dès qu'elle aurait l'occasion de s'éclipser de cet endroit, elle le ferait. Mais, avant ça, elle devait encore payer ses cours de l'été qui servaient de remise à niveau pour son arrivée à Harvard. Les vacances seraient remplies d'heures d'apprentissage si elle souhaitait se préparer correctement pour la rentrée et mettre toutes les chances de son côté.

— Je vais vous prendre un grand mocha, s'il vous plaît, lui annonça finalement l'homme.

Elle hocha la tête et sélectionna la boisson sur l'écran de la caisse.

— Autre chose ?

Il secoua la tête, agitant ses cheveux noirs bouclés.

— Ce sera tout, merci.

Sa bouche rosée s'étira en un beau sourire qui dévoila ses dents blanches, accentuées par sa peau hâlée.

— Ça vous fera 4,99 dollars, s'il vous plaît.

— En espèces.

Espèces ? Qui utilisait encore des espèces à l'ère des payements sans contact ?

L'inconnu sortit cinq billets de 1 dollar de son portefeuille et les tendit à la caissière. Elle les attrapa par l'extrémité, évitant au maximum tout contact physique, et les plaça dans le tiroir de la caisse qui s'était ouverte.

Puis, elle posa la monnaie sur le comptoir que le client récupéra aussitôt.

— On vous appellera lorsque ce sera prêt, lui indiqua-t-elle ensuite.

Il hocha la tête et se décala sur le côté, les bras croisés. Cette position lui donnait un air sévère malgré ses traits en apparence sympathiques.

Jess valida la commande et vit une de ses collègues s'activer derrière le comptoir. Quelques minutes plus tard, c'était au tour du client de la récupérer.

Alors que Jess lui tendait le gobelet en carton, cherchant une serviette à y ajouter, l'homme glissa délicatement ses doigts sur les siens.

Un frisson des plus désagréables traversa aussitôt l'organisme entier de la jeune femme, comme si on venait de l'électrocuter. Elle écarquilla les yeux en retenant un cri de douleur, ayant l'impression que sa chair s'embrasait. Et ce n'était pas à cause de la boisson chaude qu'elle tenait.

Elle peina à respirer correctement, alors que la sensation désagréable poursuivit son chemin le long de son bras. Ses muscles se contractèrent jusqu'à lui faire mal et sa vue se brouilla graduellement. Ses poumons se mirent à brûler, lui donnant l'impression de se noyer.

Par instinct de survie, elle lâcha le gobelet, dont le contenu éclaboussa le comptoir, et se détourna du client en se précipitant vers les vestiaires des employés. Ses pas étaient incontrôlés et elle se heurta violemment l'épaule contre l'embrasure de la porte durant sa tentative de fuite.

Ses collègues l'observèrent avec les sourcils froncés, sans pour autant l'assister. L'un d'entre eux attrapa un chiffon pour nettoyer le mocha qui avait coulé partout, restant professionnel face aux clients.

C'était ce qui arrivait quand on manquait d'amis. On se retrouvait seul avec personne vers qui se tourner.

***

Installée en position fœtale dans les vestiaires, Jess avait du mal à contrôler les vagues de chaleur qui l'envahissaient tout entière. Elle avait l'impression qu'un circuit électrique venait d'être intégré dans ses muscles, les poussant à se contracter douloureusement encore et encore. Ses dents claquaient et elle tremblait comme une feuille, envahie par la sensation qu'on lui enfonçait des aiguilles dans les poumons à chaque fois qu'elle inspirait. L'esprit embrouillé et le crâne brûlant, elle marmonna en boucle des « tout va bien » sans même s'en apercevoir.

À son grand bonheur, aucun de ses collègues n'était venu la déranger. C'était l'avantage d'être mal-aimée. Au moins, ils ne pouvaient pas se moquer de son état pitoyable.

La jeune femme aimait les justifications rationnelles, scientifiques, exactes, car elles étaient concrètes. Cependant, peu importe dans quel sens elle tournait la situation, rien n'expliquait ce qu'elle ressentait à ce moment-là.

Ç'aurait pu être un coup de foudre si ça n'avait pas fait aussi mal. Et si elle n'avait pas été une personne aussi apathique.

Jour après jour, elle était convaincue que la peur était le pire ennemi de n'importe quel individu, qu'elle le conduisait à la folie et aux décisions irréfléchies. Pourtant, elle ne pouvait pas s'empêcher d'être envahie par cette émotion si primitive. Avec ses yeux écarquillés et sa respiration rapide, on aurait pu la prendre pour un animal sauvage.

Soudain, une des portes de la pièce s'ouvrit et elle espéra qu'on ne l'approche pas. À son grand malheur, c'était exactement ce que le nouveau venu fit.

Lorsqu'il s'accroupit auprès d'elle, elle comprit qu'il était le client de plus tôt. Celui qui l'avait plongée dans son agonie. Elle aurait aimé reculer, mais était immobilisée par l'angoisse et la douleur. Comment avait-il pu accéder à l'espace réservé au personnel ? Qui était-il ? Comment la connaissait-il ? L'avait-il droguée ?

— Tu sais, je devrais te tuer comme tous les autres. Tu es un vrai danger.

Il releva le menton de son interlocutrice à l'aide de son index afin qu'elle le regarde dans les yeux. Un rictus ornait ses lèvres et ses iris verts scintillaient, traversés d'une lumière iridescente tout sauf naturelle. Il ne devait pas être beaucoup plus âgé qu'elle, mais sa carrure large lui donnait un air mature.

Jess sentait son cœur battre contre ses tempes et tentait de bouger ses bras dans l'espoir de pousser l'homme sur le côté et de lui échapper une fois de plus.

Elle n'y parvint pourtant pas, figée à l'intérieur de son propre corps.

Son interlocuteur paraissait se délecter de la panique qu'il lisait au fond de son regard.

— Mais ils ont encore besoin de toi, poursuivit-il en approchant son visage vers celui de sa victime.

Jess avait le sens du détail et mémorisait les odeurs mieux que n'importe quoi d'autre. Toutefois, elle était incapable de distinguer le parfum de l'inconnu tant son esprit était rempli de chaos. Il approcha sa bouche de son oreille, la réchauffant de son souffle.

— J'espère qu'ils me laisseront quand même le plaisir de t'achever une fois qu'ils en auront fini avec toi. Un cercueil est le seul endroit au sein duquel tu mérites d'exister.

Si l'organisme de la jeune femme n'était pas pétrifié, elle aurait mis un coup de poing dans le visage de son nouvel ennemi. Ou elle aurait éclaté en larmes. Peut-être un peu des deux.

En même temps, elle se trouvait face à un lunatique, un fou ! Rien de cette situation n'avait de sens ! Surtout pas le fait que son propre corps la trahisse de la sorte.

L'homme était plus imposant et musclé qu'elle ne l'avait cru en l'apercevant de l'autre côté du comptoir. Même si elle parvenait à se mouvoir, elle ne pourrait jamais gagner un combat contre lui.

Mais c'était son aura qui la faisait trembler. Elle était menaçante, obscure, remplie de promesses de mort, et la jeune femme savait qu'il mettrait ses menaces à exécution dès que possible. Son instinct lui criait de fuir loin de lui et de ses tendances meurtrières. Elle n'avait jamais été aussi terrifiée d'un individu.

— Je n'ai pas de temps à perdre à t'expliquer quoi que ce soit. Les autres s'en chargeront.

Il passa son index sur la joue de son interlocutrice, y laissant une traînée brûlante. Elle avait l'impression qu'il était sur le point d'y creuser une plaie avec son ongle et un sanglot lui échappa. Son envie de la faire souffrir se reflétait dans son regard rempli de haine.

— Matiak Sevien. Retiens ce nom. Il te mènera à ta fin, petit monstre.

Monstre ? C'était lui qui lui disait ça ?

Lorsqu'il posa son doigt sur sa tempe, elle sentit un poids s'abattre sur son crâne et sombra dans l'inconscience.

Se trouvait-elle au sein d'un rêve ? Était-elle sur le point de se réveiller dans son lit ?

Harvard lui semblait si loin à présent.

Chapitre 3

La première chose que Jess entendit en se réveillant fut des murmures. En ouvrant doucement les paupières, elle remarqua qu'elle était allongée dans un lit qu'elle ne connaissait absolument pas.

Elle fronça les sourcils et bougea lentement ses doigts devant ses yeux, heureuse de découvrir que la douleur transperçante qu'elle avait ressentie plus tôt avait disparue. Avait-elle vraiment été réelle ? Est-ce que tout ceci n'était qu'un rêve, une hallucination ?

Elle se redressa et découvrit autour d'elle une chambre inconnue. Où se trouvait-elle ?

Quatre murs faits de pierre grise la gardaient prisonnière. En leur sein se situait le grand lit qui l'accueillait, ainsi qu'un meuble rempli de médicaments et fioles étranges. Une épaisse porte en bois la séparait de ce qu'elle devinait être la sortie.

Sur une des cloisons était accroché un blason rouge sur lequel figuraient un portail, ressemblant à celui d'un château, un cristal scintillant et une rose.

Quel était ce lieu si étrange où elle avait atterri ? Et, surtout, comment pourrait-elle s'en échapper au plus vite ?

De la panique envahissait son esprit. Elle était seule, perdue en plein milieu d'une pièce méconnue, après avoir été attaquée par un individu menaçant. Sa respiration était rapide, douloureuse même, et un nœud se formait au creux de son ventre. Elle aurait aimé se lever, courir jusqu'à la porte de sortie située de l'autre côté du lit, si ses jambes n'avaient pas été tétanisées. Son regard noisette partait dans tous les sens, alors que ses mains tremblantes se raccrochèrent aux draps qui la recouvraient malgré elle. Jess avait toujours été réactive, prudente, mais son cerveau ne paraissait pas fonctionner à sa capacité totale depuis son réveil. Elle était bloquée dans sa position actuelle, entourée par un décor si inconnu qu'elle ignorait que faire.

Face à son angoisse et incompréhension grandissantes, son cœur palpita et de la sueur envahit son front. Au fil des secondes de silence, elle sentit des étourdissements l'envahir. Elle avait l'impression qu'un poids pesait sur sa poitrine, qu'elle perdait le contrôle de ses pensées.

Elle avait besoin de voir quelqu'un, qu'on la débarrasse de cette sensation d'irréalisme qu'il la rongeait, qu'on lui démontre qu'elle se trouvait bel et bien dans la réalité. Son esprit peinait à assimiler si ce qu'elle avait vécu au Coffee Shop avait été réel ou non. Et si elle avait simplement déliré ?

— Elle est réveillée ! s'exclama une femme, avant de s'approcher de sa patiente en douceur.

Elle sortait tout droit d'une pièce avoisinante éclairée par la faible lumière de quelques bougies. Son parfum de roses flottait partout, indiquant qu'elle passait beaucoup de temps au sein de la pièce.

Ses cheveux noirs et bouclés flottaient autour de son visage affiné à la peau métisse. Chacun de ses mouvements était élégant et contrôlé. Elle n'avait rien de menaçant, mais Jess ne put pas s'empêcher de se figer en écarquillant les yeux d'un air terrorisé.

— Ne t'inquiète pas, je suis là pour t'aider, promit l'inconnue en levant les mains de façon inoffensive.

Elle ralentit sa cadence et s'approcha de manière plus douce, comme si elle faisait face à un animal apeuré. Jess, elle, ne la quitta pas une seule seconde du regard, sur ses gardes après ce qu'elle avait vécu au Coffee Shop.

Un uniforme enveloppait son corps aux belles courbes. Il était composé d'un pantalon tailleur blanc cassé ajusté et d'une veste écarlate et dorée qui rappela à Jess les représentations de mousquetaires qu'elle avait pu voir dans des livres d'histoire. Le buste de l'habit était assez court à l'avant, s'arrêtant juste au-dessus des hanches, et long à l'arrière, allant jusqu'en dessous des fesses. Des plis ajustaient la taille et de longues manches, évasées au niveau de l'avant-bras, ajoutaient de la fluidité à l'ensemble. Des bottes en cuir noir montaient jusqu'à ses genoux, recouvrant la moitié de ses jambes.

Après un instant d'hésitation, qui permit à Jess de s'habituer à sa présence et de se calmer, elle se racla la gorge. Elle articula chaque mot avec soin, adoucissant son ton pour mettre à l'aise son interlocutrice :

— Je souhaite m'assurer que tu ailles bien physiquement. Ton organisme a traversé un vrai choc et c'est mon devoir d'infirmière de certifier qu'il n'a pas laissé de séquelles. Maintenant que tes gènes magiques ont été activés, tu ne devrais plus avoir mal, mais si tu ressens encore des douleurs, n'hésite pas à me le dire. J'ai de quoi t'aider, la rassura l'inconnue en s'asseyant à côté d'elle sur le lit.

Jess fronça les sourcils et serra ses mains contre sa poitrine pour se protéger. Elle n'avait aucune envie qu'on la touche.

— Magiques ? demanda-t-elle, incrédule.

Bien que son rythme cardiaque se soit un peu calmé, elle avait toujours du mal à déglutir et ses joues rougies étaient encore brûlantes. Peut-être qu'un peu d'explications l'aideraient à relativiser ?

Son interlocutrice ouvrit la bouche, peu sûre de comment elle devait aborder le sujet. Elle n'en avait visiblement pas l'habitude.

— Je sais que ça peut paraître fou pour un habitant de ton monde, mais...

De son monde ? Une vague de sueurs froides parcourut son échine à l'entente de ces paroles énigmatiques.

L'inconnue hésita, consciente que ce qu'elle avait à annoncer serait choquant.

— Disons que... tu n'es plus vraiment chez toi. Les codes de cette dimension sont différents, ils changeront la vision que tu as des choses. Mais... on t'expliquera bientôt tout ça plus en détail. Ne t'inquiète pas.

C'était la seconde fois qu'elle lui répétait de ne pas s'alarmer. Est-ce que ça signifiait qu'elle devait faire le contraire ?

Muette, Jess n'osa pas lui avouer qu'elle ne comprenait toujours pas la situation. Elle tentait de retenir du mieux qu'elle le pouvait la sensation d'horreur qui envahit progressivement son organisme, sachant qu'indiquer le ridicule des paroles de son interlocutrice était inutile. Il ne fallait jamais dire à un fou qu'il était fou.

— Vous m'avez... kidnappée ? demanda-t-elle, hésitante, en serrant les poings jusqu'à s'en faire mal.

Elle se souvenait de son client du Coffee Shop, de sa façon de la menacer. Faisait-il partie d'une secte de fanatiques du surnaturel ? Rien que s'en souvenir lui donna un haut-le-cœur.

Elle aurait aimé pouvoir y croire, mais quelque chose au fond d'elle avait changé et elle le savait, elle le sentait jusqu'au sein de sa moelle épinière. Les sensations qu'elle ressentait dans cette pièce étaient au-delà de tout ce qu'elle avait pu percevoir chez elle. C'était un élément mystique... différent. Comme des vibrations dans l'air qu'elle n'avait jamais ressenti auparavant. Elle ne trouva pas les mots pour le définir et la situation incompréhensible la terrifia.

— Pas vraiment. Disons plutôt que tu te trouves enfin à ta vraie place. Celle que ta lignée de sang occupe depuis des siècles.

Qu'est-ce que ses origines avaient à voir dans tout ceci ? Était-ce à cause de son père qu'elle se situait là ? Était-ce pour fuir ces personnes mal ajustées qu'il avait abandonné sa mère lorsqu'elle était enceinte ?

La jeune femme secoua la tête dans l'espoir de se sortir ces pensées absurdes de la tête. Non. Elle était dénuée d'un père, il n'existait pas à ses yeux et elle se força à arrêter de lui inventer une vie. Les personnes qui l'avaient enlevée avaient sans le moindre doute fait des recherches à son sujet afin de mieux pouvoir la manipuler, mais elle ne se laisserait pas faire. Il était facile de découvrir qu'elle avait été élevée par une mère unique.

Peu convaincue, Jess ne tarda pas à se forcer à retrouver son habituel stoïcisme, évitant d'exposer ses faiblesses à son potentiel ennemi. Toute émotion s'effaça de ses traits, mais ses jambes et mains tremblaient encore sous ses draps, trahissant son inquiétude.

— Est-ce que je reverrai ma mère bientôt ? Sait-elle que je vais bien ?

C'était la seule chose qui la préoccupait à ce moment-là. Penser à sa mère lui permettait de garder les pieds sur terre dans cette situation plus que déconcertante.

Silence. C'était visiblement la dernière question à laquelle son interlocutrice s'était attendue. Elle ne cacha pas son air confus.

— Ce sera compliqué.

Jess serra la mâchoire, inquiète. Difficile ? Pourquoi ? La garderaient-ils prisonnière jusqu'à sa mort ? Son cœur se remit à battre contre ses tempes et un gouffre glacial prit place dans sa poitrine. Elle retint du mieux qu'elle le pouvait les larmes qui lui montèrent aux yeux, prise au piège entre l'effroi et le besoin de paraître forte. Elle s'y était toujours obligée pour ne pas exposer ses tourments à sa mère qui travaillait au quotidien jusqu'à l'épuisement. Moins sa fille était un fardeau, mieux leur petite famille brisée se portait.

— L'homme que tu as rencontré plus tôt a activé quelque chose en toi. Une partie longtemps endormie et dangereuse, expliqua l'infirmière sans bouger d'un millimètre.

Elle avait trop peur d'effrayer sa patiente si elle s'approchait d'elle.

Le souvenir du client terrifiant dansait devant les yeux de Jess et elle peinait à masquer son malaise. Elle aurait préféré ne jamais le croiser, lui, ses menaces et la douleur qu'il avait fait naître en elle.

— Si elle est si dangereuse, pourquoi l'« activer » ?

— Parce que nous devions savoir si tu portais vraiment en toi le gène magique.

— Et j'aurais pu vivre ma vie en paix si vous m'aviez laissé tranquille ?

Nouveau silence. Cette fois-ci, il en disait long. Des sueurs froides, accentuées de regret, submergèrent sa raison.

Afin de briser la tension flottant dans la pièce, l'infirmière claqua des doigts, faisant naître une étincelle blanche. Elle se pencha lentement en direction de son interlocutrice, prête à inspecter son état de plus près comme son métier l'exigeait. Choquée par cette apparition inexplicable, Jess croisa les bras, écarquilla les yeux et s'écarta brusquement pour éviter que l'on ne la touche. Ce qu'elle venait de voir n'avait rien de naturel !

À moins que ce ne soit une illusion ?

Elle serra les dents sans quitter la lueur surnaturelle du regard.

— Que... qu'est-ce...

Sa voix tremblante mourut dans sa gorge, poussant la femme en face d'elle de cacher sa main derrière son dos.

— Tu n'as aucune raison d'avoir peur, nous sommes là pour t'aider à comprendre ce qu'il t'arrive... et te soutenir.

Elle lui sourit avec bienveillance, mais l'appréhension ne quitta pas l'esprit de Jess.

— Pourquoi l'homme venu me chercher ne m'a-t-il pas tuée comme les autres ? demanda-t-elle aussitôt en espérant que sa question distrairait assez son interlocutrice pour qu'elle oublie de l'ausculter.

À son grand bonheur, l'inconnue recula d'un coup sec, effrayée et confuse par cette interrogation atypique.

— Que sais-tu au sujet des autres ? articula-t-elle d'un air détaché.

Toute gentillesse s'évanouit de ses traits chaleureux.

— J'espérais que vous pourriez m'en dire plus. L'inconnu qui m'a « activée » les a mentionnés.

La femme grommela quelque chose qui ressemblait à des jurons, avant d'inspirer profondément.

— Ils t'expliqueront tout dans peu de temps. En attendant, repose-toi autant que possible. Tu vas en avoir besoin.

Jess n'avait aucune envie de savoir ce qu'elle voulait dire par là, mais ne pouvait pas s'empêcher d'y entendre un avertissement. L'infirmière se leva et s'éloigna, la laissant à ses questionnements.

Avant de songer à une évasion hâtive, Jess allait devoir découvrir les possibles sorties du lieu duquel elle était prisonnière. Foncer tête baissée ne lui attirerait rien d'autre que des ennuis. De plus, ses jambes tremblantes n'étaient pas encore en état de la porter jusqu'à la porte de la pièce.

Chapitre 4

Guidée à travers de nombreux longs couloirs, Jess ne pouvait pas s'empêcher d'admirer la décoration afin de se distraire de la tension qui flottait dans l'air. Ses mains étaient moites et son estomac noué, mais elle se raccrochait à l'idée qu'on lui expliquerait bientôt la situation. L'angoisse qui l'avait paralysée plus tôt s'était atténuée, sans pour autant complètement la quitter. Après tout, rien de ces circonstances n'était ordinaire et être anxieux n'était donc pas anormal.

En attendant d'atteindre sa destination, elle se donna comme mission de mémoriser toute issue dont elle croiserait le chemin. Pour l'instant, son nombre stagnait inopinément à zéro. Sa confusion et son appréhension y étaient pour quelque chose.

On lui avait demandé de s'habiller du même uniforme que celui de l'infirmière. Elle avait obéi en silence, consciente que plus vite elle suivait les instructions qu'on lui donnait, plus vite on lui fournirait des réponses à ses questions. Depuis, qu'elle eût échangé ses vêtements de barista pour sa nouvelle tenue, elle n'arrêtait pas d'en ajuster la veste. Les bottes lui compressaient les pieds, mais c'était sûrement normal. Qu'en savait-elle ? Elle ne portait toujours que des baskets !

Elle aurait pu dire que ceux qui l'entouraient étaient fous, mais, à en voir ce que l'infirmière avait fait précédemment en claquant des doigts, elle commençait à douter. Ç'avait ressemblé à de la magie, à un phénomène surnaturel. Tout autant que les yeux iridescents de l'homme qui l'avait enlevée.

La plus plausible des explications était donc plutôt que Jess ait perdu la tête. Que ce lieu somptueux n'était qu'une illusion dans laquelle elle se réfugiait pour ne pas devoir faire face à la réalité ! Et cette alternative n'était pas rassurante du tout.

Est-ce que son acceptation à Harvard avait été réelle ? Elle commençait peu à peu à douter de ce qu'il s'était passé ces derniers temps.

Les gardes qui l'accompagnaient ne lui adressèrent pas le moindre mot ni le moindre regard. Ils portaient des masques qui cachaient l'intégralité de leurs visages si ce n'était pour leurs yeux. Avec leurs hauts à col roulé, leurs gants et leurs pantalons enfouis dans des bottes, pas une seule once de leur peau n'était visible. Jess se demanda même brièvement s'ils étaient humains et non pas des robots. Si ce lieu était une secte, elle possédait un sacré budget !

En tout cas, il était certain que ses escortes ne voulaient rien avoir à voir avec elle. Elle avait presque l'impression d'être contagieuse.

Elle n'avait parlé à personne depuis la femme qui l'avait accueillie lors de son réveil et les explications tant promises se faisaient bien attendre. L'étincelle ayant pris vie au bout des doigts de l'inconnue hantait son esprit. L'apparition lumineuse n'avait pas brûlé sa peau et avait plus ressemblé à de l'électricité qu'à une flamme. De l'électricité statique ? Non, sa lueur n'avait pas crépité. Peu importe dans quel sens elle tournait ce mystère, elle n'y trouva pas de réponse plausible.

Frustrée et inquiète, elle se changea les idées en observant les environs.

Les murs en pierre grise rugueuse rappelaient ceux d'un château ancien. Des peintures étranges y étaient accrochées, représentant des spirales noires dont chaque millimètre paraissait se mouvoir lorsque Jess les observait. Un frisson parcourut sa colonne vertébrale, alors que le visage de celui qui l'avait emmenée ici remonta à la surface de sa mémoire. Il avait possédé des iris hypnotiques ressemblant étrangement au fond vert d'un des tableaux.

La jeune femme n'avait jamais été claustrophobe, mais sentait sa respiration accélérer et son cœur se serrer à cette pensée. Chaque seconde qu'elle passait dans ces couloirs, elle avait l'impression que les murs étaient sur le point de se refermer sur elle tel un piège. Cependant, elle ne pouvait pas accélérer son pas puisqu'elle ignorait où elle allait.

Après de longues minutes, on la précéda dans une pièce circulaire dont elle peinait à croire la grandeur. Le plafond était si haut qu'elle devait lever la tête jusqu'à se faire mal à la nuque afin de l'apercevoir.

Des vitraux en forme de roses rouges éclairaient la pièce d'une lumière écarlate et des milliers de livres ornaient les murs. Leurs couvertures en cuir dégageaient une odeur agréable que Jess n'aurait jamais crue pouvoir sentir en vrai. À ses yeux, les lieux comme celui-ci n'existaient que dans les romans et les films.

C'était une indication de plus que cet endroit ne pouvait être qu'une création de sa propre imagination.

Au centre de la pièce était posée une table en bois massif entourée de six chaises. Chacune d'entre elles était occupée par un individu inconnu.

La jeune femme déglutit en espérant que tout se passerait bien. Elle n'avait aucune idée d'à quoi s'attendre.

Afin de cacher son angoisse, elle porta son regard sur les mosaïques sous ses pieds. Ces dernières représentaient plusieurs variétés de fleurs dont elle ne reconnut qu'une poignée. La botanique n'avait jamais été son fort. Toutefois, elle remarqua que la rose, qui paraissait être un symbole récurrent par ici, manquait à l'appel.

En s'en approchant un peu plus de la table en forme de croissant de lune vers laquelle on la menait, elle découvrit qu'une rose rouge sang figurait aux pieds des inconnus.

— Avancez. Installez-vous au milieu du cercle, lui ordonna soudain un de ses deux gardes.

C'était donc à ça que servait la design atypique de la table : jeter le prisonnier devant les regards accusateurs des six personnes assises autour de lui.

Jess inspira profondément en faisant de son mieux pour contrôler ses mains tremblantes. Elle avait toujours cru qu'elle serait impassible face à des situations critiques, qu'elle n'aurait rien de ces filles apeurées qu'on voyait dans les films. Elle était forcée de constater que ce n'était pas le cas.

Alors, pour ne rien trahir de ses pensées, elle n'observa pas une seule seconde les visages de ceux qui l'entouraient lorsqu'elle posa ses pieds sur la rose en mosaïque. Sa vue se brouilla brièvement, tandis qu'elle fut prise de vertiges liés à sa nervosité obnubilante.

Le regard rivé au loin, elle eut de plus en plus de mal à respirer.

— Jess Handers. Nous ne pensions pas devoir accueillir un jour un être au sang souillé comme vous au sein de notre Académie, commença une femme à la voix grave et hypnotique.

Sang souillé ? Académie ?

Jess ne put pas empêcher son regard de se porter sur le visage de son interlocutrice.

Cette dernière se tenait droite tel un pic, habillée d'une blouse blanche aux manches bouffantes. Des bijoux en or ornaient son cou, son front et ses poignets. Des pierres orange, sûrement des topazes impériales, y étaient incrustées et s'accordaient à ses iris de la même couleur. Une fois de plus, une lueur surnaturelle, iridescente, y était logée.

Ses cheveux noirs et ondulés brillaient sous la lumière des vitraux et des bougies qui illuminaient sa peau mate. Son regard accusateur était accentué par de longs cils et ses lèvres d'un rouge foncé qui laissaient transparaître le dégoût qu'elle ressentait envers son interlocutrice.

Il était évident qu'elle n'était pas ravie par sa présence ici.

— Je pense que ce que Dame Kishi souhaite dire est : bienvenue à l'Académie Covett. C'est un peu notre équivalent de Harvard, intervint soudain un homme à l'expression accueillante.

Il était chauve avec la peau très pâle, bien que son sourire accueillant faisait scintiller son regard d'un bleu surnaturel. Lui aussi portait des bijoux en or recouverts de pierres précieuses, cette fois-ci de couleur indigo.

Jess aurait aimé pouvoir expliquer tout ceci de façon rationnelle, mais avait compris que c'était proche d'impossible. Sa rencontre douloureuse au Coffee Shop, l'architecture majestueuse, les évocations de la magie, aucun des morceaux ne collaient dans son monde. Cependant, si on changeait les lois du possible, les éléments pouvaient s'imbriquer à merveille.

— Merci, répondit-elle finalement à l'homme au regard bleu, réticente.

Il était le premier à lui avoir fourni des informations intéressantes au sujet du lieu dans lequel elle se trouvait.

L'Académie Covett, songea-t-elle en se rendant compte qu'elle n'en avait jamais entendu parler auparavant.

— Je te prie d'excuser Sir Sevien pour ses méthodes... brusques. Nous n'avons pas l'habitude de recevoir des semi-magiques.

Jess se tourna en direction de l'homme en question et découvrit que « Sir Sevien » était le client du Coffee Shop. Elle serra les poings en faisant de son mieux pour contenir les vagues de terreur qui menaçaient d'envahir son organisme.

Des sueurs froides se frayèrent un chemin le long de sa colonne vertébrale et sa respiration, calme jusque-là, devint plus saccadée. Elle espérait que personne ne remarque sa réaction et se détourna aussi rapidement que possible de celui qui l'avait « activée ». Ses instincts de survie se rappelaient parfaitement du choc traumatique qu'il lui avait fait vivre. Et encore mieux des paroles menaçantes qu'il lui avait susurrées.

Le silence devint de plus en plus pesant, alors que la jeune femme se força à remettre son masque stoïque en place.

— Semi-magiques ? demanda-t-elle afin de changer de sujet.

Elle avait désespérément besoin de réponses.

Dame Kishi soupira de désespoir, comme si cette question était la dernière que Jess aurait dû leur poser.

Une seconde femme se leva alors. Elle était plus âgée que ses collègues, mais si ce n'était pour ses cheveux gris ou les petites rides aux coins de ses yeux en amande, ça ne se serait pas démarqué. Sa longue natte tombait sur son épaule et des ornements en forme de grues, les ailes étendues, y étaient nichés. Leurs améthystes s'accordaient à merveille à ses iris violets.

— Je me nomme Dame Shizumi et je suis une experte des créatures magiques. En tant que semi-magique, tu es à moitié humaine et cela pose un problème puisque tu es incapable de produire ta propre magie. Ton organisme incomplet cherche donc à attirer à lui celle des mages dans l'espoir que cette dernière comble son manque. Dis-toi que tu ressembles à un aimant à magie.

À moitié humaine ? Jusqu'à quelques heures plus tôt, Jess avait cru qu'être humain était la seule option. Et d'un seul coup une partie d'elle ne l'était pas ?

Magie ? Était-ce le phénomène dont elle avait été témoin plus tôt ? Mais les fantaisies en ce genre n'existaient pas. Ils devaient à coup sûr se jouer d'elle en la prenant pour une fille naïve !

Tant de questions traversaient son esprit, mais elle les garda pour elle. Si elle souhaitait qu'on la prenne au sérieux, elle allait devoir faire le tri dans ses interrogations. La dernière chose qu'elle désirait, c'était montrer sa confusion et son ignorance.

— Pourquoi tuez-vous les personnes comme moi ?

Et pourquoi m'avez-vous épargnée pour l'instant ? ajouta-t-elle par la pensée.

Elle participait à leur jeu malgré elle, cherchant à savoir en quoi elle était si différente d'eux d'après leurs dires.

— Parce que les aimants comme toi volent la magie des mages dans une tentative désespérée de combler leurs défauts, compléta une femme au regard rouge sang.

Ses cheveux roux formaient des vagues flamboyantes de chaque côté de son visage. Elle portait un pendentif et des boucles d'oreilles ornées de rubis en forme de roses. Sa voix était si monotone que Jess était incapable de déterminer si elle la méprisait ou non.

Le seul qui ne se manifesta pas une seule fois était un homme aux iris blancs et à la chevelure de la même teinte. Il était entièrement habillé de noir et des diamants avaient été incrustés dans la peau de son front, juste au-dessus de ses sourcils. Il observait les ongles de sa main gauche, alors que celle de droite traçait des cercles sur la surface de la table. La conversation ne paraissait pas l'intéresser le moins du monde.

Jess les contempla un à un.

Des mages… songea-t-elle.

Étaient-ils sérieux ? À en voir leurs expressions sérieuses, c'était bel et bien le cas.

— Comment ça, voler de la magie ?

Sir Sevien émit un petit rire en croisant les bras. Tous se tournèrent vers lui. Tous sauf Jess. Elle craignait ce dont ses réflexes seraient capables si elle le voyait une fois de plus devant elle.

— Les aimants comme toi séduisent les mages afin d'aspirer leur énergie lorsqu'ils baissent leur garde. Vous utilisez votre corps pour parvenir à vos fins.

Rien que dans sa voix, elle pouvait entendre la haine qu'il éprouvait envers les semi-magiques et donc, par extension, envers elle.

— Plus exactement, ton organisme sécrète des hormones servant à captiver les mages. En réponse à ton activation, tes instincts d'aimant se sont réveillés et vont tenter de t'inciter à absorber le plus de magie possible. Tu es si terrifiée par Sir Sevien parce que, en tant que chasseur de semi-magiques, sa magie est dangereuse pour toi et ton intuition le ressent, expliqua plus en détail Dame Shizumi.

Elle ne paraissait pas se laisser guider par des préjugés et privilégiait la science derrière le phénomène. Jess ne l'en appréciait que plus, heureuse de voir qu'au moins une des personnes présentes était un minimum logique. À sa façon.

— Si je suis si dangereuse, alors pourquoi ne pas me tuer ?

Pour la première fois, Dame Kishi sourit. Son regard orange se mit à briller d'une lueur surnaturelle, s'illuminant telle une ampoule. Elle était visiblement ravie par cette perspective. Ça faisait déjà deux ennemis.

— Ta lignée possède une puissante magie que nous pensions perdue. Même si tu n'es qu'une semi-magique et non pas une mage, nous espérons pouvoir déceler en toi des restants de cette magie.

À ces paroles, des filets de lumière orange sortirent du bout de ses doigts, traversant l'air en laissant des particules scintillantes derrière elles. Elles tourbillonnèrent dans la pièce. Jess les fixa avec la bouche entrouverte, fascinée et horrifiée à la fois.

De la magie... comprit-elle, contrainte d'avouer qu'il n'y avait pas d'autre explication à cette manifestation si féerique.

Ils lui avaient dit la vérité. Elle le sentait au plus profond de son être et on venait de lui en fournir une preuve irréfutable.

Elle observa les visages des créatures surnaturelles, les yeux écarquillés. Ils attendaient sa réponse. Ils avaient besoin d'elle.

— Pourquoi ?

Sa voix était moins assurée qu'elle ne l'aurait souhaité. Elle se sentit soudain si faible, si petite, si ignorante, mais se tint droite comme un pic afin de camoufler au mieux son désarroi.

— Je ne vais pas te cacher qu'un conflit se profile à l'horizon, possiblement une guerre, auquel la magie de ta lignée serait en mesure de mettre un terme. De l'éviter, même.

Dame Shizumi l'observait avec attention, ravie de cette perspective remplie d'espoir.

— Et si elle ne coule pas dans mes veines ?

— Je pense que Sir Sevien vous a déjà expliqué cette alternative.

Jess hocha la tête en déglutissant. Elle priait pour que ses gènes la sauvent de la mort. En soi, elle n'avait pas grand-chose en main concernant la suite des événements. Son sang déciderait de son sort sans qu'elle puisse y faire quoi que ce soit.

— En attendant, nous t'apprendrons à contrôler tes capacités d'aimant…

— Si une telle chose est même possible, la coupa Sir Sevien.

Dame Shizumi inspira profondément d'un air frustré, avant de poursuivre.

— C'est aussi nouveau pour vous que ça l'est pour nous, donc j'espère qu'on sera en mesure de travailler main dans la main au cours des mois à venir.

Jess hocha la tête. Ce n'était pas comme si elle avait vraiment le choix.

— Et n'essayez pas de vous échapper de l'Académie Covett. Cette dimension est complètement séparée de celle des humains et seuls les mages chasseurs comme Sir Sevien peuvent ouvrir des portails entre les deux mondes. Croyez-moi, notre univers n'est pas clément envers les non-mages, ajouta Dame Kishi d'un air menaçant.

La principale concernée vit aussitôt la similitude entre elle et son collègue qui l'avait « activée ». Comme par hasard, il était le seul à pouvoir la ramener chez elle. Et elle était assez réaliste pour savoir que ça n'arriverait jamais.

— Je présume qu'un « mage chasseur » qui ne connaît pas mon identité me tuerait sur-le-champ s'il me voyait traîner en dehors de l'Académie ?

Ses interlocuteurs hochèrent la tête et elle déglutit.

Parfait ! songea-t-elle avec sarcasme.

Elle avait atterri dans une dimension où tout le monde souhaitait la voir morte et où elle devait gagner la loterie génétique pour survivre.

Chapitre 5

La première chose à laquelle Jess pensa en entrant dans la chambre qu'on lui avait attribuée était sa mère. Elle devait tellement être inquiète ! Savait-elle que de la magie coulait dans les veines de sa lignée ? Que son enfant était un aimant à magie ? Ou pensait-elle que sa fille s'était enfuie ? Le cœur de la jeune femme se serra à cette idée. Enfermée au sein d'une dimension magique, elle n'avait aucun moyen de la prévenir de quoi que ce soit ! Elle souhaitait tant la rassurer !

Qu'en était-il de Harvard ? D'après ce qu'on lui avait dit, elle ne pouvait pas retourner dans son monde. Pas sans l'accord de Sir Sevien, la créature qui la détestait le plus à l'Académie Covett. L'idée que le rêve pour lequel elle s'était tant battue parte en fumée la révoltait. Elle avait envie de crier de frustration, de confusion, mais se tut par peur qu'on ne l'entende. Un si grand nombre de changements avaient opéré dans sa vie en un rien de temps qu'elle ne pouvait qu'en être troublée et révoltée.

De la magie. C'était si improbable !

D'après ce qu'elle avait compris, on lui avait assigné une chambre privative afin qu'elle ne présente pas un danger pour les autres élèves. Après tout, elle était en mesure de leur voler leur magie, même si on ne lui avait pas encore expliqué comment.

Elle aurait des cours d'histoire au sujet des semi-magiques avec Dame Shizumi et des cours de maîtrise psychologique avec Dame Duroy, la femme aux yeux d'un rouge sang. Sir Sevien lui apprendrait à se défendre physiquement au cas où ses hormones poseraient un problème. Du moins, s'il n'en profitait pas pour la tuer. L'homme accueillant aux yeux bleus, Sir Gödrindt, il lui enseignerait tout ce qu'elle devait savoir au sujet du fonctionnement de l'Académie Covett.

Les cours seraient supervisés par l'homme aux iris blancs dont elle n'avait pas encore appris le nom. Quant à Dame Kishi, elle ne voulait rien avoir à faire avec Jess ou son entraînement. Il était évident qu'elle ne la pensait pas à sa place et elle n'avait pas tort.

Pourquoi la garder au sein de l'Académie si elle était si dangereuse ? D'après leurs dires, elle pouvait perdre le contrôle à tout instant et n'avait aucune envie d'avoir un crime sur sa conscience. Ils n'étaient même pas certains qu'elle détienne de la magie dimensionnelle !

Si Sir Sevien avait été à la tête de l'institut, elle ne respirerait déjà plus. Mais peut-être aurait-ce été meilleur que de vivre en captivité ? Après tout, on la surveillait de si près depuis son réveil qu'elle avait l'impression d'étouffer. On la gardait prisonnière pour « son propre bien », mais elle n'y croyait pas une seule seconde.

Cependant, les gardes devant sa porte l'empêchaient d'explorer de possibles échappatoires.

Frustrée, Jess s'écrasa sur son nouveau lit. Une commode était posée juste à côté et un peu plus loin se trouvait un bureau servant à la fois aux études et à la mise en beauté à en voir le miroir suspendu au-dessus. À vrai dire, elle ne se maquillait jamais, donc le meuble serait recouvert de livres et de manuels en un rien de temps.

Une porte située sur sa gauche, entrouverte, menait à une petite salle de bain qu'elle n'avait pas la force d'explorer plus en détail. Quant aux repas, ils lui seraient préparés par l'Académie. Elle n'avait aucunement droit à l'autonomie qu'elle appréciait tant.

Alors qu'elle soufflait de frustration, en cachant son visage dans les draps, la porte de sa chambre s'ouvrit en grinçant. Elle fronça les sourcils et se releva lentement, lassée des surprises qui ne cessaient pas de se présenter à elle.

À sa grande stupeur, une jeune fille aux cheveux cuivrés bouclés et à la peau bronzée se présenta à elle avec un sourire timide aux lèvres. Elle était petite, mais les muscles de ses bras étaient visibles sous sa chemise. Jess devina qu'elle n'était pas aussi faible qu'elle le laissait paraître.

— Khala Germain. Enchanté.

La nouvelle venue lui tendit la main, alors qu'elle se trouvait quelques mètres plus loin. Les paroles de Dame Shizumi fraîchement inscrites dans sa mémoire, Jess n'osa pas la toucher par peur de lui faire du mal et lui adressa donc un simple mouvement de la tête, son éternel masque indifférent sur le visage.

Pourtant, la présence de quelqu'un de son âge la rassura.

— Enchanté, je m'appelle...

— Jess Handers, compléta Khala.

Est-ce que tout le monde était au courant de son arrivée ? Était-elle la seule à ne pas savoir à quoi s'attendre ?

— Que viens-tu faire ici ?

Les paroles sortirent de façon bien plus sèche et hostile que la semi-magique l'avait souhaité.

— On m'a envoyé ici pour tester une théorie.

La mage s'approcha de quelques pas, tout en penchant légèrement la tête sur le côté.

— Tu vois, je n'ai pas la même production d'hormones que les autres. Pour tout te dire, j'ai été diagnostiquée asexuelle et les supérieurs souhaitent savoir si l'emprise d'un aimant est simplement liée à des phéromones ou si elle va au-delà.

Elle s'approcha de Jess, qui eut un mouvement de recul, et posa ses doigts sur son bras. Elle resta dans cette position pendant quelques secondes, sous le regard confus de son interlocutrice qui détestait tout de cette situation. Le contact physique inattendu de la jeune mage la mit mal à l'aise, tétanisant ses membres alors qu'elle écarquilla les yeux avec surprise.

— De toute manière, je ne ressens rien. Mais, c'est peut-être parce que tu ignores encore comment te servir de ton charme, articula Khala en se redressant.

Elle haussa les épaules, paraissant mécontente de sa découverte.

— Tu n'as pas peur de moi ? Du monstre qu'ils disent tous que je suis ?

La mage parut réfléchir, avant de secouer la tête.

— Honnêtement, je n'ai jamais vu de semi-magique auparavant, mais tu me parais plutôt normale. Je m'attendais à bien pire. En cours, vous êtes présentés comme des démons, des succubes. Je dois avouer que je suis déçue.

Un rire nerveux échappa de la bouche de Jess. Quelle image glorieuse les élèves avaient d'elle !

— En tout cas, je ne te lâcherai pas d'une semelle ces prochaines semaines, se réjouit son interlocutrice en levant son pouce vers elle.

Jess n'avait jamais ressenti le besoin de se faire des amis, au contraire. Elle grimaça en se retenant de reculer pour s'éloigner de l'inconnue. Son séjour à l'Académie Covett commençait mal.

Chapitre 6

Si Jess n'avait pas encore compris qu'elle n'était pas la bienvenue ici, les regards noirs que les nombreux élèves lui lançaient feraient l'affaire. Personne n'était heureux de la voir à l'Académie Covett, c'était évident. Pas après pas, elle aurait aimé pouvoir disparaître, se fondre dans les murs des interminables couloirs de la bâtisse.

Au moins, les gardes l'avaient laissée tranquille et elle était libre de se rendre là où elle le souhaitait tant que Khala l'accompagnait. Cette dernière lui avait promis qu'elle lui ferait visiter la « salle à manger » le midi et la guidait à travers l'institut.

Le seul point positif de la journée était que Jess suivrait son premier enseignement avec Dame Shizumi. Chaque seconde depuis son arrivée, elle s'accrochait à l'idée de pouvoir apprendre de nouvelles choses. C'était ce qui lui avait toujours permis de trouver goût à la vie, que ce soit dans le monde humain ou ici.

Tous les mages la contournaient et faisaient des commentaires lorsqu'elle passait à côté d'eux. Ils avaient tout l'air d'élèves ordinaires, divisés en de ridicules cliques. C'était en les contemplant, habillés de leurs uniformes, qu'elle avait compris que cette situation était bel et bien réelle, qu'elle se trouvait vraiment dans un institut éducationnel comme on le lui avait assuré.

Jess était consciente qu'elle n'était pas particulièrement sympathique ou charmante avec son air indifférent collé sur le visage, mais elle ne ferait pas le moindre effort pour changer ses habitudes. Puis, au fond, elle avait bien trop peur de l'inconnu pour oser s'approcher des étudiants peu accueillants. Sa façade froide lui servait de carapace, de masque capable d'éloigner quiconque.

Elle n'avait jamais demandé à faire partie de ce monde. On l'avait jetée aux loups sans explications ni indications. Mais ils allaient devoir fournir bien des efforts avant d'être en mesure de la dévorer.

***

Assise dans une salle vide, Jess ne pouvait pas s'empêcher de déplorer le manque d'élèves à son cours particulier. Ainsi, l'enseignant ne ferait qu'attention à elle et à ses erreurs. Au sein d'une foule, les défauts pouvaient être noyés dans la masse. À son grand malheur, elle n'avait pas le droit à ce privilège. On souhaitait l'éloigner autant que possible des autres étudiants pour limiter les risques.

Dame Shizumi ne tarda pas à entrer et à se frayer un chemin entre les tables en bois vides tel le ferait un mannequin. Elle avait attaché ses cheveux gris en un chignon haut qui, en combinaison avec son corps svelte et athlétique, lui donnait un air de danseuse étoile. Son cou était long, mettant en valeur les boucles d'oreilles dorées incrustées d'améthystes qui perlaient avec délicatesse jusqu'à ses épaules. Sa robe fluide aux manches bouffantes était d'un blanc immaculé et angélique.

— Commençons, Jess Handers, articula l'enseignante, un petit sourire aux lèvres.

Elle paraissait motivée à en finir avec les deux longues heures qui les attendaient.

— Comme tu le sais, les humains et les mages sont loin d'être similaires. Qu'est-ce qui les différencie tant ? Leur génétique !

Elle se retourna vers le tableau en ardoise qui se trouvait derrière elle et nota « humains » et « mages » tout en haut.

— Autrefois, nous étions tous de simples humains, mais certains d'entre nous présentaient des anomalies génétiques qui nous procuraient des dons hors du commun. Au lieu de les accepter et de les utiliser pour améliorer le monde, les humains tentèrent de les faire disparaître à tout jamais en tuant leurs détenteurs. Apeurés par cette violence, les mages créèrent des communautés secrètes dans des lieux isolés. Toutefois, avec le temps, la menace humaine se rapprocha de plus en plus.

Elle traça un grand trait entre « humains » et « mages » afin de les séparer.

— Ce fut alors que tes ancêtres créèrent ce monde-ci, loin du regard des humains. Leur magie dimensionnelle a permis d'étendre de plus en plus les frontières de l'univers magique, permettant de donner vie à des royaumes entiers.

Elle dessina des étincelles autour de « mages » et nota « dimensions séparées » sur la ligne qu'elle venait de tracer au milieu du tableau.

— Le premier lieu créé ici était l'Académie Covett, n'est-ce pas ?

Dame Shizumi hocha la tête, satisfaite de savoir son élève si futée.

— Oui. Il est le centre de gravité de cette dimension, il conserve son équilibre. C'est pourquoi nous sommes six gardiens, un de chaque catégorie de mages, à la maintenir en état au quotidien.

Jess prit des notes sur le carnet qu'on lui avait donné et entoura le chiffre six. Les « gardiens » étaient visiblement les individus qu'elle avait rencontrés plus tôt.

— Autrefois, nous étions sept. Les mages dimensionnels, dont tu es l'unique descendante, siégeaient au conseil de l'Académie, eux aussi. Mais ta lignée a été souillée, mélangée à des gènes humains, et, avec la disparition de son sang pur, il est à présent impossible d'étendre les frontières de notre monde. Un tel événement entraînera sans le moindre doute des conflits géopolitiques.

— C'est à cette possibilité que vous vous préparez, devina Jess en comprenant mieux pourquoi ils ne l'avaient pas encore tuée.

— Pas tous les semi-magiques sont des descendants proches de leur lignée de mages, certains en sont séparés par plusieurs générations. Leur magie est donc trop diluée pour qu'elle puisse un jour se réveiller. Mais si ton sang contient assez de pouvoir pur, ton existence même pourrait empêcher l'obscurité à venir.

Quelque chose avait pris place dans le regard de l'enseignante : de l'espoir. Son annonce s'abattit sur les épaules de son élève tel le poids du monde. Ils lui demandaient un exploit qu'elle n'était même pas sûre d'être en mesure d'accomplir.

— Que se passe-t-il lorsqu'un semi-magique absorbe de la magie ? demanda-t-elle pour changer de sujet.

Elle avait besoin de découvrir davantage sa nature, de l'explorer dans l'espoir de pouvoir la maîtriser un jour. Qui de mieux pour répondre à ses interrogations que Dame Shizumi, l'experte des semi-magiques ?

— En volant des pouvoirs, il peut s'en servir à sa guise, se les approprier. Sa victime, quant à elle, se trouve dénuée de son don. Certains n'en aspirent qu'une partie afin de récolter de la puissance de façon discrète, mais la magie ne se régénère malheureusement pas. C'est pourquoi un mage ne pourra jamais récupérer ce qu'on lui a ôté.

Si Jess le souhaitait, elle pouvait détenir toutes les magies de cette dimension en les absorbant. Personne ne devrait être en mesure de posséder autant de pouvoir.

— Lorsqu'un mage perd tout son pouvoir, ses organes vitaux lâchent un à un.

Jess l'observa en silence, les yeux écarquillés, et sentit un nœud se former au niveau de son ventre. De l'horreur s'immisça dans son organisme, se muant en sueurs froides en se frayant un chemin le long de sa colonne vertébrale.

Elle avait été conçue afin de tuer les mages et c'était exactement pour cette raison qu'ils l'appelaient un monstre.

Chapitre 7

Dame Shizumi n'avait pas torturé son élève plus longtemps que nécessaire. Après avoir compris qu'elle n'était pas encore un danger, elle s'était détendue, mais avait tout de même tenu à s'éclipser au plus vite à la fin de ses deux heures d'enseignement. Peut-être redoutait-elle qu'elle se mette à apprécier l'ennemi ?

Jess avait répondu à chacune de ses questions avec brio et l'avait épatée grâce à son esprit logique. Si elle n'avait pas été une semi-magique, elle serait sans le moindre doute son étudiante préférée.

Elle avait enfin appris le nom de la dimension dans laquelle elle avait atterri : Ylor. Ça n'avait rien de charmant aux yeux de la jeune femme, mais elle s'était contentée de le noter quand même. On ne lui avait rien confié de plus à son sujet, comme par peur qu'elle finisse par se sauver pour l'explorer une fois qu'elle en connaîtrait le fonctionnement.

Ce qu'elle avait appris, en revanche, la ravissait beaucoup moins : elle était faite pour tuer les mages. Des frissons l'envahirent, tandis qu'elle ne put pas se sortir les mots de Dame Shizumi de l'esprit. Si elle perdait le contrôle, elle pouvait ôter la vie de quelqu'un ! Elle n'avait encore jamais été aussi terrifiée d'elle-même et se força à ne pas trop y réfléchir. Ses pensées pourraient déjà assez la torturer une fois qu'elle se trouverait toute seule dans sa chambre.

En sortant, elle n'avait vu Khala nulle part et avait suivi le flux d'élèves affamés qui se dirigeait vers le repas du midi. Cependant, elle n'avait pas manqué de remarquer les deux gardes qui la gardaient à l'œil à une petite distance. Ils l'avaient suivie avec discrétion, mais leurs regards insistants avaient brûlé son dos à chaque pas. Elle avait fait de son mieux pour en faire abstraction.

Trouver la « salle à manger », qui ressemblait à une cantine de riches, avait été facile. Un peu décevant même.

Lors de sa traversée de la bâtisse, elle avait remarqué que les terres de cette dernière étaient entourées d'un mur, d'une forêt, et qu'un immense portail en fer en bloquait l'entrée. Même si elle parvenait à le franchir, elle devrait faire face au monde extérieur dont elle ne savait rien. Et qui, d'après Dame Kishi, ne souhaitait que la voir morte.

Tout espoir d'évasion était vain.

Assise à la seule table libre qu'elle avait su trouver au sein de l'immense salle à manger, elle évitait les regards de tous les autres individus dans les parages. Elle détestait les repas en compagnie de ses pairs et préférait déjeuner seule.

Ce plaisir-là lui fut à son tour ôté lorsque Khala prit place en face d'elle. Jess se retint de grimacer et soupira. Qu'est-ce qu'elle avait fait pour que cette fille la colle tant ?

— Tu as trouvé la nourriture sans même que j'aie à te guider !

Elle scruta ses aliments d'un air attentif pour les analyser. On aurait pu croire qu'elle leur attribuait des notes.

Les plats ressemblaient comme deux gouttes d'eau à ce que les humains mangeaient. En fin de compte, les habitudes des mages ne paraissaient pas être différentes de celles avec lesquelles Jess avait grandi.

— De la viande et du dessert ? Ils se sont surpassés aujourd'hui ! Sûrement pour te souhaiter la bienvenue, fit-elle remarquer en observant son plateau rempli.

Bien qu'elle soit si petite, elle mangeait de grandes quantités à en voir son plateau bien garni.

— C'est certain qu'on a remarqué ma présence, mais je ne pense pas que ce soit une occasion qu'ils désirent fêter.

Khala haussa les épaules, avant d'avaler une bouchée de son entrée.

— Certes, ils ne fêtent rien d'autre que leurs propres accomplissements. Leur égo guide leur générosité.

Ces paroles étaient si sincères que Jess dût réprimer un rire. Au moins, elle n'était pas la seule à trouver ses pairs narcissiques et égoïstes.

Ils étaient tous assis par cliques, ressemblant comme deux gouttes d'eau à celles de son lycée humain. Elle avait toujours feint de ne ressentir ni haine ni affection envers elles, mais en réalité, elle les avait détestées.

— L'unique vraie fête que l'Académie organise est la remise de prix de fin de semestre. Les meilleurs élèves se voient alors récompensés.

La mage ne semblait pas y attacher d'importance particulière et haussa les épaules.

— Quand a lieu la fin du semestre ?

— Dans quelques semaines. Mais ne t'inquiète pas, tu n'auras pas à affronter le supplice du classement puisque tu ne suis pas les mêmes cours que nous.

Jess aurait préféré pouvoir prendre part à la compétition étudiante. Elle avait toujours été la première de sa classe et éprouvait le besoin de se prouver sur un plan académique. Malheureusement, on lui ôtait également ce plaisir-là.

Soudain, son regard croisa une figure solitaire, assise seule à une table comme elle, avant que Khala ne la rejoigne. Ce n'était pas commun de voir un jeune dénué d'amis, si ce n'était parce qu'il était considéré comme un monstre. Mais Jess savait pertinemment qu'elle était la seule dans ce cas.

Le jeune homme qu'elle observait avait la moitié du dos tourné vers elle. Il lui était donc compliqué d'apercevoir son visage. L'unique chose qu'elle distinguait était sa chevelure blanche coupée courte.

— Pourquoi est-il assis tout seul ? questionna-t-elle Khala.

Cette dernière n'eut même pas besoin de se retourner vers le jeune homme pour savoir de qui on lui parlait.

— Torin. Il fait partie des rangs de l'Académie depuis tout petit, mais personne n'a jamais vu son pouvoir se manifester. Il ne participe même pas aux cours de magie tant les professeurs ont abandonné tout espoir. Certains disent que son père, haut placé, est la seule raison pour laquelle il se trouve encore ici.

— Apparemment, être un mage sans magie est aussi mal perçu qu'être un semi-magique, en conclut Jess en plissant les yeux.

Une partie d'elle appréciait déjà l'individu atypique qu'elle observait. Pourtant, elle n'avait jamais eu pour habitude d'éprouver de la sympathie envers quiconque. Que ce soit avant ou après une conversation.

— Oh non, s'il le souhaitait, il pourrait être un élève bien aimé, mais il semble qu'il en a décidé autrement. Disons qu'il a une personnalité… atypique.

Khala grimaça légèrement, avant de secouer la tête. À en voir sa capacité à supporter l'attitude frigide de Jess, elle n'était pas du genre à juger ou à abandonner facilement. Alors, pourquoi n'appréciait-elle pas Torin ?

Jess se découvrit plus intriguée par lui qu'elle l'avait anticipée. Il était de loin la personne la plus intéressante qu'elle avait pu apercevoir à l'Académie jusque-là.

Elle avala quelques bouchées de son plat et donna son dessert à Khala qui lui sourit à pleines dents suite à cette offrande. À vrai dire, la semi-magique n'avait pas faim du tout. Son esprit était encore bien trop inondé d'interrogations et elle avait du mal à assimiler toutes les nouveautés qu'on lui présentait.

Alors que son interlocutrice entamait un monologue au sujet de quelque chose qui ne l'intéressait pas le moins du monde, Jess laissa son regard rôder dans la pièce. Il se posa sur une peinture des six gardiens suspendue par-dessus l'immense cheminée, sur les bougeoirs en or et les bougies éteintes qui ornaient les murs, sur les immenses vases remplis de fleurs. Une fois de plus, elle avait l'impression de se trouver au beau milieu d'un film.

Le tableau représentant les six supérieurs était si splendide et réaliste qu'il ressemblait presque à une photographie. Dame Kishi et Sir Gödrindt, l'homme accueillant aux yeux bleus, se trouvaient debout au milieu, droits comme des pics. Les quatre autres étaient assis, allant de Dame Shizumi à Dame Duroy, aux yeux rouge sang, et à l'homme aux iris blancs. Tous les deux avaient l'air aussi sévères l'un que l'autre. Quant à Sir Sevien, elle le survola à une vitesse incroyable. Rien que la vue de ses yeux verts lui donnait des frissons.

En poursuivant son exploration, entendant en arrière-plan la voix de Khala, Jess tomba nez à nez avec le seul visage qu'elle souhaitait à tout prix éviter durant son séjour. Il semblerait qu'elle n'était pas en mesure de lui échapper.

Depuis un coin de la pièce, Sir Sevien la fusillait du regard avec les bras croisés. On aurait pu croire qu'il imaginait comment il pouvait la tuer de la façon la plus efficace possible.

Des sueurs froides, accompagnées d'étranges bouffées de chaleur, envahirent la jeune femme désemparée. Elle ressentait l'envie irrésistible de partir en courant, de le fuir. Il était en mesure de l'achever en une fraction de seconde.

À cette pensée, elle perdit totalement l'appétit et quitta la salle sans même prendre la peine de ranger son plateau.

Chapitre 8

Les gardes avaient fini par la laisser tranquille une fois qu'elle s'était aventurée dans les jardins. Assise sur un banc isolé, Jess ne pouvait pas empêcher ses mains de trembler. Frustrée par les angoisses irrationnelles qui l'envahissaient depuis qu'elle avait été activée, elle n'avait jamais trouvé autant refuge dans le silence. Être seule, loin des regards accusateurs des mages, la rendait heureuse.

En temps normal, elle restait calme en toute circonstance et ne fuyait pas ses problèmes. Pourtant, elle l'avait déjà fait de nombreuses fois depuis sa récente arrivée à l'Académie Covett.

D'après Dame Shizumi, son charme ne s'était pas encore entièrement réveillé. C'était pourquoi elle n'avait pas pour réflexe de résoudre ses tribulations par la séduction. Son enseignante l'avait avertie que contrôler le don d'un semi-magique était une tache difficile et qu'il fallait une discipline d'acier afin d'y parvenir. De plus, en tant qu'aimant à magie, elle attirerait parfois de l'attention dont elle ne voudrait pas. Rien que d'y penser la dégoûtait.

Une fois que son don se manifesterait, elle apprendrait à le maîtriser grâce aux cours de Dame Duroy, la gardienne aux iris rouge sang. L'air sévère que cette dernière avait arboré lors de leur rencontre ne contribuait pas à la motivation de Jess, au contraire. Elle espérait que la supérieure ne serait pas de mèche avec ses nouveaux ennemis : Dame Kishi et Sir Sevien.

En levant son visage de ses poings serrés, elle observa l'espace extérieur au milieu duquel elle s'était réfugiée. Des buissons bordaient des chemins en gravillon et des roses rouges poussaient partout. Des statues, toutes taillées en forme de fleurs différentes, indiquaient les intersections. Des étendues d'herbe encadraient les allées et leurs arbustes, graciés ici et là par la présence d'un arbre ou d'un banc. Au loin, un immense mur se dressait, ayant pour seule ouverture un portail en fer forgé qui la séparait du reste de ce monde inconnu. Il la terrifiait malgré elle.

La cachette qu'elle avait choisie afin de reprendre ses esprits se trouvait nichée sous les branches basses d'un chêne au tronc bien épais. Ainsi dissimulée par le feuillage, il serait plus difficile de la repérer, et donc de la déranger.

À son grand bonheur, les allées étaient vides ce midi-là. Tous s'étaient rassemblés dans la salle à manger pour déguster leur repas.

La jeune femme soupira, formant des nuages de buée dans l'air frais. Elle n'aurait jamais pu imaginer se trouver dans une telle situation un jour !

— Je souhaitais seulement construire une belle vie pour ma mère et moi… murmura-t-elle en levant son visage au ciel.

Tout ici avait l'air si normal, si humain, qu'elle se croyait presque chez elle. Pourtant, les tintements flottant dans l'air ne manquaient de lui rappeler que ce n'était pas le cas.

Une larme coula sur sa joue, puis une deuxième et une troisième jusqu'à former un minuscule ruisseau d'émotion. Elle ne se rappelait même plus la dernière fois qu'elle avait pleurée. Et elle n'aurait surtout jamais cru le faire, car sa maison lui manquait.

Au fond, elle aurait aimé que sa mère la serre entre ses bras, qu'elle la réconforte. Au lieu de ça, elle priait pour qu'elle aille bien. C'était la première fois de sa vie qu'elle suppliait une quelconque entité de lui accorder une faveur. Elle n'avait jamais cru à un dieu, mais des temps remplis de désespoir la poussaient à faire appel à des moyens atypiques.

Soudain, une figure sortit de derrière une des branches de l'arbre, sursautant en apercevant Jess assise sur le banc. Cette dernière se tourna aussitôt vers le nouveau venu qu'elle reconnut en un instant : Torin.

Il était plus tonique qu'elle l'eût cru lorsqu'il était assis à table. Sa posture était droite et svelte, lui donnant une élégance qu'elle n'avait pas aperçue souvent durant sa vie. Quant à sa chevelure blanche et courte, elle pâlissait encore plus son teint déjà livide. Le rose de ses lèvres ressortait au même titre que le rouge de la cicatrice ornant son front. Ses iris étaient obscurs comme la nuit, ressemblant à deux abysses. Il portait un t-shirt noir à manches longues et un pantalon tailleur assorti. Ses baskets complétaient le tout et seul le carnet d'esquisses violet qu'il tenait sous le bras ajoutait une touche de couleur à son apparence sombre. Son style était loin de celui de l'uniforme de l'Académie Covett, mais c'était justement ça qui attisa la curiosité de Jess.

Ils se regardèrent en silence, immobiles, avant que le jeune homme ne comprenne que la semi-magique ne bougerait pas du banc. Il soupira d'un air frustré et désespéré, lui tournant le dos afin de s'éclipser.

— Tu sais, il y a de la place pour deux.

Jess n'aurait jamais cru inviter quiconque à la rejoindre. Cependant, la présence du jeune homme silencieux ne la dérangeait pas le moins du monde. Elle avait l'impression de se trouver face à quelqu'un qu'elle connaissait, face à son propre reflet. Quelque chose l'attirait à lui malgré elle.

— Si tu n'as pas peur de t'approcher d'un monstre comme moi, ajouta-t-elle en voyant son interlocuteur se figer.

Il se retourna peu à peu vers elle, tout en l'interrogeant du regard. Il paraissait désemparé par la gentillesse de la nouvelle élève. Elle contrastait visiblement avec le traitement qu'il recevait au quotidien de ses semblables.

— De ce que je vois, tu es loin d'être le pire monstre de cette Académie, rétorqua-t-il avec une pointe de sarcasme en s'installant à ses côtés.

— Toutes les autres personnes ici sont prêtes à faire la file pour te contredire.

— Le jour où quiconque fera la file pour me parler, le monde sera au bord de la ruine.

— Je prends note. Au moins, je saurai quand changer de dimension à temps.

— Si je le pouvais, je déménagerais dès aujourd'hui et n'aurais plus à affronter les snobs de cette Académie.

Jess ne put pas s'empêcher de sourire, ce que Torin fit à son tour. Elle n'avait pas pour habitude de faire le premier pas envers quiconque, mais leur conversation était si fluide qu'elle ne s'était même pas posée la question. La similitude de leurs situations regrettables les rapprochait malgré eux.

Leur silence était tout sauf inconfortable et reprit rapidement ses droits. Assis côte à côte, ils observèrent les jardins en écoutant le vent s'agiter dans les feuillages.

— Crois-moi, la nouvelle. Les pires monstres se cachent à l'intérieur de chacun d'entre nous. Et ça n'a rien à voir avec le fait d'être un mage ou non.

Il savait visiblement de quoi il parlait et son interlocutrice ne put qu'acquiescer. Elle en avait côtoyé au quotidien avant d'atterrir ici.

Chapitre 9

Torin s'était éclipsé pour assister à ses cours de l'après-midi, laissant Jess derrière lui après l'avoir maladroitement saluée avec un semblant de sourire aux lèvres. Elle le trouvait charmant malgré sa difficulté à sociabiliser. Contrairement à elle, qui avait fait le choix de la solitude, il paraissait tout simplement ne pas savoir comment s'y prendre.

Après avoir contemplé un peu plus longtemps les jardins, la jeune femme s'était levée pour faire le tour des terres. Elle se dirigea droit vers le grand portail d'entrée de l'Académie Covett, suivant le sentier en gravier blanc qui y menait. Les spirales en fer forgé noir la séparaient du monde extérieur, la gardant captive. Elle vit que sa surface était recouverte d'une lueur dorée qui lui rappela les bijoux des gardiens.

De l'autre côté du chef-d'œuvre massif se trouvaient un chemin en terre et une forêt qui s'étendait le long du domaine entier de l'institut. L'espace d'un instant, elle se demanda ce qu'elle pourrait découvrir d'autre dans les environs.

Cependant, elle n'avait plus envie de se battre contre sa hiérarchie. Elle devait concentrer toute son énergie sur ses cours et sur la maîtrise de son pouvoir. C'était ce qu'il y avait de mieux à faire pour qu'elle puisse retrouver un semblant de contrôle de sa vie.

Après quelques minutes, elle se détourna du portail et fit pour la première fois face au bâtiment immense de l'Académie. Sa tour principale aurait pu être confondue avec celle d'une cathédrale gothique et les gravures présentes sur sa façade représentaient des vignes remontant le long de sa surface en pierre grise. Ses vitraux scintillaient sous la lumière du soleil et des corbeaux étaient assis sur les rebords. Elle faillit se faire mal à la nuque en observant le point le plus haut de la bâtisse, se demandant comment elle avait été construite.

Il était certain que le premier mage dimensionnel n'avait pas ménagé ses efforts lors de sa création !

Elle traversa les jardins en s'arrêtant ici et là pour en observer les fleurs et les arbustes. Des libellules croisèrent son chemin, occupées à voler dans tous les sens. C'était un spectacle qui lui rappela étrangement son monde. Peut-être que les deux univers n'étaient pas si différents que ça. Hormis la présence de magie, bien sûr.

En remettant les pieds à l'intérieur des longs couloirs obscurs de l'Académie Covett, Jess fut heureuse de découvrir que tous les étudiants étaient en cours. Khala inclus.

Le calme lui faisait du bien.

Au fur et à mesure qu'elle avançait, elle se questionna au sujet des bougies éteintes qu'elle voyait partout dans les galeries et dans les pièces. Leur cire blanche coulait le long des murs sombres sur lesquels elles étaient posées. Parfois, elles étaient soutenues par des chandeliers dorés qu'elle devinait être aussi lourds que vieux. Est-ce que c'était le seul moyen que les mages possédaient pour s'éclairer pendant la nuit ?

En y réfléchissant, la semi-magique remarqua qu'elle n'avait pas encore croisé le moindre signe de technologie depuis son réveil. Tout paraissait reposer sur de la magie et des moyens assez… primitifs.

Elle laissa glisser ses mains le long des parois rugueuses et froides des couloirs, tout en observant de temps à autre un des tableaux qui y avaient été accrochés. Curieuse, elle s'aventura dans l'aile gauche, celle des salles de cours, heureuse d'être la seule à ne pas être enfermée au sein d'une de ses nombreuses pièces.

Au fur et à mesure qu'elle avançait, de plus en plus de fenêtres inondaient le décor de la lumière du jour. Toutefois, les rayons du soleil ne réchauffèrent pas sa peau pâlie lorsqu'ils l'illuminèrent.

Elle avait l'impression de se retrouver dans un roman gothique et sourit à cette idée. La seule chose qu'il lui manquait était une longue robe blanche avec laquelle elle pouvait détaler au gré de ses désirs.

***

Les draps menaçaient d'engloutir Jess. Elle était assise sur son lit et regardait dans le vide, perdue dans ses pensées. La journée avait été calme, si ce n'était pour les deux heures de cours qu'elle avait suivi avec Dame Shizumi. Apparemment, les emplois du temps chargés des gardiens les empêchaient de lui enseigner quoi que ce soit de plus ce jour-là. Du moins, c'était la version officielle des faits. En réalité, ils préféraient ne pas s'occuper de la tâche.

Jess avait besoin d'être stimulée, d'être mise à l'épreuve d'un point de vue académique afin qu'elle puisse se surpasser. C'était tout le contraire de ce qu'on lui offrait ici.

Au moins, sa rencontre imprévue avec Torin avait marqué son esprit. Elle se ressassait la scène encore et encore, réconfortée par l'air mélancolique du jeune homme. Elle aurait dû souhaiter que le mage s'intègre mieux à l'avenir, mais ce serait mentir. Sans lui, elle serait véritablement la seule âme à se sentir ouvertement misérable à l'Académie Covett.

Dans son monde, la solitude ne l'avait jamais dérangée, car elle savait que sa mère serait toujours là pour elle et que ses ambitions la porteraient telles des ailes. Ici, c'était différent. En l'espace d'un battement de cils, elle avait perdu tous ses repères, tout ce à quoi elle attachait de l'importance.

Tout à coup, la porte de sa chambre s'ouvrit en grand et coupa court à ses pensées pessimistes. Khala entra aussitôt dans la pièce en chantonnant. Dans ses bras, elle tenait de nombreuses boîtes blanches qui ne devaient pas être bien lourdes au vu de la facilité avec laquelle elle les transportait.

— Je me suis dit que ça te ferait peut-être du bien de faire quelque chose que les humains font au même titre que les mages. Ça te remontera le moral et te rappellera ta dimension, s'expliqua-t-elle en posant ses colis sur le lit de Jess.

Cette dernière resta immobile, assise en tailleur. Khala avait compris que son monde lui manquait.

— J'ai toujours souhaité faire une soirée entre filles comme dans les livres ! s'exclama la mage.

— Vous lisez des livres humains ? Vous n'utilisez pas votre magie pour vous occuper ?

Khala rigola en rangeant ses boîtes.

— Bien sûr ! Nos ancêtres étaient autrefois humains, après tout. Nous sommes plus similaires que les gardiens ne le laissent penser. Quant à notre magie, elle est très réglementée et nous n'avons pas le droit de nous en servir en dehors des cours à l'Académie Covett.

Jess prit note de ses paroles. Tout ce qu'elle avait entendu jusque-là au sujet des humains était condescendant. Alors, prêter la moindre attention à leurs écrits était pour le moins surprenant.

— Prépare-toi à te faire ta plus belle manucure.

Khala ouvrit sa première boîte remplie de base coats transparents. La solution de chaque flacon était parsemée de paillettes de couleurs différentes. Jess les observa avec stupeur, surprise par ce retournement de situation. Est-ce que c'était ça l'activité phare que les humains pratiquaient aux yeux des mages ? Pas étonnant qu'on les regarde de travers !

— Ce récipient-là est rempli de bases qui protègeront tes ongles. Le deuxième contient les vernis semipermanents et le troisième les top coats qui feront tenir la manucure plus longtemps. Il ne te reste qu'à choisir tes couleurs !

Khala avait l'air si heureuse à l'idée de vivre cet instant symbolisant la complicité et l'amitié que son interlocutrice n'eut pas le courage de le ruiner. Même si elle n'appréciait pas les mises en beauté, que ce soit de ses mains ou de son visage, elle voyait la manucure comme un moyen de remercier Khala pour son accueil et sa bienveillance.

— Alors, quelle couleur veux-tu ?

Ça ne paraissait pas la déranger le moins du monde que la plupart de ses interventions n'obtinssent jamais de réponse. Son sourire était impossible à effacer de ses lèvres.

— Je prendrai l'option la plus naturelle possible, s'il te plaît, se décida enfin son interlocutrice.

— Go pour un base coat avec des paillettes dorées, un vernis semi-transparent rouge et un top coat aux reflets dorés.

L'énumération de ces éléments semblait tout sauf naturelle aux yeux de Jess, mais elle n'en fit rien remarquer. Elle savait que sa nouvelle connaissance était du genre à ne pas se laisser persuader facilement. La preuve : elle avait tenté de l'éloigner d'elle depuis leur rencontre, mais ça n'avait pas fonctionné. Ni même son silence glacial ou son air indifférent l'avaient fait changer d'avis. N'importe qui d'autre l'aurait abandonnée à son sort.

Alors, elle la laissa faire lorsqu'elle attrapa sa main gauche et dégaina le pinceau servant à appliquer la première couche de substance chimique sur son ongle.

Une part d'elle était terrifié à l'idée que son charme se réveille, qu'elle devienne le monstre qu'on la disait être, qu'elle absorbe la magie de Khala. Toutefois, elle se contenta de se concentrer au maximum afin d'éviter une telle tragédie. Elle ne savait même pas comment son don fonctionnait, le rendant d'autant plus dangereux et imprévisible.

— Je sais bien que les supérieurs t'ont demandé de me surveiller, mais pourquoi est-ce que tu me surveilles dans ma propre chambre ? demanda-t-elle soudain à la mage avec une pointe de sarcasme.

Elle n'avait jamais eu d'amis et ignorait comment s'engager dans une conversation avec une fille de son âge. Alors, dans une tentative désespérée, elle s'était adonnée à de l'humour camouflé.

Khala fit mine d'être blessée en plein cœur par les propos de son interlocutrice, avant d'émettre un petit rire. Au moins, elle n'était pas susceptible et c'était une bonne chose lorsqu'on traînait avec quelqu'un comme Jess.

— Tu l'as peut-être déjà remarqué, mais je n'ai pas réellement d'amis par ici.

Au vu de sa réaction, elle ne paraissait pas être offusquée par le commentaire de celle dont elle appliquait soigneusement la manucure.

— Qu'y a-t-il de si mal à ça ?

Khala lui mit un coup de coude complice dans le bras. Jess dût se retenir de grimacer suite à ce toucher inhabituel. Elle préférait qu'on ne la touche pas.

— Je pense que, comme nous tous, tu souhaites être appréciée, mais que tu as trop peur de faire le premier pas. Et on sait que la plupart des personnes sont peu douées pour établir le premier contact non plus. C'est pour ça qu'il te faut une extravertie comme moi qui n'a pas peur de se faire ignorer. Après tout, j'en ai l'habitude.

La mage cacha sa tristesse derrière un masque souriant. Elle portait en elle des cicatrices qu'elle camouflait grâce à sa personnalité pétillante.

— Pourquoi continues-tu à le faire, alors ?
— Qui ne tente rien n'a rien. Puis, avec toi c'est différent, tu ne m'insultes pas et ton esprit n'est pas bourré de préjugés. Tu m'as jugée pour ma tendance à être joyeuse et positive, pas pour mon asexualité.

Jess fronça les sourcils et regarda pour la première fois son interlocutrice dans les yeux.

— En même temps, tu n'y peux rien.
— Pas tout le monde le comprend.
— Crétins… marmonna Jess en secouant la tête.

Khala éclata de rire.

— Je savais que tu m'appréciais un peu, toi aussi.

Elle paraissait tant se réjouir de cette nouvelle que Jess n'eut pas le courage de la contredire.

Chapitre 10

Le lendemain, Sir Gödrindt, le gardien chauve aux yeux bleus, avait libéré du temps pour Jess. Il était chargé de lui enseigner l'histoire et le fonctionnement de l'Académie Covett. Contrairement aux autres, il avait l'air de moins se préoccuper de la nature atypique de son élève.

Il s'était présenté à elle habillé d'une toge indigo et de sandales en cuir marron. Un de ses tics était de passer ses doigts remplis de bagues dorées sur son crâne chauve lorsqu'il parlait, comme s'il souhaitait retenir ses pensées de lui échapper. Ses yeux d'un bleu surnaturel débordaient de bienveillance. Il était bien plus sympathique et moins hautain que les autres gardiens.

Il avait insisté pour ne pas faire cours dans une salle vide et avait, au lieu de ça, emmené son élève dans les jardins. Malgré la présence de nuages grisâtres, il n'avait pas encore plu jusque-là et l'air était doux.

— Comme tu l'as peut-être déjà remarqué, tu peux trouver plusieurs représentations de fleurs au sein de l'Académie. Leurs couleurs sont associées à des pierres précieuses et reflétées par les iris des gardiens, commença Sir Gödrindt.

Jess hocha la tête, tout en serrant son carnet de notes ouvert contre son torse. Elle était plus que prête à écrire toutes les informations importantes qu'elle pouvait récolter.

Enfin de nouvelles connaissances ! se réjouit-elle.

— Les yeux de chaque mage ayant achevé sa formation se teintent du coloris de leur magie et leurs regards naturels laissent place à des tons hypnotiques. C'est une façon de certifier à tous qu'ils maîtrisent leur pouvoir.

C'était pour cette raison que les iris des élèves n'avaient rien de spécial ! Ils étaient identiques à ceux des humains qu'elle avait pu côtoyer tout au long de sa vie. Ça le rendait impossible de deviner leur magie rien qu'en les observant depuis les couloirs.

Le duo ne tarda pas à s'immobiliser devant une des statues des jardins.

— La rose est le symbole de l'Académie Covett, car le premier gardien à rejoindre son conseil était un mage de sang. Ainsi, la rose représente cette catégorie-là de mages.

— Dame Duroy est son gardien, devina Jess sans la moindre difficulté en se souvenant des yeux écarlates et des bijoux de cette dernière.

— En effet. Elle supervise les jeunes mages de sang et leur apprend à maîtriser leurs pouvoirs dès leur plus jeune âge. Contrairement à ce que tu as pu entendre dans ton monde, leur magie n'est pas obscure ni néfaste.

Il leva les yeux vers la rose en pierre qui lui faisait face. Sans son socle en forme de branches, elle mesurait tout de même encore un mètre.

— Ils ont la responsabilité de classer les jeunes mages. En goûtant leur sang, ils sont en mesure de repérer la nature et puissance de leur magie, ce qui est essentiel à l'organisation de l'Académie. Toutefois, ils parviennent également à lire les pensées de chaque créature dont ils ont consommé le sang et de voir leurs désirs les plus profonds. Seul un mage de sang entraîné parvient à faire taire les voix dans sa tête afin de ne pas sombrer dans la folie. Ils sont des créatures sages et se contrôlent à merveille, ce qui peut parfois les rendre froids et calculateurs.

— Leur description me rappelle celle de ce qu'on appelle des « vampires » dans mon monde.

Cette remarque parut satisfaire Sir Gödrindt qui acquiesça.

— Il est probable que ce mythe provienne de la présence des mages de sang sur Terre. Cependant, je peux t'assurer que le compte Dracula était simplement un fou assoiffé de sang.

Jess sourit en prenant des notes. Elle n'aurait jamais cru recevoir des cours d'histoire aussi atypiques. Ça ne lui déplut pas.

La seconde fleur qu'ils croisèrent fut le lys blanc, associé au diamant et aux mages de lumière. Ils devaient travailler la nuit afin d'entretenir le ciel étoilé et possédaient des ailes faites de poussière de Lune qui se déployaient dès le coucher du soleil. Ils étaient également en mesure de générer de la lumière pour éclairer des pièces et Jess comprit que l'infirmière qu'elle avait croisée à son réveil avait été l'un d'entre eux. Leur description ressemblait étrangement à celle des fées dont Jess avait tant rêvé étant petite.

Quant à la troisième fleur, ce fut une violette sertie d'améthystes. Dame Shizumi gérait cette dernière et ses élèves se nommaient les mages scintillants. Ils étaient comme un mélange entre des muses et des sirènes, doués dans les arts et chargés d'apporter de la beauté et de la joie à ce monde magique. Leurs talents ôtaient toute douleur émotionnelle. Toutefois, leur utilisation était très réglementée puisqu'ils pouvaient faire l'effet d'une drogue. Alors, les mages scintillants n'ayant pas encore décroché leur diplôme de maîtrise ne sortaient pas souvent de l'enceinte de l'Académie Covett et évitaient tout contact avec d'autres élèves. C'était désolant de voir que la capacité d'apporter le bonheur pouvait conduire à une existence aussi triste.

La quatrième fleur était une tulipe dont les pétales étaient décorés de topazes impériales d'un orange vif. Elle était celle de Dame Kishi et de ses mages des rêves. Ils tissaient les images qui animaient les pensées de toute la nuit. En entendant leur disposition à donner et à contrôler le sommeil, Jess les associa aussitôt au mythe du marchand de sable qu'elle connaissait si bien. Elle déplora la haine dont Dame Kishi avait témoigné envers elle puisque son pouvoir était de loin celui qui l'intéressait le plus.

L'arrêt suivant était un cactus orné de fleurs faites d'émeraudes. Sir Sevien. Il entraînait les mages chasseurs qui avaient pour don d'activer la magie endormie des semi-magiques et comme devoir de les tuer. Ils étaient également en mesure d'ouvrir les portails entre les dimensions afin de voyager à leur guise. D'après les statistiques de l'Académie, le nombre d'élèves chasseurs diminuait chaque année. Cette nouvelle ne dérangea pas vraiment Jess, au contraire.

La dernière fleur était un bleuet incrusté de saphirs. Sir Gödrindt présenta avec fierté ses propres élèves : les mages de création. Ils étaient des guérisseurs et en mesure de contrôler la vie végétale de la dimension. Ils pouvaient faire pousser n'importe quelle plante, la faire bouger comme ils le désiraient et la faire fleurir en toute saison. Leur refuge préféré était la forêt et Jess comprit aussitôt pourquoi il avait souhaité lui donner ce cours à l'air frais. Plus les minutes passaient et plus Sir Gödrindt lui rappelait un elfe.

— Il nous reste une destination à visiter, lui dit-il alors qu'elle crut avoir terminé leur petit tour.

Suivant le chemin encore un peu plus loin, elle ne tarda pas à apercevoir une dernière statue : un dahlia accompagné de pierres noires.

Elle fronça les sourcils, certaine de n'avoir jamais vu de gardien avec une telle couleur d'iris.

— Nous étions autrefois sept. Un nombre impair rendait les votes bien plus concluants, lui avoua son enseignant en passant sa main sur la pierre rugueuse de la statue.

Il paraissait se remémorer avec nostalgie le passé dont il parlait.

— La magie dimensionnelle, celle de tes ancêtres, était le début de ce monde. Il était donc naturel que son détenteur fasse partie des gardiens. Afin d'éviter le chaos, le pouvoir n'était détenu que par un seul individu à la fois. Il fallait que le précédent mage dimensionnel meure afin que son successeur puisse s'en emparer. Et un seul héritier voyait le jour par génération. Pendant des siècles, tout se passa à merveille.

Il marqua une petite pause et inspira profondément.

— Jusqu'à ce que la lignée ne soit souillée, compléta Jess d'un air stoïque.

Elle n'avait jamais connu ses ancêtres, et ne savait même pas si on parlait de la famille de son père ou de sa mère, alors pourquoi ressentirait-elle de la pitié pour eux ?

— Oui.

Sir Gödrindt baissa la tête, avant de laisser glisser ses doigts du dahlia noir. Jess, quant à elle, prit note de chaque petite once d'information qu'il lui fournissait, bien qu'elle eût l'impression qu'il ne lui avait pas tout dit.

Chapitre II

En traversant les jardins en direction de sa chambre, Jess observa les notes qu'elle avait prises durant l'enseignement de Sir Gödrindt. Il était évident que ce dernier avait tenu au précédent mage dimensionnel et c'était la première fois depuis l'arrivée de Jess à l'Académie Covett que quiconque lui avait montré le moindre signe de tristesse ou de remords. Peut-être qu'après tout, les habitants de ce monde n'étaient que de simples humains avec des pouvoirs.

En tout cas, pendant toute sa conversation avec Sir Gödrindt, elle avait oublié qu'elle n'était qu'une semi-magique, qu'on la voyait comme un monstre. Il n'avait pas fait transparaître la moindre once de peur ou de dégoût à son égard.

Elle aurait de quoi réfléchir au cours des jours à venir.

- *Rouge = rubis, rose, mages de sang (vampires)*

- *Violet = améthyste, violette, mages scintillants (sirènes/ muses)*

- *Orange = topaze impériale, tulipe, mages des rêves (marchands de sable)*

- *Vert = émeraude, cactus, mages chasseurs (se font de plus en plus rares)*

- *Bleu = saphir, bleuet, mages de création (elfes)*

- *Blanc = diamant, lys, mages de lumière (fées)*

- *Noir = onyx, dahlia, mages dimensionnels*

Il y avait tant de choses qu'elle devait encore apprendre au sujet du monde qui l'entourait, mais ces notes étaient déjà un bon début. Au moins, elle comprenait à présent le fonctionnement de l'Académie et des différentes catégories de mages. Elle était impatiente de demander à Khala de laquelle elle faisait partie en observant ses ongles rouges et dorés que cette dernière avait vernis. Le résultat était bien plus beau qu'elle ne l'avait imaginé.

Heureuse et, pour la première fois depuis son arrivée, souriante, elle s'approcha de la porte d'entrée de l'Académie afin de se reposer dans sa chambre. Elle n'avait plus que quelques couloirs à traverser avant d'atteindre son objectif : son lit.

Lorsqu'elle fut sur le point de pousser la grande porte en bois, celle-ci s'ouvrit avant même qu'elle ait le temps de poser la main dessus. Surprise, elle observa le jeune homme qui se trouvait à présent face à elle. Contre toute attente, il lui sourit et lui fit signe de passer. Elle obéit aussitôt, non sans être gênée à cause de cet acte de galanterie.

C'était la première fois que quiconque en dehors de Khala ou Torin ne l'avait pas regardée avec condescendance et dégoût. Alors, elle avança vers le couloir et passa à côté de l'inconnu en baissant sa garde.

Soudain, une main brutale se referma sur son bras. Elle poussa un cri étouffé tandis que, sans dire un mot, on la balança violemment contre le mur. Jess sentit le souffle lui manquer et le goût métallique du sang dans sa bouche. Le dos de la jeune femme fut traversé d'une vague de douleur, l'incitant à grimacer malgré elle. Avant même qu'elle eût le temps de reprendre ses esprits, son assaillant, bien plus imposant qu'elle, posa ses mains sur ses poignets pour l'immobiliser.

Jess se débattit de toutes ses forces, terrorisée par la situation. Peu importe combien elle tentait de bouger ses bras ou de donner de coups de pied à l'inconnu, il ne bougea pas d'un poil. Alors, elle tenta de crier, mais les couloirs étaient déserts puisque les cours avaient déjà repris. Elle était seule face à ce mage qui se délectait de sa peur.

— Ça ne sert à rien. Personne ne viendra te sauver.

Il approcha lentement son visage du sien et elle sentit sa lèvre inférieure trembler, alors qu'elle retenait des sanglots. Une vague de sueurs froides glaça son organisme entier, lui donnant la chair de poule en diffusant un grand vide au sein de sa poitrine. Dans une dernière tentative pour s'échapper, elle mit un coup de genou bien placé, mais le jeune homme le bloqua de sa jambe musclée.

— Ils diront tous que tu m'as séduit grâce à ton charme, susurra-t-il, un sourire mauvais aux lèvres.

— N'as-tu pas peur de jouer avec le feu ? Et si je te vole ta magie ? rétorqua sa victime avec le peu de courage qu'il lui restait.

— J'adore prendre des risques. Et puis, on m'a dit que ton don ne s'était pas encore réveillé.

À ces mots, il glissa une jambe entre les siennes et une larme coula le long de la joue de la jeune femme. Elle peinait à respirer et à déglutir, serrant ses poings capturés par son agresseur jusqu'à ce que ses ongles ne laissent des marques sanglantes sur ses paumes. Elle détourna son visage autant que possible et sentit la pierre rugueuse du mur contre sa peau, envahie par un profond dégoût et un haut-le-cœur.

— Maintenant que j'y pense, je serai le premier mage à baiser une semi-magique. Quel honneur ! s'exclama-t-il en rapprochant ses hanches de celles de sa victime.

Tout à coup, en goûtant le sel dans sa bouche et en entendant la suite des événements prononcée à haute voix, elle comprit qu'elle ne pouvait pas rester sans rien faire. Elle n'avait jamais été une proie et ne le deviendrait pas à présent !

Elle ferma les yeux, inspira profondément, et se sentit regagner le contrôle de ses émotions. Un soupir lui échappa et, lorsqu'elle rouvrit les paupières, la situation avait l'air bien moins effrayante d'un seul coup. Sa peur la quitta comme par magie. Le vide dans sa poitrine avait été remplacé par une chaleur brûlante, la complétant et la ravivant tout entière.

Une nouvelle puissance enivrante coulait dans ses veines, alors qu'elle avança d'elle-même son visage vers celui de son agresseur. Un rictus s'empara de ses lèvres, avant qu'elle ne les pose sur les siennes. Le jeune homme, pris au dépourvu, lâcha brièvement sa prise sur ses poignets et elle se libéra par la même occasion.

Elle aurait dû se sauver à cet instant-là, elle aurait dû courir s'enfermer dans sa chambre pour reprendre ses esprits, mais n'en fit rien. Au lieu de ça, elle faisait danser ses doigts sensuels le long du dos de son assaillant qui restait immobile, y traçant des cercles sous forme de caresses.

Elle avait envie d'enfoncer ses ongles dans son dos jusqu'à y faire couler du sang. Elle désirait jouer avec lui jusqu'à lui briser le cœur. Elle avait envie de le vider de sa magie. Elle avait envie de le voir souffrir, de le faire pleurer comme il l'avait fait sangloter à l'instant. De l'obscurité envahit son esprit, libérant une haine qu'elle avait longtemps réprimée.

Elle sentait la magie de son assaillant sous la pulpe de ses doigts, elle l'entendait traverser ses veines au même titre de son sang. La puissance l'appelait, l'envoûtait, l'attirait irrémédiablement. Et elle souhaitait plus que tout au monde la posséder.

D'un seul coup, elle retira ses lèvres de celles du jeune homme et le fixa avec les yeux écarquillés. Il paraissait hypnotisé et lui sourit, le regard perdu dans le vide.

Paniquée, Jess le poussa sur le côté et quitta le couloir en s'élançant dans les jardins de l'Académie.

Elle savait parfaitement ce qui venait de se produire et en était terrifiée.

Chapitre 12

Les jambes de Jess n'arrêtaient plus leur chemin, animées par la haine qu'elle ressentait envers la puissance qui l'habitait. Elle se détestait d'être le monstre qu'on l'avait prétendu être. Une part d'elle avait prié pour que ce ne soit pas vrai, qu'ils se soient trompés à son sujet, mais ses pires angoisses venaient de pendre vie.

Elle traversa le jardin de l'Académie, cherchant à s'en éloigner au plus vite afin de fuir ses problèmes. Il ne lui restait pas assez de force pour y faire face.

Le toucher de son agresseur brûlait la peau de ses poignets et son parfum flottait encore dans ses narines. Elle aurait pu vomir si elle n'avait pas été aussi préoccupée par ce qu'il s'était produit par la suite.

Son premier réflexe avait été d'utiliser sa sensualité afin de faire du mal à son ennemi. C'était tout sauf normal pour elle !

Elle n'était pas une séductrice puisqu'elle n'avait jamais été intéressée par une quelconque relation amoureuse jusque-là. À vrai dire, elle n'avait pas accordé d'importance du tout à sa féminité ou à l'image qu'elle renvoyait aux autres. Alors, sentir son corps agir d'une telle façon pour la première fois la rendait honteuse. Sans mentionner le fait que c'était son premier baiser ! Quelle horreur !

Ses poumons brûlaient et ses muscles lui faisaient si mal qu'elle faillit trébucher à plusieurs reprises, tandis qu'elle continua sa course tête baissée. Cette douleur était sa manière de se punir. Des larmes coulaient le long de ses joues refroidies par l'air extérieur et un vide se creusait peu à peu dans son cœur.

Elle savait qu'elle devrait demander conseil à un gardien, mais était trop confuse pour pouvoir leur faire face.

Elle atteignit la forêt avoisinant les jardins de l'Académie et s'enfonça dans ses entrailles sans même y réfléchir. Après avoir poursuivi encore un peu sa route, elle ralentit en reprenant son souffle. Incapable de s'arrêter complètement d'avancer, elle marcha précautionneusement en faisant attention de ne pas trébucher sur une branche ou une racine.

Face à la fraîcheur qui flottait entre les arbres, elle entoura son corps de ses bras. Lorsqu'elle vit les marques rouges se trouvant sur ses poignets, elle sentit du dégoût l'envahir. Autant envers son agresseur qu'envers elle-même. Elle aurait aimé pouvoir gratter sa peau au sang jusqu'à en enlever la zone abîmée qui y prenait place. Au lieu de ça, elle les cacha sous ses aisselles.

Les environs étaient obscurs et peu rassurants, mais cette exploration de l'inconnu fit du bien à la jeune femme. L'espace d'un instant, elle se dit que si la mort venait la visiter ici, ça ne la dérangerait pas. Au moins, elle n'aurait plus à se battre contre le monstre enfermé à l'intérieur d'elle.

Elle aurait aimé crier de toutes ses forces, mais le silence de la nature l'en empêchait. Elle ne souhaitait pas perturber ce calme sacré.

Alors, elle poursuivit son chemin en observant les troncs puissants, les feuillages vivaces et les traces de pattes d'animaux imprimées dans la terre durcie du sol. La lumière du jour créait des rayons angéliques dans l'air dont la disposition était modifiée en permanence par des brises. C'était si paisible qu'elle faillit se perdre dans l'harmonie que lui offrait le lieu.

Soudain, contre toute attente, elle vit une figure apparaître au loin et s'immobilisa aussitôt. La silhouette était assise par terre avec le visage levé vers le ciel, comme pour invoquer une entité. Existait-il des magies interdites ? De celles qu'un individu ne souhaiterait pratiquer qu'à l'abri des regards indiscrets ?

Curieuse, la jeune femme s'en approcha aussi discrètement que possible, sans jamais quitter la personne du regard. Plus elle avançait, plus elle eut l'impression de connaître l'homme assis en tailleur. Il lui tournait le dos, mais lorsqu'elle distingua sa chevelure blanche coupée court, elle sut que l'inconnu était Torin.

Intriguée, elle l'observa en silence en tentant de déterminer ce qu'il pouvait bien être en train de faire. De ce qu'elle parvenait à voir, il ne se produisait pas grand-chose. Priait-il ? Ou était-il venu pour méditer ?

Étrangement, le savoir dans les parages permit à Jess de se détendre. Un sourire prit place sur ses lèvres et elle posa son épaule contre un tronc en sentant toute pensée négative la quitter. Elle n'était plus en danger à présent.

D'un seul coup, Torin se retourna vers elle et l'observa d'un air curieux. Il ne paraissait pas en croire ses yeux, indiquant que les autres élèves n'exploraient pas souvent la forêt.

— Envie d'une balade loin de l'agitation de l'Académie ? engagea-t-il la conversation avec sa visiteuse surprise.

Heureuse de voir qu'il ne lui demandait pas de le laisser tranquille, Jess le rejoignit lentement. Maintenant que l'adrénaline avait quitté ses veines, tout semblait tanguer à cause de ses jambes tremblantes.

— Quelque chose comme ça, oui.

Lorsqu'elle l'atteignit, il l'observa avec les yeux plissés, toujours assis par terre. Il affichait une moue sceptique face à la réponse, conscient de l'état fébrile de la jeune femme.

— Et toi ? Qu'est-ce qui t'incite à t'asseoir sur le sol glacial de la forêt ? lui demanda-t-elle, un petit sourire forcé aux lèvres.

Toute conversation avec lui était facile et agréable. Ça ne lui coûtait pas le moindre effort. Cependant, camoufler le désarroi brillant dans ses yeux était plus difficile.

— Eh bien... commença-t-il en tentant de se relever progressivement.

Par réflexe, Jess lui tendit sa main afin de l'aider. C'était la seconde fois qu'elle faisait le premier pas vers lui. Était-ce aussi un changement subtil de sa personnalité liée à son « activation » ?

Le mage accepta son aide et posa sa main dans la sienne. Jess s'aperçut trop tard que ce contact pouvait réveiller une fois de plus son charme, mais son toucher parut ne pas affecter son interlocuteur. Pas encore. Son don paraissait se manifester de façon aléatoire pour l'instant, le rendant aussi dangereux qu'imprévisible.

Lorsque le mage se trouva enfin debout, elle se rendit compte du fait qu'il était un homme et non pas le petit garçon blessé qu'elle s'était imaginée. Ses épaules larges s'accordaient à sa carrure tonique sans en faire trop. Il était moins imposant que l'étudiant qui l'avait agressée, ce qui la rassura.

Il ne lui ferait pas de mal. Elle le sentait au plus profond d'elle.

— Tes poignets… murmura Torin, dont la main n'avait toujours pas quitté celle de Jess.

La jeune femme cacha aussitôt les marques, qui commençaient à virer au bleu, derrière son dos. Sa respiration se fit saccadée, alors que des images de l'horrible l'incident envahirent son esprit. Son sourire se transforma en une effrayante grimace et son cœur lui fit mal.

— Tu vas bien ?

Elle hocha la tête, trahie par les larmes coulant de ses yeux. Elle n'avait plus pleuré autant depuis si longtemps, mais ne parvenait pas à s'arrêter à présent.

Quelques secondes plus tard, Torin la prenait dans ses bras avec toute la tendresse et douceur du monde. Son geste n'avait rien d'agressif ou d'inconfortable, tandis qu'il rassura la jeune femme en passant sa main sur sa chevelure.

Elle sanglota malgré elle, exposant pour la première fois sa faiblesse et ses émotions à quelqu'un d'autre que sa mère. La tête nichée contre l'épaule du mage, elle ne s'était encore jamais sentie autant en sécurité.

Chapitre 13

Torin n'avait pas forcé Jess à lui raconter quoi que ce soit au sujet de l'agression. Il savait qu'elle lui en parlerait lorsqu'elle en aura le courage et l'avait raccompagnée sans la juger une seule fois. De plus, il lui avait donné le numéro de sa chambre au cas où elle ressentirait le besoin de lui parler et elle l'avait retenu avec grand soin.

La jeune femme ignorait pendant combien de temps il l'avait laissé sangloter dans ses bras, mais lui en était très reconnaissante. Même s'il avait sûrement eu l'impression qu'elle s'était agrippée à lui pour une éternité.

Elle n'avait pas la force de mettre des mots sur ses émotions confuses et douloureuses. À chaque bruit qu'elle entendait résonner au sein du couloir, elle sursautait par peur que son agresseur ne vienne lui rendre visite dans sa chambre. Elle regrettait que la porte ne puisse pas être fermée à clé.

Simultanément, elle craignait la puissance obscure qui l'habitait, qui avait menacé de prendre le contrôle de son corps pour commettre un crime irrévocable. Cette erreur aurait pu lui coûter la vie si elle ne s'était pas arrêtée à temps. Elle ne doutait pas du fait que Sir Sevien aurait pris un malin plaisir à la voir disparaître une bonne fois pour toutes.

Au fond, elle ignorait si elle était plus terrifiée par ce que son assaillant lui avait fait vivre ou par ce qu'elle avait failli lui faire subir elle-même.

Une heure après qu'elle soit rentrée, Khala mit les pieds dans sa chambre sans crier gare. Elle accourut jusqu'à sa nouvelle amie et s'assit à côté d'elle sur le lit. À voir son expression préoccupée, elle avait sans le moindre doute entendu ce qu'il s'était passé.

— Jess... murmura-t-elle en posant sa main sur son épaule.

En temps normal, la semi-magique se serait reculée pour se débarrasser de ce contact physique, mais elle n'en avait plus la force. La journée avait été bien trop éprouvante. Ou peut-être que, pour une fois, elle ressentait le besoin d'être réconfortée et soutenue.

En voyant son absence de réaction, Khala la serra dans ses bras.

— Tu as dû avoir tellement peur...

Sa voix se brisa en mille morceaux, dégoulinante de compassion et d'émotion.

Peu importe si elle parlait de l'agression ou du réveil de ses dons, la réponse était toujours « oui ». Oui, elle était terrifiée face aux événements qui se précipitaient sur elle.

Si les élèves étaient au courant de ce qu'il s'était produit, ça voulait dire que son assaillant s'était déjà fait un malin plaisir à faire circuler des rumeurs. À présent, elle serait non seulement un monstre aux yeux de tous, mais également une séductrice dangereuse.

— Tu ne devrais pas t'approcher de moi, Khala.

La mage recula d'un coup sec, sans pour autant lâcher les épaules de son interlocutrice.

— Tanzo est un crétin et tu es une fille en or. Même si tu décidais d'utiliser ton charme, tu ne le ferais jamais pour le séduire, lui. Puis, ce n'est pas la première fois qu'il est impliqué dans des affaires comme celle-ci. Il est plutôt simple d'additionner les faits et de comprendre la vérité, Jess.

La voix de la jeune femme devint de plus en plus douce au fil des mots. Son soutien était tout ce qu'il fallut à Jess pour décider qu'elle l'apprécierait plus à l'avenir. Alors, elle la serra à son tour dans ses bras en inspirant profondément.

Dans son monde, personne ne l'aurait cru si elle avait été victime d'une agression à cause de sa réputation d'élève solitaire et apathique. Les traumatismes des femmes avaient tendance à être minimisés, voire ignorés.

C'était à ce moment-là qu'elle était heureuse d'avoir des personnes sur qui compter à ses côtés, même si jusque-là, elle avait feint l'indifférence face à l'amitié dont lui témoignait Khala. Il était temps qu'elle apprenne à apprécier ceux qui voulaient son bien.

— Malheureusement, Tanzo est un vrai prince arrogant. Il n'a jamais été sanctionné pour ses actions insensées, car ses parents sont de grands soutiens financiers de l'Académie Covett, avoua Khala en secouant la tête.

La lueur triste dans son regard témoignait du fait que cette injustice la révoltait, mais Jess n'avait plus la force d'en penser de même. Elle avait appris dès un jeune âge que le monde ne serait jamais équitable. Toutefois, elle était déçue de voir que cette dimension-ci était aussi corrompue que celle qu'elle avait quittée.

— Veux-tu que je te fasse les ongles ? proposa-t-elle d'un seul coup à son interlocutrice.

Cette dernière écarquilla les yeux, avant de hocher la tête avec un sourire aux lèvres. Elle avait ressenti son besoin de changer de sujet.

— Je ne te promets pas un beau résultat.

Khala rigola, peu dérangée par l'idée de se balader avec du vernis bâclé. Elle attrapa les mains de son amie et les agita telle une enfant heureuse.

— Je vais chercher les boîtes et je reviens !

Jess hocha la tête en espérant qu'elle reviendrait en vitesse. Elle ignorait combien de temps elle parviendrait à rester seule avec ses pensées sans devenir paranoïaque.

— Tes poignets, Jess ! s'exclama soudain Khala qui était sur le point de se lever du lit.

Elle délaça ses doigts de celles de la semi-magique et observa sa peau devenue bleue. Des hématomes y étaient clairement visibles.

— Tu devrais aller le signaler à un des gardiens !

Elle avait l'air si apeurée par les contusions que Jess peina à la reconnaître. Alors, elle cacha ses bras derrière son dos afin de faire disparaître cette expression inhabituelle de son visage.

— Comme tu l'as dit, ils ne sont pas en mesure de faire quoi que ce soit. Je ne dispose pas de preuves hormis des bleus que j'aurais pu m'infliger moi-même.

— Tout le monde sait que Tanzo fait partie de l'histoire, il a répandu une tonne de bêtises.

— Il peut dire que c'était de la légitime défense.

— Jess… Crois-moi, je sais que c'est compliqué, mais il est essentiel que tu en parles à un supérieur. Si tu ne le fais pas pour toi, fais-le au moins pour les prochaines victimes.

Silence.

L'idée que Tanzo poursuivrait sa vie comme si de rien n'était, qu'il continuerait à faire souffrir d'autres personnes dégoûta Jess au plus haut point. Elle n'avait jamais été lâche, alors pourquoi le deviendrait-elle maintenant ?

Après quelques longues secondes, elle se résigna et hocha lentement la tête. Khala avait raison, toute victime méritait d'être écoutée. Même une semi-magique comme elle.

— Bien. Je vais chercher les vernis. Je serai de retour avant même que tu remarques mon absence ! lui promit la mage en s'éclipsant dans le couloir avoisinant la chambre.

Jess n'avait encore jamais été aussi angoissée par la solitude. En à peine quelques jours, ce monde avait réussi à lui ôter la chose dans laquelle elle avait toujours trouvé du réconfort.

Chapitre 14

C'était officiel, l'Académie Covett avait un sens de l'humour sadique. Après les événements de la veille, Jess était terrifiée à l'idée de traverser les couloirs, mais son emploi du temps du jour l'en obligeait. Elle n'avait cours avec personne d'autre que Sir Sevien, l'ennemi juré des semi-magiques ! Il avait sans le moindre doute entendu les rumeurs et souhaitait régler des comptes, indiquer qu'elle n'avait pas intérêt à toucher une nouvelle fois à un élève.

La présence rassurante de Khala avait su calmer les frayeurs de Jess la veille, mais ils refirent aussitôt surface lorsqu'elle mit les pieds en dehors de sa chambre. Elle avait appris que son amie était une mage de création, faisant partie des élèves de Sir Gödrindt, ce qui ne l'avait pas étonnée. Elle avait tout d'une elfe bienveillante et d'une protectrice de la nature.

Puisqu'elle n'était qu'une semi-magique, Jess se trouva une fois de plus seule face à son destin. Isolée de tous, la journée promettait d'être longue et frustrante.

En commençant par les regards accusateurs et chuchotements venimeux qui l'accompagnaient partout où elle allait. Certains élèves lui crachèrent de petits « monstre » ou « succube » qu'elle devinait être l'équivalent de termes bien plus vulgaires qu'on avait employés à son lycée humain. C'était exactement pour cette raison qu'elle détestait être au centre de l'attention et qu'elle avait toujours aspiré à être invisible.

Les poings serrés et le menton haut, elle tentait de maintenir sa façade de reine de glace en camouflant les fissures qui s'y formaient graduellement. Et son ventre vide et douloureux ne l'aidait pas à conserver son sang-froid.

Personne ne paraissait comprendre qu'elle avait des sentiments, elle aussi. Elle en tira la conclusion que Khala et Torin étaient des exceptions, que tous les autres ne la voyaient pas comme la victime, mais comme la responsable de l'agression.

En arrivant à sa salle de classe, elle s'engouffra à l'intérieur de la pièce dans l'espoir de retrouver un semblant de paix l'espace de quelques minutes. À son grand malheur, son professeur l'attendait déjà avec les bras croisés.

Elle soupira, trop épuisée pour avoir peur de lui. Ses instincts de survie l'avaient abandonnée à présent. Trop d'autres problèmes la préoccupaient.

— Demoiselle Handers, la salua-t-il depuis le milieu de la pièce vide.

— Sir Sevien.

Elle lui adressa un hochement de tête poli, tentant de commencer l'enseignement du bon pied. La dernière chose qu'elle souhaitait, c'était créer plus de conflits.

— Vous êtes ici pour apprendre à vous défendre sans avoir à vous servir de votre... don. Certains mages ont, malgré eux, du mal à résister aux charmes des semi-magiques et il vous faut savoir rétorquer physiquement afin de vous sauver de ce genre de situations. Quelques bleus et courbatures sont toujours mieux que de perdre sa magie, expliqua le chasseur sans la regarder une seule fois dans les yeux.

Ce cours tombait étrangement à pic.

— Pourquoi maintenant ? lui demanda-t-elle en haussant un sourcil.

— On nous a signalé que votre charme s'est réveillé. Il est donc temps de vous apprendre des techniques qui vous permettront de ne pas avoir à vous en servir.

— Permettez-moi de douter de votre soudain élan de sympathie.

Il perdait patience à vue d'œil et ancra son regard vert dans celui de son interlocutrice pour la première fois depuis le début de leur conversation. De toute évidence, il n'avait aucune envie de se trouver dans la même pièce qu'elle et encore moins de lui enseigner quoi que ce soit.

— Si tu dois vraiment le savoir, Torin Vyr nous a fait part de ses inquiétudes concernant l'agression d'hier. Il nous affirmait que tu n'es pas en sécurité au sein de l'Académie.

Il était passé du vouvoiement au tutoiement à une vitesse incroyable, brisant le masque civilisé qu'il avait prétendu porter jusque-là. Au fond, il n'était rien d'autre que l'être désagréable qui l'avait menacée dans le Coffee Shop.

— Torin ?

Elle n'en crut pas ses oreilles et cligna des yeux d'un air béat, surprise par cette révélation inattendue.

— En tant que fils de Sir Vyr, le gardien des mages de lumière. Il a plus d'influence que tu ne le réalises. Tu as rapidement su repérer des alliés de taille et ça ne me surprend pas de quelqu'un comme toi, lui cracha son instructeur avec un calme déconcertant.

À présent, il se trouvait à seulement un mètre d'elle, les poings serrés et le regard embrasé. Jess aurait aimé lui lancer des insultes, mais savait que ça ne résulterait en rien de bon et se mordit la langue. Il ne l'appréciait pas et elle ne pouvait pas le changer. Plus vite ce cours serait terminé, plus vite elle pourrait oublier ses attaques et insinuations.

— On commence ? rétorqua-t-elle calmement.

Elle ne deviendrait pas le monstre qu'il la croyait être, elle lui prouverait qu'il avait tort à son sujet.

Le chasseur détendit ses muscles et hocha la tête. Il avait aussi hâte qu'elle d'en découdre.

***

Comme Jess s'y était attendue, Sir Sevien ne l'avait pas ménagée une seule seconde. Il lui avait mis tous les coups qu'il pouvait et elle avait toujours manqué de les bloquer. Chaque nouvelle attaque qu'il lui assénait avait paru satisfaire l'homme, laissant des bleus sur les bras et les jambes de son élève.

Il était exigeant et ça ne la dérangeait absolument pas. Quelque part, elle l'admirait pour son talent quand c'en venait à l'art du combat. Secrètement, elle ne cherchait qu'à pouvoir le battre un jour et travaillerait dur afin d'y parvenir. Avec ce nouvel objectif en tête, elle était revigorée et motivée.

Cependant, la réaction de son enseignant lorsqu'il avait aperçu les marques bleues laissées sur ses poignets par Tanzo ne lui avait pas échappé. Il s'était longuement attardé dessus et avait froncé les sourcils. Suite à cela, il n'avait plus une seule fois touché ses avant-bras au cours des exercices. Peut-être qu'il possédait quand même une fraction d'humanité, mais Jess n'était pas à la recherche de sa pitié ou de sa compassion.

Assise devant son plateau-repas, elle attendait que Khala la rejoigne et en profitait pour observer le portrait de Sir Vyr. Comment avait-elle fait pour ne pas remarquer la ressemblance entre lui et son fils ? Leurs cheveux blancs auraient dû être un indicateur de leur lien de parenté. C'était donc bel et bien grâce au statut de gardien de son géniteur qu'il n'avait pas encore été viré de l'Académie Covett.

Quelqu'un s'installa en face d'elle, mais pas la personne qu'elle attendait. Torin la regarda et la salua d'un discret mouvement de la tête. Surprise par son apparition soudaine, la semi-magique resta silencieuse et se concentra sur la nourriture devant elle. Elle agita le contenu de son assiette avec sa fourchette et inspira profondément.

— Merci, chuchota-t-elle en espérant que le jeune homme l'entende.

Elle n'était pas habituée à se reposer sur quiconque. Ni à partager des remerciements. Il l'avait réconfortée et défendue auprès des gardiens, chose qu'elle n'aurait jamais osé faire d'elle-même par peur qu'on ne l'accuse d'être une menteuse. Et il avait fait tout ça spontanément, par pure bienveillance, en sachant que sa voix aurait plus d'impact que celle d'une semi-magique. Il n'avait aucune idée d'à quel point ce qu'il avait fait était important.

Lorsqu'elle releva le regard, il lui adressa un sourire rassurant, avant d'avaler une bouchée de son entrée.

Jess adorait qu'ils n'avaient pas besoin de se parler pour se comprendre. Elle ne se sentait pas forcée à lui être redevable et les vrais alliés ne demandaient jamais de comptes.

Chapitre 15

Khala avait rejoint le duo quelques minutes plus tard, surprise de découvrir que Torin avait daigné sociabiliser pour une fois. Au début, les conversations étaient malaisantes et maladroites, mais ils avaient rapidement trouvé des points communs. Même s'ils se résumaient majoritairement à leur dégoût de la nourriture préparée à la cantine et à leurs critiques concernant les autres étudiants.

Entourée de deux amis dont elle n'aurait jamais fait la connaissance si elle était allée à Harvard, Jess oublia brièvement ses soucis sans même s'en rendre compte. Elle éclata même une fois de rire lorsque Khala et Torin ne parvinrent pas à être d'accord sur un sujet. Ils se lançaient des regards noirs en coin qui les faisaient ressembler à des enfants capricieux.

Peut-être que l'existence solitaire qu'elle s'était toujours imaginée n'était pas si idéale que ça en fin de compte.

Khala fut malheureusement obligée de partir à son premier cours de l'après-midi dès quatorze heures, laissant ses deux amis derrière elle sans grande envie.

Puisque Torin reprenait les enseignements une heure plus tard, Jess et lui s'étaient dirigés vers leur banc situé sous un des arbres du jardin. Lorsqu'ils passèrent à côté de la porte menant à l'extérieur de l'Académie, la semi-magique réprima un frisson. Par réflexe, elle recouvrit ses poignets de ses mains, sentant les hématomes brûler sa peau. Puis, en voyant Torin poursuivre son chemin, elle secoua la tête et se contenta de profiter de l'instant présent en sa compagnie. Aussi longtemps que son esprit torturé le lui permettrait.

Elle ne lui avait pas avoué qu'elle savait qu'il était le fils de Sir Vyr et ne prévoyait pas de le faire de sitôt. Il était évident qu'il souhaitait éviter d'être associé à son père, qu'il avait pour ambition de se construire sa propre vie. C'était une volonté qu'elle respectait plus que tout.

En s'asseyant sous les branches du grand chêne, les deux amis observèrent le paysage en silence. Le vent joua avec les longs cheveux noirs de Jess qui s'échouèrent sur le visage du jeune homme assis à côté d'elle. Il éclata aussitôt de rire, alors qu'elle fit de son mieux pour récolter ses mèches vagabondes.

Une fois qu'elle réussit sa mission, Torin se tourna vers elle avec une mine sérieuse.

— Merci, Jess.

Elle pencha la tête sur le côté en arquant un sourcil. Ignorant que dire, elle garda le silence. Ce n'était pas à lui de la remercier, au contraire.

— Tu as su me redonner le sourire ces derniers jours et, crois-moi, c'est un exploit.

— À cause de ton manque de magie ?

Il soupira et se détourna d'elle pour se concentrer sur les environs et cacher les émotions qui traversaient ses pensées.

— Tu en as entendu parler ?

— Khala l'a mentionné peu après mon arrivée.

Il secoua la tête, agacé par les rumeurs.

— Ce n'est pas que je n'en possède pas, je suis un mage de lumière après tout, lui avoua-t-il finalement dans un souffle.

Jess, confuse, plissa les yeux en tentant d'imbriquer les différentes pièces du puzzle. Sans succès. Pourquoi la cacherait-il s'il en détenait ?

— Elle est simplement trop puissante et il m'est impossible de la contrôler. C'est pourquoi on m'interdit de l'utiliser. Elle me ronge jour après jour et depuis tout petit, on m'a appris à dresser des murs autour d'elle afin qu'elle ne puisse jamais prendre le dessus, expliqua son interlocuteur en haussant les épaules.

C'était quelque chose d'absolument ordinaire pour lui.

— Et tu étais tout seul dans la forêt parce que tu souhaitais baisser ta garde sans courir le risque de blesser quiconque, devina Jess en passant sa main sur son front.

Il hocha la tête, lassé par son quotidien pesant. Même en possédant une magie surpuissante, il n'était ni respecté ni apprécié. Comme quoi, même les êtres extraordinaires en son genre ne trouvaient pas leur place dans le monde.

— Les autres croient que mon pouvoir ne s'est pas encore réveillé parce qu'ils ne l'ont jamais vu se manifester. Mais le jour où ils le verront, il n'apportera que destruction et douleur.

— Ça ne doit pas être facile de leur mentir au quotidien.

Il ricana en croisant les bras.

— Honnêtement, c'est la partie la plus simple. Je me fiche de ce qu'ils pensent de moi. Ce sont plutôt les voix présentes dans mon esprit qui m'inquiètent.

— Des voix ?

La jeune femme était plus intriguée qu'effrayée par ce phénomène étrange. La sincérité avec laquelle son interlocuteur lui dévoilait ses pires secrets la touchait. C'était la première fois que quelqu'un lui accordait tant de confiance et elle en était ravie. Le duo s'était bien trouvé.

— Elles amplifient mes pensées pessimistes et violentes, créant des échos dans mon esprit. J'ai appris à les ignorer, à ne pas prendre garde à elles. Dès leur apparition, les gardiens ont rapidement compris que mon pouvoir était quelque chose d'obscur qu'il valait mieux garder scellé.

Sa mâchoire se contracta au même titre que les muscles de ses bras. Est-ce que parler d'elles lui rappelait leur présence à l'intérieur de sa tête ?

— Et ton père cherche à le cacher ?

Jess s'aperçut trop tard qu'elle venait de lui avouer qu'elle en savait plus sur lui qu'il ne le pensait.

— Est-ce que Khala t'a raconté ça aussi ?

Il secoua la tête et son interlocutrice garda le silence, mais il n'y prêta même pas attention. Il était visiblement frustré d'avoir découvert qu'il ne pouvait pas cacher son identité à quiconque. Même pas à une semi-magique rejetée par la communauté.

— En effet, mon père trouve sa réputation plus importante que le bien-être de son fils. Quel cliché, n'est-ce pas ?

Le sarcasme coulait à flots de ses paroles dans une tentative désespérée de camoufler la douleur visible au fond de son regard. Jess n'avait jamais connu son propre père et savait qu'elle ne pouvait pas savoir ce que le jeune homme traversait. Pourtant, elle posa sa main sur son bras dans l'espoir de le réconforter, pour lui montrer qu'elle n'avait pas peur de lui malgré tout ce qu'il lui avait confié.

En sa compagnie, elle était toujours celle à faire le premier pas et aimait ce nouveau courage qu'elle se découvrait jour après jour.

— Je ne m'enfuirai pas, Torin.

Surpris, il la fixa comme si elle venait de dire quelque chose d'inimaginable. Tremblant, il la serra dans ses bras avec douceur. Elle se délecta de ce contact si rassurant. Il avait trop longtemps vécu en ne comptant sur personne d'autre que lui-même, oubliant au fil des jours à quel point être soutenu pouvait faire du bien.

Ils étaient deux marionnettes fragilisées par la vie, mais ne méritaient pas pour autant d'être envoyés à la casse.

Chapitre 16

Les gardiens avaient soudain tous du temps libre pour Jess. La nouvelle du réveil de son charme paraissait les inquiéter, ce qui la stressa à son tour. Elle avait rendez-vous avec Dame Duroy le soir même. C'était elle qui lui apprendrait à maîtriser son don au lieu de le refouler. Les mages de sang étaient les maîtres du contrôle de soi et elle espérait être à la hauteur des attentes de sa professeure.

Cette dernière avait exigé qu'elle la rejoigne dans la serre botanique de l'Académie Covett, dont Jess ne connaissait même pas l'existence jusque-là. Khala avait été gentille de lui en indiquer l'emplacement. Personne n'avait jugé nécessaire de lui en parler auparavant. Pourtant, elle appréciait la nature et son silence réconfortant.

Debout devant la porte fermée à clé du lieu en question, elle attendait que Dame Duroy la rejoigne, tournant nerveusement en rond. La nuit n'avait pas tardé à poser son voile obscur sur l'institut et la jeune femme était à l'affût du moindre son. Elle se remémorait les mouvements protecteurs que Sir Sevien lui avait montré le matin même, prête à affronter maladroitement quiconque oserait l'importuner.

— Entrons, jeune demi-sang, lui ordonna soudain une voix provenant de derrière son dos.

Elle sursauta et fit volte-face, se trouvant soudain confrontée à son enseignante. Cette dernière n'avait pas fait le moindre bruit en arrivant, accentuant l'idée que les mages de sang ressemblaient à des vampires.

Ses cheveux roux flottaient autour de son visage et sa bouche rouge faisait ressortir la blancheur de ses dents. Sa robe en velours épousait ses belles courbes, tout en s'accordant parfaitement à ses escarpins noirs. Elle était une femme sophistiquée comme son nom issu de la noblesse le suggérait.

Jess lui obéit et la suivit après qu'elle ait déverrouillé la porte. Contre toute attente, la serre n'était pas en libre accès. Dommage.

En entrant, elle découvrit que seules les six variétés de fleurs associées aux gardiens étaient cultivées à l'intérieur du bâtiment aux murs de verre. Le lieu ressemblait étrangement à une chapelle, si ce n'était pour ses immenses vitres séparées par une voûte en pierre grise. Elle se divisait en huit poteaux tels les tentacules d'une pieuvre, englobant l'intégralité des plantes dans sa cage.

L'air était doux, presque printanier, et des parfums sucrés flottèrent jusqu'à ses narines. C'était l'endroit idéal pour lire un livre en paix.

— Tu sais pourquoi j'affectionne tant cette serre ? la questionna Dame Duroy en approchant son nez d'une rose, sa fleur signature.

Avant même que son élève puisse lui formuler la moindre réponse, elle poursuivit :

— Parce que la végétation est calme. Je ne dois pas en permanence me battre contre ses pensées. Elle me laisse me reposer sans me déranger, mais est toujours heureuse lorsqu'on s'occupe d'elle. Il n'y a pas meilleure compagnie pour une mage de sang.

Elle caressa plusieurs lys du bout des doigts, délicate et précautionneuse. Le claquement de ses talons remplissait le silence qui les englobait.

— Je crois que tu me comprends de ce côté-là, n'est-ce pas ?

— Comment ça, madame ?

— Partout où tu vas, tu es suivie de chuchotements, de rumeurs, de regards remplis de désapprobation. Mais, toi comme moi, nous ne pouvons pas changer notre nature. Alors, il nous faut apprendre à vivre avec.

Elle parut ravie de cette similitude entre elle et son étudiante. Nombreux auraient tenté de la nier.

— Tu ne pourras jamais y échapper, Jess.

Sa voix se fit davantage dure et venimeuse. Ses mouvements devinrent plus souples, comme ceux d'un prédateur prêt à sauter sur sa proie. L'élève se sentit soudain inconfortable à l'intérieur de la serre. Elle avait l'impression d'être à l'étroit, étriquée, et recula d'un pas.

— Ils auront toujours le dessus sur toi, ils te contrôlent.

La jeune femme jura qu'elle pouvait voir les canines de sa professeure pousser jusqu'à devenir pointues. Il en allait de même pour ses ongles noirs.

Son sang battait dans ses tempes, rythmant les vagues d'angoisse qui commençaient à l'envahir. Se sentant traquée, elle recula une fois de plus et se retrouva piégée contre une des parois de la serre botanique. Sa seule issue se trouvait à l'autre bout de l'espace et le chemin était bloqué par Dame Duroy dont le sourire terrifiant n'avait rien d'humain.

— Que feras-tu lorsqu'ils prendront avantage de toi ? poursuivit la prédatrice en s'élançant d'un seul coup vers sa victime.

Plaquée au mur de verre avec une griffe aiguisée à quelques centimètres du visage, Jess ne pouvait pas s'empêcher de trembler.

À ce moment-là, elle n'avait qu'une seule envie : retrouver le calme qui l'avait envahie quand son charme s'était manifesté avec Tanzo. Elle s'était sentie si apaisée face au danger, si sûre d'elle qu'elle gagnerait le combat contre le mage. Des images de l'agression lui revinrent en tête lorsque Dame Duroy approcha son visage du sien.

Le désespoir, la douleur de ses poignets, la panique, les larmes, elle se souvint de tous les détails. Et elle aurait aimé l'oublier.

En libérant son charme, elle paraissait être en mesure de le faire. Elle ne serait plus la pathétique fille qu'elle avait été à cet instant-là. Elle pourrait contrôler l'esprit de son assaillant. Ce serait si facile. Si seulement elle cédait à la tentation de son pouvoir… mais elle avait encore trop peur des conséquences que ses actions engendreraient.

Soudain, quelque chose la frappa : une supérieure ne serait jamais autorisée à lui faire du mal. Pas alors qu'elle était si précieuse à leurs yeux. Pas jusqu'à ce qu'on détermine si elle portait en elle assez de magie dimensionnelle pour se rendre utile. C'était pourquoi Sir Sevien ne l'avait pas tuée en cours le matin même. Pourtant, il était le premier à s'en retenir.

Ce n'est qu'un test, comprit Jess en observant l'expression menaçante de son enseignante.

Elle souhaitait voir si la jeune femme possédait assez de volonté et de maîtrise pour ne pas céder à son don. Après tout, le contrôle de soi était la spécialité des mages de sang.

En la leurrant jusqu'à une localisation isolée avec un espace fermé et étroit, elle avait donné à la semi-magique toutes les raisons d'être terrifiée. Mais les instincts de survie primitifs de Jess ne triomphaient pas sur sa raison. Elle était un être rationnel qui analysait des situations avant d'agir.

Alors, elle prit une profonde inspiration et se calma peu à peu, oubliant la tentation de son charme. Elle avait failli y céder une fois de plus et savait qu'elle avait évité de justesse une catastrophe. Il n'y avait aucun doute : il lui fallait encore bien de l'entraînement avant qu'elle ne se maîtrise vraiment.

Son assaillante arqua un sourcil, étonnée.

— Intéressant... marmonna-t-elle en s'éloignant progressivement de sa victime.

Ses crocs et ses ongles se rétractèrent peu à peu jusqu'à ce qu'elle reprenne sa forme humaine. L'animal sauvage qu'elle avait paru devenir laissa place à une Dame civilisée et hautaine.

— Tu sais te maîtriser et je t'en félicite. C'est un début, avoua-t-elle en se détournant de son étudiante.

Jess eut l'impression d'être enfin en mesure de respirer après une longue période d'apnée et inspira profondément. Malgré le fait qu'elle ait réussi cet exercice, elle devait se forcer à ne pas trembler de peur suite au choc de la prétendue attaque.

— Mais si ceci avait été une vraie situation, tu serais morte. C'est pourquoi ce que tu apprends à l'entraînement physique de Sir Sevien doit être ton premier recours en cas de crise.

Jess hocha la tête en prenant des notes mentales. Son ambition était d'employer ses poings à l'avenir, mais sa technique était encore trop faible pour qu'elle puisse réussir le moindre coup.

— Au prochain cours, on continuera à développer ta maîtrise psychologique, lui annonça Dame Duroy en humant une tulipe.

Puis, elle quitta la serre sans se retourner une seule fois, accompagnée de ses élégants mouvements et le son de ses talons.

Jess, elle, resta debout au milieu des fleurs et la suivit du regard jusqu'à ce qu'elle disparaisse au loin. Ce cours extrêmement court était tout sauf ce à quoi elle s'était attendue.

Chapitre 17

En se réveillant le matin suivant, Jess aurait dû être heureuse d'avoir passé le test de Dame Duroy. Pourtant, elle ne s'en réjouit pas en se rendant compte du long chemin qu'elle avait encore à parcourir. Les cours de Sir Sevien allaient devoir être imprimés sur ses paupières si elle souhaitait survivre dans ce monde sans avoir à se servir de son charme.

Elle y parviendrait et leur prouverait qu'elle n'avait rien d'un monstre.

Debout devant le miroir suspendu au-dessus de son bureau, elle se séchait les cheveux à l'aide de sa serviette rouge écarlate. Elle s'était levée tôt quand bien même, elle n'avait pas de nouveaux enseignements prévus. Rester trop longtemps au lit ne faisait que la déprimer.

Suite à sa douche, elle se sentait prête à attaquer cette nouvelle journée à l'Académie. Sentir l'eau chaude couler sur sa peau lui avait fait un bien fou, même si elle n'avait pas une seule fois regardé ses poignets bleus en les lavant. Elle avait repoussé les images de l'agression dans un coin de sa tête, les enfermant derrière une porte psychologique. Au fond, elle savait que les dégâts seraient considérables lorsque cette dernière se rouvrirait à l'avenir, mais se donnait d'autres priorités pour se distraire.

Rien n'était plus important que la maîtrise de ses enseignements. Elle ne cherchait qu'à être parfaite.

Alors qu'elle s'habillait de l'uniforme de l'institut, quelqu'un toqua à sa porte. En l'ouvrant, elle découvrit Khala de l'autre côté de la surface.

— Bonjour ! la salua la mage avec un grand sourire aux lèvres.

Comme toujours, elle était de bonne humeur.

— Salut, Khala.

— Tu as un cours ce matin ? la questionna son amie en observant sa tenue d'étudiante.

Elle était prête, alors qu'elle n'avait nulle part où aller.

— Pas aujourd'hui. Mais je peux t'accompagner à ta salle.

Elle n'avait aucune envie de se retrouver piégée dans sa chambre avec pour seule compagnie ses pensées. Son interlocutrice sauta de joie en entendant sa proposition. La solitude ne la ravissait pas.

Ensemble, les deux jeunes femmes commencèrent à sillonner les couloirs sans se quitter d'une semelle. Khala commença à parler de son cursus de mage de création, expliquant que les cours de pratique dans la forêt étaient ses préférés. Elle était si fière d'avoir récemment soigné l'aile cassée d'un oiseau à l'aide de sa magie. Les os s'étaient ressoudés comme s'ils n'avaient jamais été brisés.

— C'est tellement satisfaisant de se dire qu'on a fait quelque chose de positif, se réjouit-elle en se remémorant cet instant si euphorique.

— Tu es trop bien pour ce monde.

— Je suis convaincue qu'on peut petit à petit changer sa corruption si on commence tous par ouvrir nos cœurs à de la gentillesse et de la générosité.

Jess ouvrit la bouche, prête à rétorquer, mais une figure qu'elle reconnaîtrait entre mille l'interrompit : Sir Sevien.

— Mademoiselle Handers, je ne m'attendais pas à vous voir debout aussi tôt, lui dit-il de sa voix grave et froide.

Elle priait pour qu'il ne décide pas de lui infliger un de ses entraînements maintenant.

— Sir, le salua-t-elle avec peu d'enthousiasme.

En cours, elle l'écoutait attentivement, mais au beau milieu des couloirs son aura menaçante reprenait le dessus. Elle ignorait s'il la contrôlait ou non et ne comptait pas lui poser la question. Si ses instincts lui indiquaient qu'il était dangereux, ça signifiait qu'il l'était.

— Sir Vyr vous attend dans la bibliothèque, lui annonça-t-il avec indifférence.

Puis il se détourna d'elle d'un coup sec et poursuivit son chemin comme si de rien n'était. Confuse, Jess fronça les sourcils et garda le silence, au même titre que Khala. Cette dernière s'était tue pour la première fois depuis le début de la matinée.

Pourquoi est-ce qu'un gardien souhaitait la voir alors qu'aucun cours n'avait été planifié ?

— Où est la bibliothèque ? lui demanda Jess en émettant un petit rire nerveux.

Elle était encore surprise par l'annonce du chasseur, mais tout était meilleur que de se faire torturer par lui.

— Viens. J'ai le temps de t'y accompagner avant le début de ma journée, la rassura Khala sans mentionner la tension qui avait flotté dans l'air entre son amie et le gardien.

Il était évident qu'il la méprisait plus que tout au monde.

— Merci.

Jess sentit du stress s'emparer de son corps, faisant de son mieux pour ne rien en laisser transparaître. Le père de Torin souhaitait lui parler et elle ignorait quoi en penser.

***

Comme convenu, Khala l'avait conduite devant la porte de la bibliothèque. Ça faisait bientôt dix minutes qu'elle en observait la surface en bois, pétrifiée à l'idée d'en traverser l'embrasure. Au fond, elle était consciente qu'elle ne pourrait pas faire attendre Sir Vyr éternellement et se battait de son mieux contre ses démons. Après avoir longuement inspiré, elle s'aventura enfin dans l'immense salle remplie d'ouvrages anciens et précieux.

— Jess Handers. Tu es bien plus rapide que je ne l'avais cru, la salua le gardien aux cheveux et yeux blancs.

Il sortit d'une des nombreuses rangées de meubles disposées au sein de la pièce circulaire. Le lieu comptait deux étages et le second pouvait être aperçu à travers le trou du plafond de la pièce. Une odeur de renfermé et de papier flottait dans l'air, accompagnée d'un parfum de lys qu'elle devinait provenir de Sir Vyr puisque c'était sa fleur phare.

— Enchanté, Sir.

Il sourit face à sa politesse en lui faisant signe de le rejoindre. Elle obéit en se préparant au pire. Les deux précédents supérieurs qu'elle avait rencontrés ne l'avaient pas épargnée.

— Je ne vais pas te cacher que de nombreuses personnes ici ne t'apprécient pas.

Jess laissa échapper un ricanement malgré elle. Ça, elle l'avait remarqué. Même en étant aveugle, on pouvait s'en rendre compte !

— Toutefois, je dois avouer que j'étais un grand admirateur de ton père.

Choc. Stupeur. Son père ?

— Vous… vous avez connu mon père ?

Depuis qu'elle avait compris qu'il l'avait abandonnée avant même sa naissance, il n'avait pas vraiment existé dans son esprit. Il était comme un fantôme, intouchable, irréel. Pire encore qu'un mirage puisqu'elle ne connaissait même pas son visage.

— Bien sûr ! Il était le dernier mage dimensionnel à avoir siégé à la table des gardiens de l'Académie.

Jess ne parvenait pas à croire que Sir Gödrindt lui avait caché une telle information ! Elle aurait cru que la magie était plus lointaine dans sa lignée, qu'elle l'ait hérité de sa grand-mère ou son grand-père. Mais son père ? Ça lui paraissait si proche et si lointain à la fois !

Donc, mon don ne provient pas de ma mère. Elle ne sait rien de ce monde, comprit-elle en sentant son cœur se serrer. Elle devait tellement s'inquiéter de la disparition de sa fille !

La semi-magique suivit son interlocuteur qui avança graduellement entre les rangées de livres et de grimoires de la bibliothèque, suspendue à ses lèvres.

— Je t'ai justement fait appeler ici afin de t'en apprendre plus au sujet de ta lignée. Après tout, tu as le droit de savoir pourquoi on te garde vraiment parmi nous.

Il attrapa un ouvrage épais à la couverture en cuir parfaitement bien conservée. Les broderies argentées ornant sa tenue noire brillaient à chacun de ses mouvements captivants et légers. Tout autant que les diamants incrustés dans son front. Avec ses longs cheveux blancs et ses iris de la même couleur, sa nature surnaturelle était indéniable.

— Certains te donneront l'impression que tu n'as pas ta place ici, mais c'est loin d'être vrai.

Il ouvrit l'objet entre ses mains, cherchant la bonne page. Lorsqu'il la trouva enfin, ses yeux se mirent à scintiller.

— Dans la lignée des mages dimensionnels, un seul enfant peut voir le jour par génération, car si plusieurs individus étaient en mesure de construire des mondes à leur guise, ça donnerait naissance à un chaos sans nom. Le pouvoir est passé à l'héritier à la mort de son prédécesseur, mais ton père était peu enthousiaste à l'idée de devenir le prochain mage dimensionnel lorsqu'il était jeune.

Il montra un immense arbre généalogique à la semi-magique et posa son doigt sur la dernière branche tracée tout en bas de la page.

— Isler Handers, lit-elle à haute voix.

Le souffle lui fut ôté. Elle connaissait à présent le nom de son père ! Même si ce n'était pas en mesure de combler son absence.

— Ta mère a repris son nom malgré les nombreuses protestations de la famille de ton père. Afin de vous protéger, elle et toi, il jura de ne jamais quitter notre dimension. En échange, on était dans l'obligation de laisser l'élue de son cœur vivre sa vie en paix. Nous ignorions que ta mère portait son seul et unique enfant.

— La pureté de la lignée devait être préservée et il l'a souillée, murmura Jess en comprenant à quel point sa naissance avait semé de trouble dans le système des mages.

Même si elle ne pouvait rien faire aux circonstances de sa création et qu'elle comprenait pourquoi on la regardait avec tant de dédain, ce n'en était pas moins injuste.

— Il ne nous a confié son secret qu'à sa mort. C'est alors que te retrouver est devenu une priorité. Ta nature de semi-magique nous a facilité la tâche puisque Sir Sevien a pu te traquer en un claquement de doigts.

Silencieuse, la jeune femme mettait toutes les informations bout à bout dans son esprit. Elle avait besoin de temps pour digérer la nouvelle qu'elle n'aurait jamais dû voir le jour et que la magie qui était censée couler dans ses veines n'aurait jamais dû lui appartenir.

— Donc ma mère connaissait l'existence de l'Académie ?

Elle me l'a cachée pendant toutes ses années.

Cette pensée la révolta malgré elle.

— Ton père, puisqu'il était le seul de son genre, appréciait s'entourer de mages chasseurs. Un jour, pour lui faire une blague, ils l'ont trainé avec eux dans le monde humain et il a rencontré ta mère. Depuis cet instant, il passait de plus en plus de temps là-bas, tombant peu à peu amoureux d'elle. Jeune et naïf à l'époque, il a souhaité lui montrer son univers en secret et l'a emmenée ici à plusieurs reprises jusqu'à ce que les gardiens ne le découvrent et l'en interdisent. Après l'avoir perdue, il s'est entièrement dévoué à sa vie de gardien, mais je voyais bien dans son regard tourmenté qu'elle lui manquait plus que tout.

Ceci était la dernière chose à laquelle Jess s'était attendue. Elle s'était toujours imaginé son géniteur tel un porc égoïste, pas un homme attentionné avec des principes.

Sir Vyr posa sa main sur son épaule en refermant le livre qu'il tenait entre ses mains.

— Jess, les gardiens ont tendance à rejeter la technologie humaine. Comme tu as pu le remarquer, nous n'utilisons, par exemple, pas d'électricité ici.

C'était une des premières choses dont elle aurait dû se rendre compte, vu à quel point elle avait été attachée à son téléphone dans son monde. Pourtant, elle n'y avait pas fait attention jusque-là. Elle avait présumé qu'elle avait laissé tout ce qu'elle avait toujours connu derrière elle sur Terre. Sa mère incluse.

— Les explications au sujet de notre système d'éclairage seront pour un autre jour. Ce que je souhaitais te dire par là est que tu pars avec une longueur de retard à cause de nos préjugés concernant les humains. Mais tu n'es pas obligée de subir ces injustices sans agir.

La conversation prenait un tournant auquel elle ne s'était pas attendue. Se pouvait-il que Sir Vyr soit de son côté ? Peut-être l'était-il, car elle avait accepté son fils à bras ouverts ?

— Contrairement aux mages, ta magie doit être activée et il suffit d'une étincelle dans ton organisme pour que ton pouvoir dimensionnel soit réveillé. Ensuite, plus personne n'osera te persécuter.

Pourquoi lui disait-il ceci ? Elle avait l'étrange pressentiment qu'il avait un plan en tête. Ou était-ce un énième test des gardiens ?

— Je ne suis pas autorisée à manipuler de la magie. Ce serait trop dangereux étant donné ma… nature.

Il se remit à marcher en silence et lui fit signe de le rejoindre, comme pour lui confier un secret.

— Tu es un aimant, tu as besoin de magie. Mon fils en a en trop et aimerait se débarrasser du surplus. Peut-être que la solution que tu cherches se trouve juste devant toi.

Elle écarquilla les yeux. Quel père jetterait son propre fils aux loups de la sorte ? Ce qu'il suggérait était si dangereux !

— Il sera en mesure d'utiliser son pouvoir puisqu'il sera moins concentré, moins puissant, et tu n'auras plus à vivre dans la peur d'être un monstre. Une fois ton don dimensionnel réveillé, tu seras considérée une mage à part entière, ajouta son interlocuteur d'un air convaincant.

En théorie, ce qu'il disait pouvait fonctionner. Mais, cela en valait-il vraiment le risque ? Puis, comment pourrait-elle expliquer le fait que le pouvoir endormi d'une semi-magique comme elle se manifeste tout à coup ? Ne ferait absorber de la magie pas d'elle le monstre qu'ils la pensaient être ?

Elle voyait en Sir Vyr autant un père qui voulait le meilleur pour son fils qu'un mage désespéré de rétablir l'ordre dans le système magique. Et elle tenait le destin de ces deux éléments au creux de ses petites mains.

— Je te libère. Si tu as besoin de moi, tu peux toujours me retrouver ici. La nuit, je suis le gardien des mages de lumière, mais le jour, je protège cette bibliothèque avec ma vie. Il n'y a pas un seul de ses recoins que je ne connais pas par cœur, la salua-t-il avant de s'éloigner en attendant qu'elle en fasse de même.

Le temps des réponses venait de toucher à sa fin. Elle souhaitait savoir quand elle en aurait droit à d'autres.

Chapitre 18

En quittant la bibliothèque, Jess se sentait déjà plus légitime à l'Académie qu'auparavant. Sa lignée de sang était celle du créateur de ce monde et de la magie dimensionnelle coulait dans ses veines. Il lui fallait seulement découvrir un moyen pour la réveiller, et se sauver la vie par la même occasion.

Étant une descendante d'un des anciens gardiens de l'institut Covett, elle avait davantage le droit que n'importe qui d'autre de fouler ses couloirs. Et un jour, les autres mages regretteraient de l'avoir traitée avec tant de condescendance. Surtout Tanzo.

Un sourire aux lèvres, la jeune femme poursuivit sa route en direction de la salle à manger. Elle était de bien meilleure humeur qu'elle l'avait été en se réveillant. Peut-être que sa chance commençait enfin à tourner. Il n'était jamais trop tard pour voir le côté positif des choses.

D'un seul coup, un hurlement de douleur se fit entendre un peu plus loin. Intriguée et alarmée, Jess s'approcha avec précaution du lieu d'où le son provenait. Chacun de ses pas était silencieux, discret. En prenant un tournant, elle tomba sur une scène qui fit naître de la rage à l'intérieur de son esprit.

Khala se trouvait assise sur le sol carrelé du couloir, entourée de quatre jeunes femmes qui l'observaient avec des sourires mauvais aux lèvres. Une d'entre elles donna un coup de pied dans son épaule, lui arrachant une nouvelle plainte. Elle se recroquevilla sur elle-même pour se protéger d'un nouvel assaut.

Révoltée par le comportement inacceptable des harceleuses, Jess accourut vers elles et en poussa deux sur le côté afin de s'accroupir auprès de leur victime.

— Tu as mal quelque part ? lui demanda-t-elle en l'attrapant par les bras.

Khala secoua la tête, mais s'empressa d'effacer une larme coulant sur sa joue. Son expression mélancolique brisa le cœur de son amie.

— Personne ne voulait de toi donc tu es allée voir le monstre tel un bon petit toutou, cracha une des mages qui les observaient de toute sa hauteur.

Dans une tentative de protéger Khala de leurs affronts, Jess se releva en se plaçant devant elle. Pas question de les laisser faire ! Il valait mieux qu'on lui fasse du mal à elle, plutôt qu'on fasse souffrir ceux auxquels elle tenait.

— Elle est tellement désespérée d'avoir des amis qu'elle est devenue une traîtresse, surenchérit une des inconnues.

— J'espère que le charme du monstre en vaut la peine, ajouta une autre en éclatant de rire.

Jess serra les poings, prête à leur régler leur compte à la façon de Sir Sevien. N'était-ce pas ce que Dame Duroy lui avait conseillé ?

Cependant, elle sentit la main tremblante de Khala, toujours recroquevillée par terre, se poser sur son mollet, comme pour l'empêcher d'agir. Ce n'était pas son genre d'utiliser de la violence et Jess honorerait ses principes. Juste pour cette fois.

— Vous pouvez m'insulter autant que vous le souhaitez, mais Khala est innocente dans cette histoire. C'est sur moi que vous désirez vous défouler ? Allez-y ! Je suis là, devant vous.

Elle étendit les bras de chaque côté de son corps de manière provocante. Rien de ce que ces garces pouvaient lui dire ne lui ferait du mal. Après tout, ce qu'elles pensaient n'avait aucun impact sur sa vie ou son estime de soi. Et, tant qu'elles laissaient son amie tranquille, ça lui convenait.

Les mages lui firent remarquer leur frustration en soufflant et en croisant les bras. Elle venait de gâcher leur petit jeu de force en se montrant imperturbable. Les créatures de leur genre préféraient tourmenter les faibles puisqu'elles savaient qu'ils ne riposteraient pas. Au fond, elles n'étaient rien d'autre que des lâches.

— Honnêtement, même la semi-magique a plus de courage que toi, Khala. Pourtant, elle ne possède que la moitié de notre sang, contrairement à toi.

— Quelle mage pitoyable, tu es.

— Vous devez avoir de sacrés problèmes de confiance en vous si ça vous amuse de vous attaquer à quelqu'un de nature pacifiste, leur répondit Jess avec un rictus aux lèvres.

Elle prenait plus de plaisir à les insulter qu'elle ne l'avait anticipé.

Une des filles s'approcha d'elle, le regard hautain rempli de menaces. D'un coup de ses ongles aiguisés, qui indiquaient qu'elle était une mage de sang, elle laissa une marque sanglante dans la joue de la semi-magique. Toutefois, pas un son ne sortit de la bouche de cette dernière, alors que des gouttes d'hémoglobine coulèrent sur sa peau telles des larmes écarlates.

Son bourreau se lassa aussitôt de son propre jeu face au manque de réaction de sa nouvelle victime. De la frustration la conduisit à retrousser le nez.

— Tu n'es pas divertissante du tout pour un monstre, lui susurra-t-elle en se détournant d'un coup sec.

Jess aurait souhaité lui mettre son poing dans son beau visage, mais, venant d'elle, ça créerait de nouvelles rumeurs insensées. Pas qu'elle se souciait de ce qu'on disait à son sujet. C'étaient plutôt les retombées qui lui faisaient peur. Après tout, les gardiens ne seraient jamais entièrement de son côté. Pas avant qu'elle ne leur prouve sa valeur.

Les poings serrés et le regard rempli de rage, Jess ne pouvait pas s'empêcher de maudire les garces qu'elle regardait s'éclipser au loin.

Elle aurait aimé les voir payer pour les actes qu'elles commettaient. Elle aurait souhaité les voir tomber à terre telles des marionnettes. Elle aurait voulu les recouvrir de griffures sanglantes comme elles l'avaient fait avec sa joue. Elle aurait…

— Ne fais pas attention à elles, l'interrompit Khala.

La mage de création s'était remise sur pied et dépoussiérait ses vêtements. Elle ne paraissait pas se sentir le moins du monde humiliée ou en colère.

— Encore des enfants gâtés qui ne connaîtront jamais de conséquences ? la questionna Jess sur un ton glacial.

Son interlocutrice hocha la tête, trop épuisée par la persécution à laquelle elle venait de faire face pour pouvoir s'énerver à son tour.

— Où est-ce que cette injustice s'arrête, Khala ?

Révoltée, Jess ne pouvait que détester celles qui venaient de faire vivre l'enfer à son amie. Elle en avait assez de ne servir à rien, d'être impuissante, d'être faible, de ne pas être en mesure de protéger les personnes qui comptaient à ses yeux ! Elle ne supportait plus qu'on la fasse impunément souffrir ! Il était temps pour elle de prendre son destin en main et savait exactement ce qu'il lui restait à faire afin d'y parvenir.

Les mots encourageants de Sir Vyr hantèrent son esprit :

« Ta magie doit être activée et il suffit d'une étincelle dans ton organisme pour que ton pouvoir dimensionnel soit réveillé. Ensuite, plus personne n'osera te persécuter. »

Elle serait enfin respectée.

Prête à en découdre avec toutes les personnes qui l'avaient sous-estimée et jugée à tort, elle raccompagna Khala à sa chambre et nettoya la plaie sanglante sur sa joue, avant de se diriger vers une tout autre destination. Seule.

En arrivant devant la porte de Torin, dont elle avait retenu le numéro, elle se rendit compte qu'elle était plus que déterminée à mettre en action le plan que Sir Vyr avait partagé avec elle. C'était de la folie et elle le savait. Elle ne devrait pas agir sur un coup de tête, mais ne put pas s'en empêcher, aveuglée par sa colère.

L'esprit dénué de toute raison, elle toqua sur la porte du jeune mage en espérant qu'il soit là et qu'elle n'ait pas à traverser l'Académie entière à sa recherche. À son grand bonheur, il lui ouvrit quelques secondes plus tard, l'air surpris. Il n'attendait visiblement pas de la voir avant de la rejoindre au repas de midi.

— J'ai quelque chose à te proposer, Torin, lui annonça-t-elle, heureuse d'avoir réussi à le trouver du premier coup.

Chapitre 19

— Bonjour à toi aussi, lui répondit le jeune homme en émettant un rire nerveux.

Ce ne fut qu'alors qu'elle remarqua qu'il était torse nu. Ses cheveux humides indiquaient qu'il venait sûrement de sortir de la douche. C'était un miracle qu'il lui ait ouvert la porte dans cet état.

— Tu veux que je te laisse le temps de…

Elle désigna son torse et il lui adressa un sourire gêné. Jess n'avait jamais été du genre à s'intéresser aux garçons, mais Torin paraissait changer la donne, car elle faisait de son mieux pour ne pas rougir.

— Je suis à toi dans deux minutes, lui dit-il en refermant la porte devant elle.

La jeune femme aurait pu se taper la tête contre le mur tant elle se sentait idiote. Elle qui se maîtrisait toujours si bien, avait peiné à terminer une phrase dans une situation pourtant si banale. Ce n'était pas comme si elle ne savait pas à quoi ressemblait un corps masculin. Après tout, elle l'avait étudié pendant les cours de biologie. Puis, ce n'était pas le plus grand mystère du monde.

Cependant, lorsque cela venait à celui de Torin, c'était différent. Moins scientifique, plus… irrationnel.

Elle avait été tellement aveuglée par sa colère qu'elle aurait pu entrer dans la chambre du mage sans même remarquer qu'il n'était qu'à moitié habillé. Elle craignait cette part irréfléchie d'elle-même.

Depuis petite, elle faisait de son mieux pour ne pas céder à ses impulsions, pour maîtriser chacun de ses mouvements et pensées dans l'objectif de ne jamais faire de bêtises. Après tout, si elle en venait à devenir quelqu'un d'important après Harvard, elle refusait que ce soit gâché par une erreur d'adolescence.

Maintenant qu'elle avait perdu l'avenir qu'elle s'était toujours imaginée, sa déception se manifestait sous forme d'une spontanéité jusqu'auparavant inconnue à ses yeux. Et elle lui déplut au plus haut point.

La porte de la chambre se rouvrit devant elle et le visage rassurant de Torin la salua à nouveau. Il avait enfilé un t-shirt noir à manches courtes qui ne faisait pas partie de l'uniforme de l'Académie. Ne pas respecter les codes vestimentaires était visiblement dans ses habitudes.

— Tu as attendu, s'étonna-t-il avec un sourire aux lèvres.

Il avait tant l'habitude de se faire abandonner et rejeter qu'il s'était préparé à ce qu'elle en fasse de même.

— Je t'avais bien dit que je n'irais nulle part.

Nombreuses étaient les personnes à promettre des choses, peu étaient celles qui s'en souvenaient le moment venu.

— Mais je peux m'éclipser si tu le souhaites, poursuivit Jess en voyant que le jeune homme ne bougeait pas de l'embrasure de la porte.

— Oh non, excuse-moi ! Entre, s'il te plaît.

Il s'écarta aussitôt maladroitement pour la laisser passer.

En entrant dans son espace personnel, Jess remarqua qu'il était étrangement vide pour appartenir à une personne censée avoir grandi à l'Académie. D'anciens livres étaient empilés sur son bureau et un parfum de feuilles fraîches, rappelant la forêt, flottait dans l'air. Un vase dénué de fleurs et une boîte à bijoux recouverte de velours noir étaient les seules décorations présentes. Pas de photos, pas de tableaux, rien qui montrait qu'un être vivant résidait ici.

Son lit était le même que celui de Jess, à l'exception du drap sombre qui le surplombait tel un spectre prêt à s'immiscer au fin fond des rêves de la personne qui oserait s'allonger dedans.

— Est-ce que les voix que tu entends à cause de ton pouvoir se raccrochent à tes souvenirs ? demanda-t-elle à Torin sans réfléchir.

Il hocha la tête et enfouit ses mains dans ses poches, pris au dépourvu par la tournure de la conversation.

— Elles les ternissent. Mais je vis avec depuis mon enfance, donc je doute que tu sois venue jusqu'ici pour parler de ça.

Il esquive le sujet, pensa-t-elle, peinée.

Elle se tourna vers lui et ancra son regard dans le sien. La raison de sa visite avait failli s'effacer de son esprit qui avait retrouvé un semblant de calme.

En se souvenant de la scène injuste, elle ressentit sa soif de justice remonter à la surface. Il était temps de laisser ses doutes s'évanouir une bonne fois pour toutes et d'aller de l'avant. Pas question de prendre le risque qu'on l'agresse ou qu'on harcèle Khala à nouveau ! Pour le bien de sa santé psychologique, elle ne supporterait pas un abus supplémentaire.

Si les gardiens n'agissaient pas, ce serait à elle de le faire à leur place.

— Aimerais-tu être en mesure de te servir de ton pouvoir ?

Son interlocuteur fronça les sourcils, alors qu'elle s'approchait lentement de lui. Chacun de ses mouvements était plus fluide et léger que le précédent et elle sentait quelque chose changer à l'intérieur d'elle. Une puissance envahit peu à peu son organisme, la poussant en direction d'une décision qu'elle ne pourrait jamais révoquer.

Qu'elle soit bonne ou mauvaise, il était temps que certaines choses changent par ici.

— Je t'ai déjà expliqué que c'est impossible, Jess, rétorqua Torin en plantant son regard obscur dans le sien.

Il avait repris un air sérieux, expression qui le rendit plus imposant. La semi-magique se retrouva irrémédiablement attirée par son aura ténébreuse.

— Et si je te disais que j'ai peut-être trouvé un moyen ?

Elle ne serait plus faible. Elle serait en mesure de protéger ceux qu'elle affectionnait. Personne ne lui ferait plus jamais du mal, personne ne lui donnerait des ordres. Elle pourrait enfin prendre ses propres décisions.

Cet endroit lui avait ôté tous ses rêves humains pour lesquels elle avait tant travaillé depuis sa naissance. Il lui fallait en trouver de nouveaux ici, se reconstruire un futur digne de son passé perdu. Sa lignée de sang était à l'origine même de l'Académie Covett et il était temps qu'elle le rappelle à ses occupants.

— C'est impossible, Jess, répondit Torin avec de la douleur au fond du regard.

Il croyait qu'elle se moquait de lui.

Alors, pour lui prouver le contraire, elle posa sa main sur son torse dans une tentative de le rassurer, même si son mouvement avait quelque chose de sensuel, de défiant.

— Je suis un aimant à magie. Il suffit que j'en absorbe une fraction pour te libérer de ton fardeau. Ton pouvoir sera moins puissant et tu le contrôleras sans le moindre problème.

Elle passa ses doigts sur la cicatrice rouge traversant le front du mage, mais il attrapa son poignet avant qu'elle ne puisse descendre le long de sa joue.

— C'est trop dangereux. Tu ne sais même pas voler de la magie, alors comment penses-tu que tu parviendras à doser combien tu en aspires, Jess ? lui fit-il remarquer sur un ton glacial.

Il la pensait aussi incapable que tous les autres et, même s'il avait raison, ça lui fit plus de mal qu'elle ne l'avait anticipé. Une part d'elle avait cru qu'il se trouverait toujours de son côté. Même lorsqu'elle avait tort.

Alors, elle dégagea son poignet de son emprise, recula d'un pas et lui tourna le dos. Comment avait-elle pu lui proposer une telle chose de façon si insouciante ? Elle avait pris la situation trop à la légère et ça ne lui ressemblait pas.

— Jess…

Torin posa sa main sur son épaule avec douceur et elle sentit son cœur fondre dans sa poitrine. Même après qu'elle lui ait proposé un plan foireux, il ne la déclarait pas folle. Il ne la rejetait pas.

— Je ne veux pas que tu prennes des risques inutiles pour moi. Ton idée peut te mettre en danger si quiconque en apprend la teneur.

Elle se tourna vers lui, le buste envahi d'une sensation chaude étrangement agréable. Il se préoccupait plus de son bien-être que de ce qu'il avait à gagner en acceptant sa proposition. C'était la première fois que quiconque l'affectionnait autant.

La prochaine fois que leurs regards se croisèrent, quelque chose de nouveau y brillait. Alors que leurs corps se rapprochèrent graduellement et que la tension grandissait entre eux, Jess ne put pas s'empêcher d'observer les lèvres fines du jeune homme.

Elle n'avait jamais ressenti l'envie d'embrasser quiconque, elle n'y avait même jamais pensé. Cependant, quelque chose l'attirait sans cesse à Torin et son air mélancolique. Leurs souffles s'emmêlèrent, tandis qu'il posait son front contre le sien afin de rapprocher leurs visages.

Ses mains puissantes se glissèrent jusqu'à la taille de la jeune femme, embrasant sa peau sous ses vêtements. Son cœur battait la chamade, son ventre fut parcouru d'un papillonnement agréable et elle nicha à son tour ses doigts dans la chevelure blanche du mage. Enlacés et debout au milieu de la chambre, ils firent taire leurs frayeurs et tomber leurs barrières. Pour la première fois, ils se sentaient libres et insouciants, complétés l'un par l'autre.

Ils prirent le temps de s'observer, de graver chaque détail de leurs expressions attendries dans leurs mémoires, de savourer l'instant. Leur complicité était si clémente, si indulgente.

Leurs lèvres s'entrechoquèrent de façon délicate, revigorant Jess. Elle sentait de l'énergie parcourir son organisme entier, le redynamisant peu à peu. Ses joues se mirent à brûler au même titre que son cœur satisfait.

Torin la serra un peu plus fort contre lui et elle sourit en continuant à l'embrasser. Ce ne fut qu'en ouvrant les yeux qu'elle comprit ce qu'elle était en train de faire sans même s'en apercevoir. Une lueur blanche remontait le long de la gorge du jeune mage, aspirée par celle qu'il tenait entre ses bras.

Pourtant, il ne la lâcha pas, soulagé de sentir une partie du poids de son pouvoir obscur glisser de ses épaules. Était-ce le charme de Jess qui l'influençait à accepter ce qu'il avait refusé plus tôt ? Il paraissait comme envoûté, cligna des paupières et sourit à son tour. De la reconnaissance prit place sur ses traits apaisés et une lueur ensorcelante traversa son regard obscur.

Face à l'expression confuse de Jess, il écarta lentement sa bouche de la sienne et passa ses grandes mains sur son dos afin de la rassurer.

— Merci, murmura-t-il en laissant ses muscles se détendre.

La semi-magique posa sa tête sur son torse tonique et chaud en gardant le silence. Auprès de Torin, elle avait l'impression de pouvoir affronter le monde entier. Elle sentait quelque chose changer au plus profond d'elle, l'englober tout entière dans son étreinte sombre.

Elle était vouée à devenir le monstre qu'elle redoutait tant. Alors, à quoi bon combattre ce qui était inscrit au sein de ses gènes ?

2. Monsters

Un monstre est un individu ou une créature dont l'apparence, voire le comportement, surprend par son écart avec les normes d'une société. Il est perçu comme un être fantastique et terrible.

Chapitre 20

Le monde qui l'entourait lui paraissait soudain beaucoup plus petit et moins effrayant qu'il l'avait été une heure auparavant. Assise sur le lit de Torin, Jess bougeait ses doigts remplis d'une nouvelle énergie.

Elle se sentait revigorée, comblée. De la magie de lumière traversait ses muscles, animait ses pensées et réchauffait son cœur. Contrairement à ce qu'on lui avait dit jusque-là, cette puissance était belle, réconfortante, remplie d'euphorie. C'était ainsi qu'elle avait toujours imaginé les effets d'une drogue. Ou peut-être ces sensations étaient-elles seulement liées à la nature illicite de son acte ?

La jeune femme ne ressentit pas la moindre once de tristesse ou d'obscurité. Seconde après seconde, elle regrettait de ne pas avoir fait ce choix plus tôt. De ne pas avoir volé des bribes du don de Tanzo lorsqu'il l'avait agressée. Au fond, elle savait qu'elle ne devait pas apprécier ce qu'elle venait de faire ni réfléchir à enfreindre une fois de plus les règles. Elle avait déjà pris trop de risques.

Toutefois, l'idée de ne pas être si différente des autres élèves de l'Académie lui donnait le sourire. Ou était-ce le baiser de Torin qui la mettait dans cet état ?

Ce dernier sortit de sa salle de bain, un verre d'eau à la main qu'il lui tendit avec douceur.

— Tiens, bois un peu.

Il paraissait bien moins fatigué, moins préoccupé, qu'il l'eût paru jusque-là. La lueur mélancolique s'était effacée de son regard, échangée contre un sourire sincère.

Est-ce que la faveur que Jess lui avait accordée avait fait taire les voix dans sa tête ? Avait-il enfin retrouvé la paix après des années de souffrance ? Ç'en avait tout l'air. Chacun des deux partis avait tiré son épingle du jeu.

Elle accepta son offrande et porta le liquide à ses lèvres, l'avalant à petites gorgées. Ses yeux ne quittèrent pas ceux de son interlocuteur malgré elle.

Au cours de toute sa vie, elle n'avait connu rien de plus captivant que sa présence et ses bras rassurants. Elle était attirée à lui sans le vouloir, sans pouvoir y faire quoi que ce soit. Probablement car il avait été là pour elle lorsqu'elle en avait eu besoin. À ses côtés, elle se sentait en sécurité, prête à relever tous les défis du monde.

— Merci, lui murmura-t-elle une fois qu'elle avait terminé d'avaler la boisson.

Il hocha la tête et posa le verre vide sur son bureau, avant de s'asseoir à côté de la semi-magique. Leurs doigts s'enlacèrent naturellement.

— Tu ne peux parler à personne de ce qu'il s'est passé aujourd'hui, Jess.

Il serra ses mains dans les siennes d'une façon protectrice et l'observa de tout son sérieux. Il n'avait visiblement aucune envie de la perdre.

— J'ignore ce qu'ils pourraient te faire s'ils découvraient que ma magie de lumière coule à l'intérieur de tes veines à présent, insista-t-il.

Il approcha son visage du sien et scruta l'air imperturbable de son interlocutrice. Elle souhaitait l'embrasser, mais il attendait une réponse de sa part.

— Promis. Ce sera notre secret, céda-t-elle finalement en sentant le souffle chaud du mage sur ses joues.

Il sentait la forêt, la liberté. Elle aurait pu se perdre éternellement dans ses iris noirs et dans la lueur qui y dansait.

— Qui t'a fait ça ? lui demanda-t-il en passant son pouce sur la blessure laissée par l'ongle aiguisé d'une des harceleuses de Khala.

Elle haussa les épaules, cherchant à changer de sujet de conversation.

— Personne d'important.

Il s'approcha de nouveau jusqu'à ce que seuls quelques centimètres ne séparent leurs bouches.

— Tu n'as pas peur que je te vole plus de magie si tu m'embrasses ?

Il lui adressa un sourire espiègle, comme s'il connaissait un secret dont elle ne savait rien.

— Je suis prêt à prendre ce risque, murmura-t-il contre ses lèvres, sans pour autant poser sa bouche sur la sienne.

Il attendait qu'elle fasse le premier pas. Quelque chose dans son expression paraissait défier Jess. Et elle était plus que prête à accepter le challenge.

Elle baissa son regard vers sa bouche, comme hésitante. Puis, elle expira lentement, avant de s'éloigner de lui d'un air innocent. En jouant avec lui, elle espérait pouvoir camoufler son appréhension quant aux conséquences de leur prochaine étreinte. La dernière chose qu'elle souhaitait était de lui faire du mal.

— Tu n'as pas cours cet après-midi ? le questionna-t-elle en arquant un sourcil.

Elle ignorait depuis combien de temps ils se trouvaient au sein de cette chambre, mais elle aurait pu y rester pendant encore bien quelques heures supplémentaires si ça ne dépendait que d'elle.

— C'est étrange, je ne m'en souviens plus.

Jess éclata de rire à gorge déployée, le cœur rempli de bonheur et la tête dans les nuages.

Son séjour à l'Académie Covett, qui avait longtemps eu l'air d'un cauchemar, se transformait peu à peu en un rêve inattendu.

— C'est pratique ça...

Avant qu'elle puisse terminer sa phrase, Torin l'embrassa et ils tombèrent à la renverse sur le lit.

***

Les couloirs avaient l'air bien moins effrayants lorsque Torin se trouvait auprès d'elle. Il la tenait par la main et elle pouvait sentir sa présence protectrice à ses côtés. De nombreux élèves les observaient d'un air ébahi, scandalisé même.

Ils ressemblaient à des membres de la royauté tant leurs auras obscures impressionnaient les passants.

La régence de l'Académie Covett, songea Jess avec un sourire en coin.

Ce n'était sûrement pas dans le meilleur intérêt de Sir Vyr que son fils soit vu en compagnie d'une semi-magique, mais Jess n'avait fait que suivre ses conseils. Il ne pouvait pas le lui reprocher ou lui en vouloir.

À présent, traversée de magie et d'un intense bien-être, la jeune femme avait l'impression de pouvoir affronter le monde entier sans le moindre problème. Elle savait qu'elle était en mesure de compter sur Khala, qui lui poserait certainement mille questions à la fin des cours, et Torin. Ils étaient son socle à l'Académie Covett et elle ne pourrait jamais assez les en remercier.

C'était à son tour de se montrer digne d'eux.

Sa nouvelle confiance en soi ne passa pas inaperçue, transformant les regards moqueurs et haineux en des coups d'œil envieux et confus. Elle aurait aimé pouvoir prolonger ce pic d'adrénaline jusqu'à la fin des temps. Tous ceux qui l'avaient sous-estimée n'avaient qu'à bien se tenir !

Surtout Sir Sevien.

— Je ferais mieux de courir m'excuser de mon absence de cet après-midi, lui dit soudain Torin en s'arrêtant au milieu du couloir sans pour autant lâcher sa main.

Elle hocha la tête, d'accord avec sa décision des plus sages. Il lui sourit en retour, avant de s'incliner vers elle et de déposer un baiser délicat sur ses lèvres devant les yeux écarquillés des autres élèves. Ils le déclaraient fou et admiraient sa bravoure à la fois. Toucher une semi-magique était déjà inimaginable pour eux, alors l'embrasser ? Horrible !

— Bon courage, l'encouragea Jess lorsqu'il se redressa.

Elle n'avait jamais été du genre à exposer ses sentiments au monde entier, au contraire. Toutefois, elle ne pouvait pas moins se ficher du fait qu'un grand nombre de paires d'yeux la fixaient. Elle aimait que Torin n'y fît pas attention, lui non plus.

— Merci, je vais vraiment en avoir besoin.

— Si je n'entends plus rien de toi, je sais pourquoi.

— Oh ne t'inquiète pas, même mort, je viendrai te hanter. Tu ne te débarrasseras pas de moi aussi facilement, promit-il d'un air amusé.

— Il y a intérêt.

Il rigola, avant de lâcher sa main à contrecœur et de commencer à s'éloigner d'elle.

Une fois qu'il eut disparu au loin, englouti par le dédale de couloirs, Jess se concentra sur ses environs et soupira. Il ne lui restait plus qu'à retourner dans sa chambre afin de réfléchir, chose qu'elle n'avait pas été en mesure de faire en compagnie de Torin. Elle devait également déterminer la version des faits qu'elle raconterait à Khala. Après tout, elle avait promis de ne pas évoquer le fait d'avoir volé de la magie.

Elle savait qu'elle ferait mieux de ne pas y penser, mais adorait les sensations qui la traversaient suite à cet acte si monstrueux. Elle se surprit même à en être fière.

Une part d'elle comprenait pourquoi les semi-magiques appréciaient absorber le pouvoir des mages. Consciente de l'horreur de cette pensée, elle la réprima et l'enfouit profondément dans les abysses de son subconscient.

En observant les étudiants autour d'elle, son regard tomba sur le visage de Sir Sevien. Il la fixait d'un air désapprobateur, comme s'il savait exactement ce qu'il se tramait. Le cœur de Jess se figea aussitôt dans sa poitrine.

Surprise, elle lui tourna le dos afin de fuir son expression sévère qui lui faisait l'effet d'un éclair jaillissant. Il n'y avait pas moyen qu'il se doute de la vérité, n'est-ce pas ?

Chapitre 21

Comme Jess s'y était attendue, Khala débarqua dans sa chambre en un temps record après la fin des cours. Elle débordait de tant d'énergie qu'on aurait pu croire que sa journée venait à peine de commencer.

— Jess, grande nouvelle !

Elle se jeta sur le lit aux côtés de son amie, le visage rempli de joie.

— Torin a débloqué sa magie ! J'ai entendu qu'il l'a utilisée lors d'un de ses enseignements cet après-midi ! N'est-ce pas génial ?

Jess n'aurait jamais cru qu'elle serait si heureuse face au succès de celui qu'elle avait appelé « étrange » quelques jours plus tôt.

— C'est vraiment extraordinaire ! On l'a aidé à sortir de sa coquille, enchaîna-t-elle par peur de tout ramener à elle si elle parlait de sa relation naissante avec Torin.

Alors, elle se tut à ce sujet, à la fois heureuse d'échapper aux interrogations de son amie et déçue de ne pas pouvoir partager la nouvelle avec elle dans l'immédiat.

— On dirait bien !

Le silence envahit la pièce, tandis que Khala se pencha vers son interlocutrice avec un sourcil arqué. Son air suspicieux fut accompagné par un petit sourire en coin espiègle.

— Tu croyais réellement que je n'étais pas au courant ?

Jess la questionna du regard par peur de mal interpréter ses paroles et de lui dévoiler des secrets dont elle ne se doutait pas une seule seconde.

— Toi et Torin !

L'enthousiasme dans la voix de la mage la surprit. Elle n'avait pas été la plus grande fan du jeune homme au début, mais avait apparemment laissé leurs différences derrière elle.

Jess ne put pas s'empêcher de rougir, gênée et heureuse. Elle sentit de la chaleur se répandre dans sa poitrine à l'évocation de sa nouvelle relation.

— Je le voyais tellement venir ! Même si je ne l'appréciais pas vraiment, il a son charme... froid et distant.

Jess éclata de rire face à l'expression dubitative de son interlocutrice. Elle connaissait une facette affectueuse de Torin que peu de personnes avaient aperçu jusque-là. Quelque part, elle aimait être la seule à le savoir doux et gentil sous sa carapace.

— Mais ce n'est pas toujours négatif, ajouta Khala en vitesse par peur de vexer son amie.

— Certains me décriraient de la même façon.

— Comme je dis, ce n'est pas négatif.
— Si tu le dis, tu es la voix de la raison ici, la taquina Jess.
— Je sais, je sais.

Khala leva le menton pour se montrer hautaine et jeta ses mèches derrière son épaule afin d'imiter les filles condescendantes qui l'avaient harcelée.

Ça n'arrivera plus jamais, je te le promets. Elles ne te feront plus de mal, songea Jess en rigolant face à l'air ridicule de son amie.

— Être une peste doit faire mal au cou, fit remarquer cette dernière en se massant les muscles lorsqu'elle rebaissa la tête.
— Je pense qu'elles sont nées comme ça, elles n'ont pas d'autre choix que d'avoir le nez dans le vent.

Khala se laissa tomber en arrière sur les draps en pouffant.

— En tout cas, les autres disent qu'ils vont réévaluer ta dangerosité. Certains pensent même que tu as débloqué la magie de Torin et se demandent si tu es autant un amplificateur de pouvoir que tu en es un aimant.

Jess s'allongea à son tour sur son dos, les mains posées sur son ventre vide d'aliments, mais rempli de papillons.

— Est-ce que c'est positif ?
— Ils commencent à douter du fait que tu sois vraiment un monstre. Bien sûr, moi, je savais déjà que ce n'était pas le cas.

Elle manqua d'applaudir tant elle se réjouissait de la nouvelle. Son enthousiasme arracha un rire à son amie.

— Tu as toutes les informations en avant-première, toi.

— Pas faux.

Elle posa ses poings sur ses hanches en levant les yeux au ciel. Ressemblant à une diva, elle se sentait réellement privilégiée.

Suite à un court silence, elle reprit son sérieux.

— Jess, ont-ils raison ?

Face au regard interrogateur de la principale concernée, Khala élabora :

— Le réveil du pouvoir de Torin. Est-ce que tu en es l'origine ?

La semi-magique soupira, tout en tentant de retenir ses joues de virer au rouge. Elle se souvint du baiser qu'elle avait partagé avec le jeune homme et sentit son cœur s'emballer.

— Je ne dirais pas que j'en suis l'origine. Disons plutôt que je l'ai un peu aidé ?

Khala se tourna sur son ventre et l'observa avec les yeux écarquillés, attendant impatiemment la suite de l'histoire. Et elle n'accepterait aucune opposition.

— J'étais en colère après ce qu'il s'était passé avec les pestes dans le couloir, alors je me suis rendue à sa chambre. J'avais besoin de crier ma colère au sujet des injustices de l'Académie, mais la conversation a fini par prendre une tout autre tournure.

Techniquement, ce n'était pas un mensonge.

Khala émit un petit cri et donna des coups de pied dans l'air telle une enfant. Décidément, elle était bien trop fan de romance. Jess était convaincue qu'elle la supplierait un jour pour faire une soirée lecture aux couleurs de ce thème, chose dont elle n'avait jamais été fan. Mais elle n'avait pas été du genre à se faire des amis ou à avoir un copain non plus avant de mettre les pieds à l'Académie. Donc, qui sait, peut-être qu'elle se découvrirait une passion pour les histoires amoureuses, elle aussi ?

— Je veux des updates sur tout ! Ça faisait si longtemps qu'il ne s'était plus rien passé d'intéressant par ici !

Son enthousiasme était contagieux et réussit à peindre un grand sourire sur le visage de son interlocutrice.

— Promis.

C'était sa deuxième promesse de la journée et elle espérait qu'elle serait en mesure de les honorer comme il se devait.

Chapitre 22

Seule dans les couloirs de l'Académie Covett, Jess entoura son corps de ses bras afin de se réchauffer. Le monde entier était envahi par un grand silence. Pas un seul élève ne traversait le lieu. Ils paraissaient tous avoir fui.

Intriguée, Jess longeait les murs du dédale désert. La nuit avait posé son voile sur l'institut et elle ne pouvait pas s'empêcher de se sentir à l'aise au milieu des ombres auxquelles elle donnait vie. Des dangers invisibles semblaient prêts à enfoncer leurs griffes dans sa chair jusqu'à ce qu'il ne reste plus rien d'elle. Cependant, elles ne daignaient pas encore se manifester.

La Lune, hissée haut dans le ciel, paraissait la fixer. Elle jetait ses rayons livides sur le visage de la semi-magique, lui donnant un air de spectre. Aucune bougie n'avait été allumée et les vitraux faisaient ressembler le décor à celui d'un roman gothique.

Tandis que les pieds de Jess poursuivaient leur chemin, attirés par une destination inconnue, elle s'attendait à moitié à voir une silhouette surnaturelle se manifester devant elle. Au fur et à mesure de sa progression, le paysage se tordait, les couloirs se modifiaient et le silence devint plus oppressant.

Soudain, un bruit sourd se fit entendre derrière elle. Elle accéléra inconsciemment sa marche et serra les poings, alors que ses muscles se tendaient peu à peu. Son cœur s'emballa malgré elle lorsqu'elle distingua clairement un son de pas au sein du passage vide qu'elle traversait. Elle aurait pu se retourner afin de voir l'identité de celui ou celle qui la suivait, mais s'obstinait à vouloir atteindre sa destination mystérieuse au plus vite.

Même si son esprit était perdu, ses jambes n'avaient encore jamais été aussi déterminées à avancer.

Tournant après tournant, les chemins devenaient plus étroits, plus obscurs, plus longs. Avant qu'elle ne s'en aperçoive, elle courait à en perdre haleine.

Elle entendit des bruits de pas se rapprocher dangereusement d'elle, accompagnées de murmures inquiétants. Elle se mit à trembler de tous ses membres, sentant son cœur battre à tout rompre.

La peur la submergeait, la rendant chétive et nerveuse. Ses jambes flageolaient et sa respiration était saccadée. Elle se sentait prisonnière, enfermée dans ce lieu obscur qui paraissait changer à chaque clignement. Les murmures se faisaient plus forts, plus proches, et elle pouvait presque sentir leur souffle sur sa peau.

Elle regarda pour la première fois derrière elle depuis le début de sa course quand, tout à coup, elle percuta quelque chose et fut projetée en arrière.

Un cri de douleur lui échappa lorsqu'elle atterrit sur le dos et se cogna le crâne contre le sol carrelé. Elle fronça les sourcils, sonnée, avant de se masser les tempes en grimaçant. En rouvrant les paupières, elle découvrit que son environnement avait drastiquement changé.

Elle se trouvait au milieu de la salle de conseil dans laquelle les six gardiens l'avaient accueillie lors de son arrivée à l'Académie Covett. La pièce circulaire était identique à ses souvenirs, si ce n'était pour la table en croissant de lune qui avait disparu. Elle regarda frénétiquement autour d'elle pour voir si quiconque se trouvait dans les parages, mais elle seule occupait la pièce.

Maintenant que l'espace était dégagé, les fleurs gravées sous ses pieds lui apparaissaient encore plus clairement qu'auparavant. Une lueur étrange les entourait, comme pour y attirer son attention.

Elle avança d'un pas, prête à les inspecter de plus près, lorsqu'on l'immobilisa. L'assaillant la tira en arrière, avec la main posée sur sa bouche, jusqu'à ce qu'elle se trouve plaquée au mur.

Jess savait que crier ne servirait à rien, mais ne put pas empêcher son cœur de s'emballer. Elle ferma les yeux dans l'espoir de faire taire sa peur et pouvoir mieux réfléchir à la situation.

Toutefois, lorsqu'elle tenta de mettre des coups dans des endroits stratégiques, elle se rendit compte que ses membres étaient figés par une puissance surnaturelle. Peu importe combien elle se battit pour se libérer de cette emprise inquiétante, elle n'y parvint pas.

Avec ses narines et sa bouche obstruées par l'inconnu, elle n'arrivait plus à respirer et eut l'impression de s'étouffer.

— Ils sont là, lui murmura soudain une voix féminine contre son oreille.

Ces paroles étaient si énigmatiques que Jess eut envie de lui demander de qui l'entité parlait. À son grand malheur, elle en fut incapable dans sa situation actuelle qui avait tout d'un rêve. L'espace d'un instant, elle eut l'impression d'être déconnectée de la réalité, de son propre corps.

— Ils nous observent.

Nous ? Qui était ce « nous » ?

La panique et le manque d'oxygène embrouillèrent tant l'esprit de Jess qu'il lui était impossible de déterminer si elle reconnaissait ou non la voix de celle qui la tenait prisonnière.

Au bout de quelques secondes, elle se surprit à pleurer face à la situation critique, utilisant ainsi le peu d'air qu'il lui restait. Peu importe à quel point elle détestait les filles en détresse qui devaient se faire sauver, elle ne pouvait pas s'empêcher de prier que quelqu'un surprenne la scène.

Ses muscles lâchèrent un à un et ses paupières se fermèrent. Elle se trouva prise comme dans une transe, dans un profond sommeil qui la plongea dans un abysse réconfortant.

Un frisson remonta le long de sa colonne vertébrale, alors que le contrôle de ses sens lui échappait. L'obscurité la saluait, l'enlaçant au fur et à mesure qu'elle perdit conscience. Baignée dans l'ombre de son âme, elle se sentit enfin complète.

Jess se réveilla étrangement apaisée après ce cauchemar tordu. Chaque élément en avait été si étrange qu'elle se devait d'y réfléchir plus en détail. D'habitude, elle oubliait ce qu'elle voyait au cours de ses rêves quelques secondes à peine après avoir ouvert les yeux, mais les images de celui-ci paraissaient avoir été gravées dans sa mémoire. Elles scintillaient d'une lueur magique qui le rendait impossible à oublier.

On l'avait avertie de quelque chose et on lui avait montré un des secrets de la salle du conseil, caché dans les mosaïques des fleurs reliées aux mages. Le message était trop indistinct pour qu'elle puisse en comprendre la teneur, mais elle avait le pressentiment qu'il lui servirait par la suite.

Puis, il y avait l'élément de sa mort. Elle ne s'était encore jamais sentie aussi en harmonie avec elle-même qu'entre les griffes de son abysse.

Peut-être qu'elle avait eu tort depuis le début. Peut-être qu'elle était bel et bien un monstre au plus profond d'elle.

Chapitre 23

Le matin suivant, encore sous l'emprise de ce qu'elle avait ressenti dans son rêve, Jess se rendit à son deuxième cours avec Sir Sevien. Dame Shizumi n'avait pas pu lui libérer de son temps pour l'instant et lui avait promis qu'elle la recontacterait bientôt.

À vrai dire, la jeune femme était plutôt enthousiaste à l'idée de pouvoir dépenser son énergie nouvellement trouvée lors d'un entraînement physique.

En arrivant dans la salle, elle remarqua que toutes les tables et chaises avaient été empilées contre les murs. Au sol se trouvaient des tapis de gymnastique servant à adoucir les chutes. Elle sut immédiatement qu'elle était sur le point de souffrir.

— J'espère que vous avez bien dormi cette nuit, Mademoiselle Handers.

Sir Sevien, déjà présent dans la salle, vint à sa rencontre avec son habituel air condescendant. Grâce à la magie qui coulait dans ses veines, Jess ne ressentit plus aucune frayeur en observant son professeur et ancra son regard dans le sien. Il plissa aussitôt les yeux, comme pour analyser d'où venait la détermination de son élève.

L'aura du chasseur n'avait plus d'impact sur elle à présent.

— Je suis certaine que vous avez beaucoup à m'apprendre, aujourd'hui, répondit-elle avec un sourire en coin.

Elle ressentait le besoin irrésistible de lui montrer de quoi elle était capable, de l'humilier lors de son propre cours. Elle lui revaudrait toutes les menaces qu'il lui avait chuchotées lors de leur première rencontre. L'idée de voir la peur briller dans son regard vert la réjouissait déjà.

Il lui tourna le dos et commença son enseignement.

— Sachez que la clé de la victoire n'est pas toujours de la puissance. Un mouvement bien contrôlé peut avoir beaucoup plus d'impact que de la force brute. Ainsi, n'importe qui est en mesure de remporter un affrontement s'il maîtrise la technique nécessaire.

Il s'éloigna d'elle, peu enclin à engager le conflit.

Jess resta alerte, consciente que son adversaire n'était personne d'autre que le meilleur chasseur de l'Académie. L'art du combat était son quotidien, tout comme tuer les semi-magiques.

— Combien de fois avez-vous donné la mort, Sir ? le questionna-t-elle.

Ça ne lui échappa pas que les muscles de l'homme se contractèrent aussitôt. N'était-il pas fier de ses accomplissements ? Elle ne l'aurait pas jugé comme un type avec une conscience.

— Le nombre ne compte pas. Seule la raison pour laquelle tu achèves un être vivant justifie, ou non, tes actions.

Elle le voyait l'observer du coin de l'œil, la mâchoire contractée. Il était évident qu'il n'aimait pas la direction que prenait la conversation. Et Jess se délectait de sa frustration naissante.

— Avez-vous déjà combattu un semi-magique qui avait aspiré de la magie ? Ou est-ce que vous les tuez avant qu'ils en aient l'occasion ? insista-t-elle en mettant l'accent sur « tuez ».

Elle avait conscience qu'elle jouait avec du feu, que plus elle l'énervait, plus elle le payerait lors de l'entraînement. Mais le voir si déchiré entre ses actes et ses principes l'amusait bien trop pour qu'elle s'arrête là. Une force sombre se répandait à l'intérieur de sa poitrine, envahissant son esprit et ses muscles sans qu'elle ne riposte. Avec ce comportement qui lui ressemblait si peu, elle pouvait se trahir elle-même, s'attirer les soupçons des gardiens, mais elle ne parvenait pas à s'arrêter de provoquer son entraîneur. L'obscurité de la magie de Torin déteignait sur elle heure après heure.

Son enseignant lui fit face, l'expression renfermée et le regard menaçant. Avec sa carrure musclée, il aurait pu écraser l'étudiante en un rien de temps. Il pourrait même la tuer, mais n'en avait pas l'autorisation. Pas tant qu'elle ne lui avouait pas la vérité.

Pour l'instant, il paraissait être trop concentré sur la formation de son élève pour être en mesure de l'achever.

Par instants, l'hostilité de son regard laissait place à autre chose, avant de reprendre son droit.

— Il semblerait que tu maîtrises déjà la première partie de la leçon : la distraction. Alors, passons directement à l'action, la félicita-t-il avec un rictus aux lèvres.

Sans crier gare, il s'élança en sa direction et la fit chuter à terre à l'aide d'un simple-croche-patte. Satisfait, il l'observa de sa hauteur, alors que Jess jura.

Elle n'était pas prête à se vouer vaincue ! Lorsque Sir Sevien se détourna d'elle, elle donna un coup de pied à l'arrière de ses genoux et il perdit son équilibre l'espace de quelques secondes. S'il fut surpris par sa ruse, il n'en laissa rien remarquer.

Son élève se releva, reprenant ses appuis et retrouvant sa concentration. Elle ne respecterait pas les règles du jeu. C'était le seul moyen qui lui permettrait de gagner aujourd'hui.

— Déjà épuisée ? la défia son instructeur avec les bras croisés.

Fais-lui du mal, chuchota une voix inconnue dans le crâne de Jess.

Elle cligna des paupières, cherchant à savoir si elle avait rêvé ou non, avant de secouer la tête.

— Pas le moins du monde, Sir.

Il sourit, avant de s'élancer une fois de plus vers elle. Il lui mit un coup de poing à l'épaule. Puis, avant que Jess n'ait le temps de réagir, il se glissa derrière elle et lui assena un horion dans le dos. Par miracle, elle conserva son équilibre, pivota et laissa son poing s'abattre contre la joue de l'homme. Bien sûr, elle ne possédait pas assez de force pour créer de réels impacts, mais c'était déjà un début. Ce contact avec la peau hâlée du chasseur fit naître de petites décharges électriques dans ses mains.

Amusé, il tenta de lui attraper le menton comme on le ferait chez une petite fille, et elle l'esquiva de justesse. À la place, il se contenta donc de tirer sur ses longs cheveux, lui arrachant ainsi un cri de douleur.

— Parfois, tricher est nécessaire pour remporter la victoire. L'adversaire en fera de même. Dans un combat à la mort, il n'y a pas d'honneur qui tienne, souffla son instructeur dans son oreille d'un air satisfait.

Énervée à cause du lancinement qu'il provoquait en tirant sur ses mèches, elle lui mit un coup de coude dans l'abdomen. Surpris, il recula en la lâchant.

— Message reçu.

Profitant de cette parenthèse inespérée, Jess tenta de l'atteindre une fois de plus, mais il l'intercepta en l'attrapant par l'avant-bras. Puis, elle tournoya jusqu'à ce que son fessier atterrisse sur une surface en bois.

Assise sur une des tables posées contre le mur, avec les mains de Sir Sevien posées sur ses bras, Jess sentait de l'énergie la parcourir tout entière. Elle aimait cette étreinte puissante, agressive, interdite.

Plus son corps se rapprochait du sien, plus elle était attirée par lui. Pourtant, il n'était pas du tout son genre. Il était plus âgé qu'elle, trop musclé, brutal et, petit détail, il la détestait de tout son être. Rien de toutes ces caractéristiques devrait l'attirer.

Surtout parce que son cœur appartenait déjà à Torin dont l'aura était bien plus agréable.

Mais se rapprocher de Sir Sevien, que ce soit physiquement ou émotionnellement, lui permettrait de le blesser et de le faire payer pour sa méchanceté envers elle. Et cette pensée la ravit malgré elle.

— Satisfait ? murmura-t-elle, alors que le visage du chasseur ne se trouvait qu'à quelques centimètres du sien.

Hors d'haleine, leurs souffles chauds caressèrent les lèvres l'un de l'autre. Il sentait le musc et la vanille, une odeur particulièrement douce pour une brute bourrée de préjugés comme lui. Des frissons remontèrent le long de son dos et une chaleur enivrante se diffusa dans son ventre. Sa respiration se fit plus rapide, moins profonde. Elle ouvrit la bouche, sans pour autant être capable de prononcer le moindre mot face aux sensations inconnues dont elle était la proie.

Son instructeur recula d'un seul coup, comme si quelque chose venait de le brûler. Il secoua brièvement ses mains, donnant l'impression qu'il souhaitait se débarrasser de résidus de saleté.

— L'entraînement est terminé, annonça-t-il d'un ton glacial.

— Mais on vient tout juste de commencer. Vous ne m'avez encore rien appris, protesta son élève en se relevant de la table.

De l'incompréhension avait pris la place de son air séducteur.

— De toute façon, tu as ton petit copain pour te défendre si besoin, aboya Sir Sevien sans se retourner vers elle.

Prise au dépourvu par de tels propos et par la haine avec laquelle il avait prononcé ces mots, Jess resta silencieuse. Une fois de plus, il était passé du vouvoiement au tutoiement en perdant son calme.

Elle n'avait aucune idée de ce qu'elle pouvait bien lui répondre et l'observa quitter la pièce en silence. Bien qu'elle ait été impulsive et provocatrice au cours de l'entraînement, elle savait qu'il ne valait mieux pas tenter le diable.

Chapitre 24

Tu aurais dû lui faire mal.

Jess frissonna en entendant ces paroles si cruelles résonner dans son esprit. Elle se retenait d'écarquiller les yeux et poursuivit son chemin à travers les couloirs. Torin l'avait prévenu des voix liées à sa magie, mais elle ne pensait pas en hériter en l'absorbant. En réalité, elle craignait leur présence à l'intérieur de son crâne et se rassura en se disant que son petit ami l'aiderait à les faire taire.

Elle était restée dans la salle de cours pendant encore un long moment après que Sir Sevien l'ait quittée. Seule, elle avait pris le temps de réfléchir à son comportement inhabituel et immature. À son grand malheur, des chuchotements cruels et obscurs avaient peu à peu envahi sa tête, se pressant contre les parois de son crâne devenu douloureux.

Alors qu'elle faisait de son mieux pour ne rien laisser paraître de son tourment, elle remarqua que certains mages qu'elle croisait osèrent se rapprocher plus d'elle qu'à leur habitude. Ils ne la contournaient pas comme si elle était un déchet toxique et lui souriaient même de temps à autre. Les rumeurs au sujet de l'éveil du pouvoir de Torin avaient visiblement fait le tour de l'institut.

Même si ça faisait plaisir à la jeune femme, ça la mettait également dans une position risquée. En effet, sa réputation du moins indésirable avait éloigné d'elle de nombreux élèves aux intentions malfaisantes. Maintenant que cette barrière fondait comme neige au soleil, elle allait devoir être plus prudente.

Tu pourrais tous les tuer, lui murmura une nouvelle voix malveillante.

Elle aurait pu crier face à son intrusion si elle s'était trouvée seule au sein de sa chambre, mais ce n'était pas le cas.

Sors de ma tête, pensa-t-elle en serrant les dents.

En entrant dans la salle à manger, elle repéra aussitôt Torin et Khala qui l'attendaient. Elle s'approcha d'eux sans attraper de plateau et les salua d'un mouvement de la main. Si elle tentait de sourire, ça ressemblerait trop à une grimace.

— Ta matinée s'est bien passée ? Je sais que Sir Sevien n'est pas très fan de toi, articula Khala.

Elle pouvait témoigner de sa froideur lorsqu'il avait abordé Jess dans les couloirs l'autre jour.

— C'était pas mal.

Silence. Elle n'en dit pas plus, préoccupée par les chuchotements qui la hantaient. Et étonnée par le rouge qui envahit ses joues en repensant à sa proximité avec Sir Sevien. Elle avait un copain, bon sang !

— Torin, puis-je te parler, s'il te plaît ?

Khala saisit l'occasion de laisser les deux tourtereaux seuls :

— Je vais nous garder une table, proposa-t-elle en s'éclipsant.

Elle sentait sans le moindre doute la tension flotter dans l'air. Jess la remercia d'un hochement de tête.

— Tu veux me dire quoi ?

Torin rapprocha son visage du sien dans l'objectif de l'embrasser. Elle le devança et posa brièvement ses lèvres sur les siennes, avant d'enchaîner.

— Ce sont les voix. J'ai besoin de ton aide, avoua-t-elle à contrecœur.

Elle aurait préféré pouvoir gérer ses propres problèmes toute seule.

Il déposa ses mains sur ses épaules afin de lui témoigner de son soutien.

— Quand est-ce que ça a commencé ?

— Cette nuit.

Elle baissa la tête, embarrassée. Elle pensait que la magie était censée la rendre plus forte et non pas vulnérable.

— Au début, c'est compliqué, mais ça ira de mieux en mieux au fur et à mesure que tu t'y habitues, la rassura son petit ami.

Il n'était pas très convaincant et elle sentit son cœur se serrer face au détachement de son interlocuteur. Il ne paraissait pas très investi dans la conversation. Toutefois, en tant que copine, elle était supposée être sa priorité, non ?

— Tu n'as pas des astuces à me donner ?

Son désespoir transparaissait dans sa voix, alors qu'elle réprimait du mieux qu'elle le pouvait la frustration qui la rongeait.

Tout à coup, quelqu'un appela le nom de Torin en lui faisant signe de les rejoindre. Jess devina que c'étaient des mages de lumière. Maintenant qu'il était en mesure d'utiliser son pouvoir, il avait le droit de leur adresser la parole, de faire partie de leur clique.

— On travaillera dessus ensemble plus tard.
— D'accord.
— Ne t'inquiète pas, ça ira. Je suis là, promit-il sans la regarder.

Elle hocha la tête, résignée. Il ne l'aiderait pas tout de suite, trop occupé à sociabiliser. Au fond, elle comprenait qu'il ait envie de se retrouver en compagnie de ses semblables, de faire partie du groupe dont il avait été rejeté jusque-là. Elle était heureuse pour lui et l'accaparer serait égoïste de sa part. Alors, la tête basse, elle lui fit signe de les rejoindre.

Il déposa un baiser sur son front, avant de s'approcher du rassemblement de mages de lumière et d'éclater de rire en entendant une de leurs blagues.

La semi-magique ne pouvait pas s'empêcher de se sentir abandonnée. Peut-être que rien de tout ceci n'avait été une bonne idée.

Elle rejoignit Khala sans grande envie, les mains vides.

— Tu n'as pas faim ? Tu devrais manger un peu.

Jess haussa les épaules, lassée et déçue par son interaction précipitée avec Torin.

Ç'avait été son idée d'aspirer sa magie, mais elle commençait à avoir l'impression qu'elle avait foncé droit dans un piège.

Tu n'es vraiment qu'une idiote.

Elle ferma ses poings jusqu'à s'en faire mal, incapable de répondre à la voix toxique.

— Sir Sevien n'est qu'une brute sans cerveau de toute façon, lui dit soudain Khala en posant ses mains sur celles de son amie en espérant pouvoir lui remonter le moral.

Son sourire rempli de gentillesse et de compassion réchauffa le cœur de Jess qui éclata de rire. Elle interprétait la situation complément de travers, mais n'avait pas tort.

— Quelqu'un devait le dire, ajouta Khala en rigolant à son tour.

— Il n'a même pas fini son cours, il s'est éclipsé au beau milieu de l'heure.

— Oh, donc il est une brute colérique sans cerveau.

Les deux jeunes femmes pouffèrent. Voir la personne la plus bienveillante qu'elle connaissait insulter un supérieur remonta instantanément le moral de Jess.

— Merci, Khala. J'avais vraiment besoin d'une amie là.

— Aucun problème. Sache que tu en as toujours une juste ici.

Elle lui adressa un clin d'œil, heureuse d'être en mesure de l'aider.

Jess aurait aimé lui partager la vérité, la raison de sa tristesse, mais savait qu'elle n'en avait pas le droit. Comment réagirait Khala en apprenant la vérité ? En découvrant qu'elle avait enfreint toutes les règles en aspirant de la magie ? Prise au piège, la semi-magique garda le silence et écouta avec attention ce que son interlocutrice lui racontait. En sa compagnie, elle oubliait ses problèmes, sachant pertinemment qu'ils reviendraient la hanter bientôt.

Chapitre 25

— Bon courage, Khala, l'encouragea Jess.

Son amie avait des cours théoriques l'après-midi. Elle lui avait confié qu'elle détestait être enfermée à l'intérieur au lieu de tester ses pouvoirs dans la forêt avoisinant l'Académie. Les enseignements du jour seraient donc un vrai calvaire pour elle, et Jess le savait.

— Merci. On se retrouve ce soir lors de notre habituel bilan journalier ?

— Bien sûr ! Je ne raterai ça pour rien au monde, lui répondit son interlocutrice sur un ton espiègle.

Elle aurait aimé pouvoir se rendre en cours aux côtés de Khala afin de ne pas se retrouver seule avec ses pensées, mais savait qu'elle n'en avait pas le droit. Une semi-magique comme elle au milieu d'une salle de mages ? Il y avait de quoi provoquer un vrai désastre !

Une fois que tous les étudiants avaient rejoint leurs salles de cours, Jess se retrouva de nouveau toute abandonnée au sein des couloirs de l'Académie. Le repas l'avait distraite l'espace d'un court instant, mais elle commençait sérieusement à se demander si le plus judicieux et mature ne serait pas de parler de son problème de voix toxiques aux supérieurs. Toutefois, cela reviendrait à leur avouer le crime qu'elle avait commis. En outre, c'était une option à éviter absolument !

Elle n'avait pas la patience d'attendre que Torin se réveille pour lui prêter main forte. Dans des circonstances ordinaires, elle aurait pu comprendre qu'elle n'était pas sa priorité. Surtout puisqu'il était enfin en mesure d'utiliser pour la première fois son pouvoir après tant d'années d'exclusion. Pourtant, elle n'y parvenait pas à ce moment-là. Son propre égoïsme l'étonna.

Pourquoi est-ce qu'il ne se mettait pas à sa place ? Il savait à quel point cela avait été dur pour lui, alors pourquoi ne l'aidait-il pas ?

Puisque personne ne se trouvait dans les parages, elle décida de traîner des pieds dans l'objectif de prolonger son voyage jusqu'à sa chambre. C'était mieux que d'être assise sur son lit à ne rien faire.

Soudain, elle entendit des voix familières provenir d'une pièce dont la porte était entrouverte. Elle savait qu'elle ne devrait pas s'y intéresser, mais elle laissa sa curiosité l'envahir.

Lorsqu'elle se rapprocha, elle distingua clairement le timbre grave de Sir Sevien. Cette découverte la conduisit à être encore plus intriguée par la conversation.

— Tu as été irresponsable, Matiak, le réprimanda une femme que Jess devina être une des gardiennes.

Ses talons créèrent une mélodie répétitive dans l'espace, démontrant qu'elle faisait les cent pas.

L'élève ne put s'empêcher de sourire à l'idée que le chasseur se fasse passer un savon. Est-ce que c'était au sujet de ce qu'il s'était passé ce matin ? Parce qu'il avait quitté le cours à l'improviste ?

— Je le sais, Dame Kishi, ça ne se produira plus.

Il avait l'air si résigné, abattu par l'autorité de son interlocutrice. Cette dernière soupira et s'immobilisa.

— Imagine les conséquences que tes actes auraient pu avoir.

Parlait-elle de leur proximité lors de l'entraînement ? En théorie, Jess aurait pu aspirer de la magie du gardien, mais elle n'y avait pas réellement pensé.

— Tout rentrera dans l'ordre, la rassura Sir Sevien.

— Je l'espère bien, Matiak.

Sa voix était si tranchante, à l'image de l'air sévère qu'elle avait arboré la première fois où Jess l'avait aperçue. Dès son arrivée, son regard calculateur avait recelé des avertissements. Sa beauté glaciale la rendait fascinante et terrifiante.

— Pour l'instant, fais en sorte qu'elle ne le découvre pas. Cette demi-sang ne peut pas être contrôlé comme les autres.

Le cœur de la jeune femme se figea. Elle recula de quelques pas, consciente que la conversation entre les deux supérieurs touchait à sa fin.

Ils parlaient d'elle. Qu'est-ce qu'elle n'avait pas le droit de découvrir ? Que lui cachaient-ils ? S'ils souhaitaient la garder dans l'ombre, elle trouverait un moyen d'en sortir et de le leur faire payer.

Elle peinait à respirer, consciente du danger qu'elle courait si elle ne s'éclipsait pas rapidement. Alors, elle prit ses jambes à son cou en direction de la bibliothèque. Peut-être que Sir Vyr pourrait l'aider à trouver les réponses à ses questions. Après tout, il était le seul qui lui en avait fourni jusque-là.

***

En atteignant la bibliothèque, Jess fut heureuse d'y croiser Sir Vyr. Il lui avait promis qu'il s'y trouverait si elle avait besoin de lui et avait tenu sa promesse. Elle sentit du soulagement l'envahir lorsqu'il pivota en sa direction avec un sourire aux lèvres.

— Jess Handers. Quelle agréable surprise !

Il se détourna de la pile d'ouvrages qu'il triait et vint à sa rencontre. Ses longs cheveux blancs s'accordaient parfaitement à sa chemise argentée qu'il avait associée à un pantalon tailleur noir. Les diamants incrustés dans son front scintillaient au même titre que son regard bienveillant et curieux.

— Bonjour, Sir. J'espère que je ne vous dérange pas.

Il secoua la tête avec vigueur.

— Pas du tout ! Les livres peuvent attendre. Pourquoi es-tu venue me voir ?

Elle inspira, gênée de devoir lui avouer ses doutes quant aux gardiens et à la conversation qu'elle avait interceptée dans les couloirs. Au fond, elle espérait que Sir Vyr y fournirait des explications.

— J'ai entendu certaines… informations récemment et je me disais que vous pourriez peut-être m'éclairer.

Il croisa les bras et plissa les yeux, visiblement intrigué. Si elle ne savait pas que Torin était son fils, elle ne lui aurait pas donné plus de trente-cinq ans. Sa beauté mystique lui accordait un charme surnaturel.

— De quelles informations s'agit-il ?

Elle hésita, avant de se décider à mettre un terme à sa souffrance. De toute façon, elle était déjà là, devant lui, donc autant faire les choses jusqu'au bout.

— Je soupçonne que les gardiens me cachent des éléments. Mais j'en ai assez d'être prise pour une imbécile, simplement car je suis une semi-magique, articula-t-elle calmement.

Elle mentionnerait les noms de Dame Kishi et Sir Sevien s'il le fallait. Après tout, elle n'avait aucune affinité avec eux.

— Il y a, en effet, quelque chose qu'on aurait dû te dire dès ton arrivée, lui avoua Sir Vyr après un court silence.

Il laissa ses bras tomber le long de son corps et secoua la tête avec désapprobation. Il n'était pas fier d'avoir gardé l'information en question secrète.

— Les gardiens sont de bonnes personnes, mais ils ont du mal à faire confiance à ceux qui ne font pas partie du conseil.

Il commença à s'éloigner en lui faisant signe de le suivre. Elle obéit aussitôt, prête à découvrir le fin mot de l'histoire.

Ils retracèrent le chemin qu'ils avaient parcouru lors de leur première rencontre et s'arrêtèrent devant le grand grimoire à la couverture en cuir contenant l'arbre généalogique de la lignée Handers. Les doigts du mage de lumière l'empoignèrent délicatement pour éviter de l'abîmer. L'espace d'un instant, elle avait l'impression qu'il tenait de l'or entre les mains tant il paraissait accorder de la valeur à l'ouvrage.

La phrase « Les plus grandes lignées magiques » était gravée en de larges lettres dorées sur la couverture brune.

— Je suis convaincu que tu as le droit de connaître la vérité, Jess. Tu l'as bien mérité.

Il lui sourit en lui tendant le livre. Elle l'attrapa avec délicatesse par peur de l'abîmer.

— Cet objet renferme toutes les réponses au sujet de la mort de ton père.

Soudain, sa respiration fut coupée et son cœur fit un bond dans sa poitrine. Était-il vraiment sur le point de lui donner les clés de ce mystère qui l'avait taraudée malgré elle ?

— Pourquoi est-ce que vous m'aidez ?

En lui donnant ce grimoire, il trahissait la confiance des gardiens. Et ce n'était pas rien.

— Parce que c'est la bonne chose à faire. On n'aurait jamais dû te garder dans l'ombre en premier lieu.

Il posa sa puissante main sur son épaule et la contempla avec sympathie. Elle ne comprenait pas pourquoi Torin le méprisait tant.

— Je dois y aller, un de mes cours commence dans peu de temps. Je te laisse à tes découvertes, Jess Handers.

— Merci, Sir.

Elle était heureuse de le savoir de son côté, d'avoir un allié au sein du conseil de l'Académie Covett.

Il lui adressa un hochement de tête complice, avant de quitter la bibliothèque d'un pas déterminé. Jess regretta aussitôt qu'il doive donner des cours cet après-midi-là.

Elle aurait aimé lui poser des questions au sujet des voix à l'intérieur de son crâne. Il avait formé Torin à résister à l'obscurité de son pouvoir donc il aurait sûrement des conseils utiles à lui fournir, non ?

Seule et déçue, la jeune femme s'assit à une des tables disposées au centre de la pièce circulaire.

Ils t'abandonnent tous, lui murmura la voix dans sa tête.

— Pas maintenant, cracha-t-elle.

Elle n'avait jamais été du genre à être violente, mais la situation s'y prêtait. Ça faisait des heures qu'elle se forçait à rester civilisée afin de ne pas passer pour une folle. Cependant, la présence mystérieuse qui parasitait son esprit la frustrait plus qu'elle ne désirait se l'admettre.

Elle se donna de petites tapes encourageantes sur les joues.

— Allez, Jess. Tu y es presque.

Après avoir contemplé en silence le grimoire qu'on lui avait confié, elle inspira profondément et en ouvrit le sommaire.

— Page 73, lit-elle à haute voix en trouvant « Handers » dans la liste de noms.

Ses doigts feuilletèrent les pages avec délicatesse. Elle se retrouva fascinée par le nombre de familles importantes que cette dimension comptait. Enfermée dans l'Académie Covett, elle avait fini par oublier que tout un monde l'entourait.

Lorsqu'elle atteignit la page de titre de sa famille, elle découvrit que la partie était assez conséquente, comptant pas moins de onze sous-parties. Elle les explora avec un sourire aux lèvres, fascinée par cette part de son passé dont elle avait toujours tout ignoré. Sir Vyr ne lui avait pas menti : elle était une descendante d'une puissance clé de cet univers.

D'un seul coup, une feuille glissa du livre. Elle était un peu plus petite et légère que les autres et Jess la rattrapa de justesse, évitant qu'elle ne tombe par terre.

En l'observant, elle lut le nom de son père en haut. À côté était marqué « acte de décès ». Son cœur se serra et son souffle se coupa. Avait-elle vraiment envie d'en savoir plus d'un homme mort qui n'avait jamais rien fait pour elle de son vivant ?

Elle hésita, jusqu'à ce que son regard tombe sur la cause du décès. En la découvrant, elle écarquilla les yeux et le papier glissa de ses mains.

Son père avait été empoisonné. Et les gardiens avaient tenté de garantir qu'elle ne le découvre jamais.

Chapitre 26

Empoisonné.

Jess ne parvenait pas à sortir ce mot de son esprit. Son père avait été tué à peine trois mois avant son arrivée à l'Académie. Leurs chemins ne s'étaient loupés que de quelques semaines. Pourtant, elle savait bien que s'il était encore en vie, Sir Sevien n'aurait pas été envoyé dans le monde des humains pour l'activer. Son quotidien d'humaine serait resté inchangé et elle n'aurait pas su la vérité à propos de sa lignée et de ses origines. Pas jusqu'à maintenant.

Toutefois, l'idée que son père ait traversé les couloirs de l'institut si récemment lui faisait mal au cœur. Peut-être qu'elle aurait pu le rencontrer malgré tout, peut-être qu'elle aurait enfin pu avoir un vrai père au lieu d'une figure issue de son imagination.

Assise sur son lit avec l'acte de décès devant elle, la jeune femme enveloppa son corps de ses bras. Elle avait toujours cru qu'elle n'avait pas besoin d'un père, mais ne pouvait pas s'empêcher de sentir un vide se creuser dans sa poitrine.

Recroquevillée, elle sentit des larmes couler sur ses joues rougies et sanglota en enfouissant son visage entre ses genoux regroupés.

Elle tremblait malgré elle, secouée par la mort d'une personne qu'elle n'avait à aucun moment vraiment connue. Elle ne possédait même pas d'image de lui ! Pas de photo, pas de peinture, pas d'illustration. C'était comme s'il n'avait jamais existé, comme s'il n'était qu'un spectre qu'elle s'était imaginée.

Si seulement elle pouvait trouver son meurtrier et le faire payer pour son crime ! Si seulement elle pouvait retourner dans le temps. Mais une telle magie n'existait pas, même pas dans ce monde-ci.

Était-ce ceci dont Sir Sevien et Dame Kishi avaient discuté ? Les gardiens avaient-ils tué son père ? Cela expliquerait pourquoi ils avaient voulu lui cacher la cause de son décès.

Que lui cachaient-ils d'autre ? Elle ne voyait pas ce que l'Académie tirait de la mort de son père, si ce n'était un chaos sans précédent à travers l'intégralité de la dimension. Comme ils le lui avaient expliqué, les mages dimensionnels étaient essentiels dans l'univers du surnaturel. Puis, pourquoi le tuer pour se retrouver par la suite à devoir entraîner sa fille semi-magique ? Ça n'avait aucun sens ! À moins que ce soit une histoire de vengeance ou de rivalité.

Est-ce que cette découverte signifiait qu'elle était en danger elle aussi ? Que quelqu'un tenterait de lui ôter la vie à son tour ?

Frustrée par son manque de pistes, Jess laissa échapper un cri de désespoir et de rage à glacer le sang. Elle attrapa son oreiller et commença à mettre des coups de poing dedans jusqu'à ce que ses larmes ne cessent plus de couler de ses yeux.

Peut-être que ton père ne voulait pas te rencontrer parce que tu es un échec, lui susurra la voix enfermée dans son crâne.

— Toi, tu me soûles, cracha l'étudiante.

Elle serra les poings, sentant ses ongles s'enfoncer au creux de sa chair jusqu'à y laisser des marques sanglantes. Cette douleur physique la distrayait de sa souffrance psychologique.

Puis, elle ferma les paupières et remit de l'ordre dans ses pensées. Des bribes d'images flottèrent au sein de son esprit tourmenté, formant graduellement un ensemble qu'elle n'avait encore jamais aperçu auparavant. Une vision.

Une pièce obscure, éclairée par six rayons de lumière colorés, lui faisait face. En son centre flottait un objet qu'elle ne parvenait pas à distinguer correctement. L'air était froid, humide et sentait le renfermé, signalant que l'endroit se trouvait sûrement sur un niveau souterrain. Une cage de chaînes protégeait le trésor que le lieu recelait, tournoyant d'elle-même dans tous les sens pour éviter que quiconque ne s'en approche. À cette vitesse, les cordes de métal seraient en mesure de couper les mains des trop curieux.

Jess avait l'impression d'être là sans vraiment l'être, captivée par la forme magique qui lui faisait face. Elle ignorait où elle se trouvait, mais une sensation familière flotta dans l'air de la pièce mystérieuse.

Tout à coup, une ombre s'approcha d'elle et lui attrapa les bras. Elle ne possédait pas de visage ni de corps distinct, ressemblant plus à un jeu de lumière qu'autre chose. Ses formes étaient indistinctes, énigmatiques, inhumaines.

— Tu dois protéger ton esprit, lui chuchota-t-elle d'une voix étonnamment douce.

Sans crier gare, elle se fondit dans l'enveloppe charnelle de Jess qui fut aussitôt prise de spasmes.

Elle sentit ses muscles se contracter et son cœur lui faire mal. Une migraine envahit son crâne et elle cria de douleur en nichant ses ongles dans son cuir chevelu. Hébétée, elle avait l'impression de s'étouffer, de sentir ses os se compresser jusqu'à se briser en mille morceaux. Elle était au bord de l'évanouissement tant elle avait mal, mais serra les dents en déglutissant avec difficulté.

Deviens forte. Résiste-leur, l'encouragea une source extérieure.

Elle écarquilla les yeux, revenant à la réalité. En se redressant d'un coup sec, elle remarqua que le calme régnait dans sa chambre et soupira.

De grosses gouttes de sueur coulaient sur son front brûlant. De la magie crépitait au bout de ses doigts et sillonnait ses membres encore et encore. Tout ce qui venait de se produire aurait dû la terrifier, mais elle se sentait étrangement à l'aise, apaisée même. Sa peur s'était évanouie, comme si elle n'avait jamais existé.

Maintenant qu'elle était réveillée, elle n'avait plus mal. À vrai dire, elle ne ressentit plus aucune émotion du tout si ce n'était de la détermination. Alors, elle sourit à pleines dents en observant son espace personnel.

Elle s'était pendant si longtemps comportée comme une prisonnière qu'elle avait oubliée qu'elle n'en était pas une. Non, elle pouvait devenir la reine de cet endroit si elle le souhaitait vraiment. Quel meilleur moyen d'acquérir de l'autorité que par la frayeur ? De toute façon, tout le monde avait déjà des a priori sur elle à cause de sa nature, donc il ne servait à rien de vouloir changer pour leur plaire.

Autant jouer la carte de l'antagoniste à fond.

Tu peux accomplir l'impossible, poursuivit la voix, tandis que Jess sentait un pouvoir obscur la ronger, l'envahir, la contrôler peu à peu. Son esprit fut plongé dans une bulle macabre et inquiétante au sein de laquelle elle se sentit instantanément à sa place.

Une étreinte glaciale conquit son cœur, lui donnant une confiance nouvelle, une assurance dont elle ne se serait jamais crue capable. La jeune femme aurait dû la repousser, mais ne put pas s'empêcher de l'apprécier, de s'en délecter, de l'accueillir à bras ouverts. Elle avait besoin de sa puissance.

Briser des esprits, écraser les injustices, séduire et manipuler ceux qui oseraient lui barrer la route. Elle pouvait faire tout ça pour parvenir à ses fins. Son nom évoquerait de la sympathie… ou la terreur.

Avec la magie dimensionnelle présente dans son sang et la puissance de lumière qu'elle avait volée à Torin, elle était bien plus puissante et dangereuse que les autres mages. Personne ne la verrait venir, tous la croyaient dénuée de pouvoir.

Pour trouver les réponses qu'elle convoitait, elle démolirait leurs murs, leurs règles... et leurs os s'il le fallait. La perspective d'enfin découvrir les vérités qu'on lui avait cachées la réjouit.

Lorsqu'elle en aura terminé avec l'Académie Covett, elle connaîtra tous ses secrets. Plus personne n'osera lui mentir.

CHAPITRE 27

Le soir, alors que tous les élèves retournaient à leurs chambres, Jess se trouvait assise sur le banc où elle avait parlé pour la première fois à Torin. Le froid aurait dû la faire grelotter, mais elle ne bougeait pas d'un poil, captivée par sa nouvelle capacité à ignorer les sensations désagréables. La puissance obscure qui coulait dans ses veines lui avait obscurci l'esprit et bridé ses émotions. Elle se sentait plus puissante que jamais auparavant, plus déterminée, féroce et délicieusement cruelle. Et elle ne laisserait plus personne lui barrer la route à l'avenir ! Un sourire mauvais prit aussitôt place sur ses lèvres.

Elle avait réfléchi aux événements de la journée, cherchant à comprendre pourquoi son copain ne libérait pas de temps pour elle. Elle lui avait permis de vivre comme un mage ordinaire, ne devait-il pas lui en être reconnaissant ?

— Salut, articula Torin en la rejoignant.

Il déposa un baiser sur son front, avant de s'installer à côté d'elle.

— Je savais que je te trouverais ici.

Il était de bonne humeur et souriait à pleines dents. Sa journée avait dû se passer à merveille.

— Tes cours se sont bien déroulés ?

— J'ai enfin pu participer à toutes tes activités, tu ignores à quel point ça fait me soulage. Merci, Jess.

Il entoura ses épaules de son bras, la serrant contre lui. La jeune femme hocha la tête, sans pour autant s'abandonner à son étreinte comme elle en avait l'habitude.

— Je suis heureuse que tu sois si épanoui.

Il n'en était pas de même pour elle.

Silence. Leurs conversations d'ordinaire si légères et naturelles lui semblaient bien loin à présent.

— As-tu réfléchi à des astuces qui pourraient m'aider avec les voix ?

Il souffla et leva le visage au ciel, comme irrité par sa question.

— Je n'ai pas vraiment eu le temps.

Contrairement à moi, c'est ça ?

Elle soupira en montrant explicitement son mécontentement.

— Tu savais à quoi t'attendre, Jess. Je t'avais averti de la présence des voix et de l'inconfort qu'elles provoquaient.

Indignée, elle s'écarta de lui.

— Donc tu me dis que c'est ma faute si je me fais tourmenter par des présences toxiques dont je t'ai débarrassé ?

Il passa sa main sur son visage et retira son bras des épaules de sa petite amie. La conversation prenait un tournant qu'il n'appréciait pas du tout.

— Techniquement, oui, avoua-t-il finalement.

Jess le fixa, bouche bée. Un petit ricanement sarcastique sortit de sa gorge, résonnant dans l'air frais.

— Quoi, Jess ? Tu as voulu ceci, c'était ton idée d'aspirer une partie de ma magie. Tu t'es littéralement portée volontaire ! C'est de ta propre faute si tu te retrouves dans cette position et tu n'es en aucun cas ma responsabilité.

C'était l'idée de ton père, pensa-t-elle sans pour autant le lui dire.

Elle le fusilla du regard, enragée. Son interlocuteur l'observait comme si elle était folle, ce qui ne fit que la mettre encore plus en colère.

— Tu ne peux pas être sérieux, là ! Pas ta responsabilité ? Je suis ta copine, Torin !

Elle se leva d'un seul coup, envahie par une profonde sensation de trahison. Comment osait-il l'attaquer de la sorte après qu'elle l'ait aidé à obtenir une vie de mage ordinaire ? Il pouvait au moins prendre en considération ses sentiments et l'aider un minimum ! Ça ne lui coûtait pas le moindre effort de l'épauler comme il se devait dans une relation.

— Calme-toi.

Il tenta de lui attraper les mains avec douceur, mais elle les retira.

— Merci de me montrer ton vrai visage, Torin. Même si j'aurais préféré que tu le fasses plus tôt, lui cracha-t-elle.

Le jeune homme leva les yeux au ciel.

— Pas ce soir, s'il te plaît, Jess. Je suis fatigué.

— Tu crois que je ne le suis pas ? Tous les secrets et mensonges de cette Académie m'épuisent !

Elle s'était mise à crier malgré elle et lui tourna le dos afin de tenter de s'apaiser. Il ne fallait pas qu'elle perde son objectif de vue.

— Tu exagères. Repose-toi et tu verras que tout ira mieux demain, lui conseilla Torin d'une voix imbibée de lassitude.

Il ne pouvait pas être moins impliqué dans leur conversation. Le jeune homme attentionné et compréhensif qu'il avait été jusque-là s'était évanoui comme s'il n'avait pas existé.

Après avoir pris une longue inspiration, Jess lui refit face avec un regard glacial. Elle n'avait encore jamais été aussi en colère de toute sa vie.

— Est-ce que ce que tu m'as raconté au sujet de toi et de ton père est vrai ? Ou est-ce que tu l'as inventé pour attirer ma sympathie ?

Le fait que Sir Vyr ait réussi à la convaincre d'aspirer de la magie dans l'objectif que son fils puisse vivre sa plus belle vie lui paraissait suspect. Elle avait été si naïve de ne pas remettre en question les paroles du gardien avant de passer à l'acte ! Il lui avait suffi de lui parler de ses ancêtres, de son père, pour qu'elle lui accorde sa confiance. Quelle erreur de débutante !

— Jess, arrête ton cirque. Je t'octroierai du temps lorsque j'en aurai.

Donc, elle n'était qu'une distraction à ses yeux ? Quelque chose qu'il pouvait mettre de côté quand il le souhaitait ? Non.

Piégée dans une spirale infernale créée par son propre esprit, la jeune femme embrassa son petit ami sans réfléchir. Pris au dépourvu, ce dernier posa ses mains sur ses épaules pour la repousser au lieu de l'enlacer.

Lorsque leurs lèvres se quittèrent, quelque chose avait changé entre eux.

— Je dois me débarrasser de tout ce qui me retient d'avancer et d'évoluer. Merci pour ta magie. Pas pour ton aide, articula la jeune femme, avant de le contourner et de s'éloigner.

Elle le laissa derrière elle sans se retourner une seule fois, libérée d'un des poids qui pesaient sur son cœur. Il n'était rien d'autre qu'un profiteur qui ne méritait pas son temps. Elle était si ravie et soulagée d'avoir fait le nécessaire, de pouvoir avancer de plus belle sans devoir rendre de comptes à quiconque. Souriante, elle sentait la puissance à l'intérieur d'elle grandir, s'affirmer.

À son grand malheur, en quittant le banc et Torin, Jess tomba nez à nez avec Khala qui l'observait, les yeux écarquillés. À en voir son expression choquée, elle avait entendu une grande partie de la conversation du couple.

Toute l'euphorie ayant envahi Jess la quitta instantanément, comme emportée par la brise qui agitait ses mèches noires. Son cœur se figea dans sa poitrine.

— Khala, qu'est-ce que tu…
— Tu as vraiment fait ça ?

La mage recula avec précaution, prise au dépourvu par ce qu'elle venait d'entendre. Face au silence de son interlocutrice, de la terreur prit place au fond de son regard bleu d'habitude si doux.

— As-tu réellement volé de la magie à ton propre copain, Jess ? insista-t-elle d'une voix tremblante.

Dit ainsi, on aurait pu croire qu'elle avait pris avantage de lui et de son affection.

— Ce n'est pas ce que tu crois. Laisse-moi t'expliquer…

— Je t'ai défendu pendant tout ce temps, j'ai proclamé haut et fort que tu n'étais pas un monstre, que tu ne ferais jamais ça parce que tu es une bonne personne. Mais, depuis le début, tu te jouais de moi, tu me mentais et me manipulais pour me faire croire à ta façade de fille innocente.

Ses mains tremblaient, alors que des larmes se pressaient jusqu'à ses yeux. De la profonde douleur y brillait. Jess aurait aimé la serrer dans ses bras pour la rassurer, mais ne bougea pas d'un poil puisqu'elle savait que ça ne la terrifierait qu'encore plus.

— Khala…

— Non. Tu n'es pas du tout la personne que je te pensais être. Je ne veux rien avoir à faire avec toi, Jess !

La semi-magique ouvrit la bouche pour protester et tenta de retenir son amie par le bras.

— Ne me touche pas, espèce de monstre ! s'écria cette dernière en s'éloignant en courant.

Seule, debout au milieu d'un des nombreux chemins traversant les jardins, Jess comprit qu'elle venait de perdre tous ceux auxquels elle tenait. Et c'était entièrement sa faute.

Chapitre 28

C'était le premier matin où Jess n'attendrait pas que Khala vienne la chercher. Suite à leur dispute de la veille, l'absence de son amie la chagrinait, mais elle s'était convaincue que ce n'était pas grave. Elle avait toujours été solitaire, elle n'avait besoin de personne d'autre qu'elle-même. Du moins, c'était ce que les voix machiavéliques piégées dans son crâne l'avaient conduit à croire. Elles lui avaient chuchoté des horreurs toute la nuit, mais elle avait fini par apprécier leur compagnie atypique.

Elle avait tiré une conclusion des événements récents : tout était la faute de Torin. La colère qu'elle ressentait à son égard était amplifiée par les blessures que ses paroles cruelles avaient infligées dans son cœur. Son amour naissant pour lui s'était transformé en une haine sinistre qui alimentait l'obscurité grandissant à l'intérieur de son esprit.

En mettant les pieds au sein des couloirs encore déserts, elle découvrit qu'elle n'était pas la seule à s'être levée si tôt. Debout contre le mur, les bras croisés et le regard perdu dans le vide, se trouvait Sir Sevien. Elle sentit ses muscles se tendre et sa mâchoire se contracter, mais se força à le saluer avec un petit sourire.

— Ravie de vous revoir, Sir.

C'était, de toute évidence, un mensonge.

Il se concentra aussitôt sur elle, tiré de ses pensées.

— Mademoiselle Handers.

Elle n'aimait pas qu'il l'appelle comme ça, que le nom de sa lignée sorte de sa bouche. Dès qu'il se mettait à la tutoyer, envahi par la colère, elle l'appréciait bien plus. Dès qu'elle abattait un des murs qu'il dressait entre eux, elle obtenait plus de pouvoir de manipulation sur lui. Il la laissait découvrir ses faiblesses sans même s'en apercevoir.

— Qu'est-ce que vous faites ici ? Je doute que vous ayez envie d'une manucure.

Un semblant de sourire passa sur le visage du chasseur, avant de s'évanouir comme s'il n'avait été qu'une illusion.

— Je viens m'excuser de mon comportement lors de notre entraînement, répondit-il finalement.

Il se détacha du mur et laissa ses mains tomber le long de son corps en secouant la tête. Il devait sans le moindre doute regretter son impulsivité qui l'avait mené à être réprimandé. Jess était consciente qu'il ne faisait ceci que pour faire bonne figure et non pas parce qu'il regrettait réellement ses actions.

— Je n'aurais jamais dû quitter le cours, ni y mêler votre vie privée.

— Sans mentionner que votre remarque était plutôt sexiste. Vous savez, toutes les filles rêvent pas d'être protégées par un homme, qu'il s'agisse de leur petit copain ou d'un autre.

Elle avança d'un pas et referma la porte de sa chambre derrière elle.

— Ce n'était pas mon intention.

Il marqua une pause, hésitant.

— Mais ?

— Après l'incident avec Tanzo, je pensais qu'il serait mieux que tu sois défendue, avoua-t-il enfin en faisant signe à ses poignets encore légèrement bleus.

Bien sûr qu'il était au courant ! Il avait entendu les rumeurs comme tous les autres et vu les marques présentes sur ses poignets. Le passage du vouvoiement au tutoiement ne lui échappa pas, même si ça devenait une récurrence.

— Agression. Vous avez le droit de dire ce mot, il ne va pas vous mordre, Sir, rétorqua-t-elle d'un air provocateur.

Toute sa crainte liée à l'instant horrible en question s'était évanouie. Elle ne se souvenait plus que de la puissance qu'elle avait ressentie en utilisant pour la première fois son charme. Et la façon dont elle s'était délectée malgré sa peur.

Sir Sevien était pétrifié, comme si entendre le terme prononcé à haute voix lui prouvait que la situation était bel et bien réelle. À son expression confuse se mêla une pointe de fureur et de regret, avant de disparaître. Il paraissait déchiré entre ses différentes émotions.

La jeune femme en profita pour s'approcher de lui avec le regard rempli de malice. Elle n'avait jamais vu le grand méchant chasseur aussi désemparé et fut intriguée.

Alors, elle posa sa main sur son torse et enracina son regard dans le sien. Il ne bougea pas d'un poil, à la fois confus et défiant. Son expression sévère feignait l'indifférence, mais laissait transparaître une once de fascination.

De la magie crépitait au bout des mains de la semi-magique, tandis qu'elle dessinait le contour de la mâchoire du chasseur de ses doigts. Au fil de ses mouvements enivrants, elle voyait le masque glacial de l'homme se fissurer. Son regard vert se fit plus insistant, ses muscles se détendirent et il n'esquissa pas le moindre mouvement pouvant indiquer qu'il souhaitait s'écarter.

— Tu joues à un jeu dangereux, Jess.

La façon dont il prononça son nom de sa voix grave lui donna des frissons. Elle entendit de l'affection dans ses paroles, chose qu'elle n'aurait jamais attendue de sa part.

Il la mettait en garde, mais elle ne craignait plus ses menaces. Après tout, impossible de faire mieux que lors de leur première rencontre.

— Ton comportement actuel me donne l'autorisation de te tuer.

Il avait senti qu'elle utilisait son charme. Toutefois, il était encore assez lucide pour se rendre compte de la situation.

— Vous avez toujours envie d'achever quelqu'un, susurra-t-elle avec un sourire en coin.

Elle se retenait de l'attirer à elle, captivée par son regard hypnotique.

— Si tu cherches à voler ma magie, sache qu'elle est scellée par les bijoux des gardiens.

Elle ricana en secouant la tête.

— Qui vous dit que c'est votre magie qui m'intéresse ?

Je veux simplement que vous me confiez tout ce que vous me cachez, pensa-t-elle.

Et elle le séduirait pour parvenir à ses fins s'il le fallait.

Sir Sevien resta immobile avec ses bras le long de son corps et ses muscles détendus. Le charme de Jess avait transformé sa haine en attirance. Une attirance sauvage, puissante, enivrante, semblable à un brasier qui enflamma son ventre malgré elle.

Remplie de soif de vengeance et dévouée à sa conscience, la semi-magique posa ses mains sur les joues de l'homme en le contempla en silence.

L'espace de quelques secondes, elle ressentit l'envie interdite de l'embrasser. Jusqu'à ce que les muscles du mage se tendent et qu'il s'écarte d'elle d'un seul coup. Sa chaleur corporelle et son parfum la quittèrent si brusquement qu'elle cligna des paupières en retrouvant ses esprits.

— Jess, tu dois arrêter cette folie, lui ordonna Sir Sevien en lui attrapant les avant-bras comme il l'avait lors de leur entraînement.

Son air menaçant était de retour, accentué par la douleur que sa poigne faisait naître dans le corps de son interlocutrice.

— Pourquoi ? Je ne me suis encore jamais sentie aussi bien.

Il la lâcha tel un déchet dont il avait assez et grimaça. Puis, il recula de plusieurs pas en secouant la tête avec désapprobation.

— Je ne sais pas ce qu'il vous arrive, Mademoiselle Handers, mais vous avez intérêt à vous reprendre. Dame Shizumi souhaite vous voir aujourd'hui.

Et il était revenu au vouvoiement.

Elle resta silencieuse et le fixa en croisant les bras. Quant à lui, il s'éloigna d'elle, avant de s'éclipser au loin, comme si de rien n'était. Comme s'il ne l'avait jamais vue utiliser son charme. Comme si ça ne lui donnait pas le droit de la tuer. Comme s'il ne venait pas tout juste de la contempler avec l'affection dont elle avait désespérément besoin.

***

Dame Shizumi se trouvait devant le tableau en ardoise, une craie à la main. Elle expliquait la géopolitique du monde magique et Jess n'aurait pas pu moins s'y intéresser. Elle était trop préoccupée par sa découverte récente au sujet de son père pour pouvoir faire attention au cours.

En temps normal, elle aurait rempli son carnet de notes en un clin d'œil, mais ses pages restaient étrangement vides ce jour-là. Son enseignante ne tarda pas à remarquer son changement d'humeur, reconnaissant à peine l'élève si investie qu'elle avait accueillie lors de leur premier cours.

— Est-ce que quelque chose vous dérange ? demanda-t-elle après avoir marqué une pause.

Jess faillit secouer la tête, avant de changer d'idée. Elle souhaitait obtenir des réponses au sujet de la mort de son géniteur. Au fond, elle estimait qu'elle y avait droit.

— Mon père a été empoisonné, laissa-t-elle échapper sur un coup de tête.

Il n'y avait aucun moyen d'amortir une telle annonce. Toutefois, à en voir l'expression inchangée de son interlocutrice, la nouvelle n'était pas si choquante que ça.

— Mais vous le saviez déjà, n'est-ce pas ?

La professeure plissa les yeux, avant de lui tourner le dos afin de noter des éléments du cours sur le tableau.

— Nous discuterons de ça dans mon bureau après la fin du cours.

Une part d'elle paraissait avoir peur de quelque chose. Son étudiante, quant à elle, était trop impatiente pour attendre encore une heure de plus. De toute façon, elle n'écouterait rien de son enseignement tant qu'elle n'avait pas obtenu des réponses à ses questions.

— Non. J'exige la vérité maintenant. J'en ai assez d'être manipulée, ordonna-t-elle d'un air autoritaire qu'elle ne se connaissait pas.

Sa supérieure se retourna d'un coup sec en arquant un sourcil. Son regard violet était rempli d'incrédulité face au comportement de son élève.

— Je vous conseille de changer de ton.

Jess pouffa en croisant les bras. Dame Shizumi tentait vraiment le tout pour le tout dans le but d'éviter la conversation au sujet de son père.

— Comment pensez-vous que les élèves se sentiront en découvrant que quelqu'un a été assassiné au sein de l'Académie ?

Son regard ne quitta pas une seule fois celui de la mage scintillante. Elle n'était pas sur le point de laisser les précieuses informations qu'elle détenait lui échapper.

Prise dans un conflit qui ne l'intéressait pas le moins du monde, Dame Shizumi baissa sa craie et se racla la gorge. Plus vite cette affaire serait résolue, plus vite elle pourrait tranquillement poursuivre son cours.

— Bien. Nous avons décidé de ne pas vous en parler parce que le meurtrier n'a pas encore été retrouvé. À vrai dire, nous n'avons même pas trouvé une seule piste à suivre. Cependant, je savais que vous ne tarderiez pas à chercher et découvrir la vérité, même si j'espérais que ç'arrive un peu plus tard.

— Et vous pensiez qu'il était mieux de me mentir que de me confier que vous êtes incapables de résoudre l'affaire ?

Leurs égos devaient vraiment être incommensurablement grands.

— On a estimé que ça ne servait à rien de vous inquiéter tant qu'on ne détenait pas de résultats concrets. On souhaitait vous en parler une fois que vous vous seriez acclimatée à l'Académie Covett et qu'on aurait des suspects.

— En somme, jamais.

Dame Shizumi posa sa craie sur son bureau et inspira profondément. Elle était visiblement irritée, énervée même, et serra les poings et la mâchoire en expirant bruyamment par le nez. Malgré son air furieux, qui teintait ses joues de rouge, elle réussit à se contenir. Jess mettait ses nerfs à rude épreuve.

— Le cours est terminé. Et je vous conseille de vous calmer à l'avenir, jeune fille. Vous semblez avoir un don pour vous faire des ennemis.

Elle fixa Jess jusqu'à ce que cette dernière ait quitté la pièce, avant de s'écraser sur sa chaise dans un grand soupir. Certains secrets n'étaient pas censés circuler aussi rapidement.

Chapitre 29

Frustrée suite au déroulement de son dernier cours, Jess cherchait une nouvelle victime à tourmenter. Une rage qu'elle peinait à contenir l'animait, l'incitant à chercher encore et encore le conflit. Certains diraient qu'elle était en roue libre.

Si elle avait débloqué la magie dimensionnelle qu'elle était censée détenir, elle aurait pu détruire la dimension entière. Heureusement, ce n'était pas le cas et elle avait un tout autre plan en tête. Un qui avait longtemps germé dans son esprit.

Debout devant une des salles de cours, Tanzo discutait avec un de ses amis. Rien qu'à en voir leurs rires ridicules, Jess savait que le sujet de leur conversation ne pouvait pas être très respectueux.

En observant le visage de son agresseur, elle serra les poings et sentit ses muscles se tendre. L'heure était venue de lui rendre la monnaie de sa pièce.

— Tanzo, l'interpella-t-elle en se rapprochant de lui.

Le dos droit, le menton levé et le regard rempli de détermination, de la puissance l'envahit. Elle était prête à faire justice à l'Académie Covett. Sa justice.

En l'apercevant, le mage reprit son sérieux et se mordilla nerveusement la lèvre. Il n'était visiblement pas heureux de la voir là. Ou peut-être qu'il était simplement surpris par le fait qu'elle ait le courage de le confronter après ce qu'il s'était passé ? En tout cas, son air tendu le rendit plus vulnérable.

— Jess.

Il serra la mâchoire et fit signe à son ami de les laisser, chose que ce dernier fit aussitôt. Une fois qu'il fut assez loin pour ne pas les entendre, Tanzo adressa un sourire mauvais à Jess.

— Qu'est-ce que tu fais là ? Tu veux qu'on finisse ce qu'on a commencé ?

Malgré son air assuré, elle voyait de l'incertitude briller au fond de son regard.

— Tu aimerais que je dise « oui » ? le taquina-t-elle.

Dos contre le mur, le jeune homme ne paraissait pas s'apercevoir que les rôles avaient été inversés. Chaque seconde qu'il passait en compagnie de la semi-magique, il devenait plus vulnérable. Son emprise se refermait sur lui telles des griffes aiguisées sans même qu'il en prenne conscience.

— Oh, on dirait que tu as pris du poil de la bête depuis que tu n'as plus de copain.

La nouvelle avait fait le tour de l'Académie en à peine une journée. Jess se doutait que Torin en était l'origine et elle le maudit de s'adonner à des activités aussi futiles que répandre des rumeurs. Il baissa encore plus dans son estime, mais elle n'était pas sur le point de se laisser distraire par son imbécilité.

Tanzo se rapprocha d'elle, pensant qu'il avait le dessus. Qu'est-ce qu'il avait tort !

— Je l'adore, compléta-t-il en posant ses mains sur ses hanches sans hésiter une seule seconde.

Elle sourit instantanément, mais il n'y avait rien de bienveillant dans son expression ravie.

— Tu trouves ?

Sa voix s'était réduite à un murmure sensuel qui paraissait envoûter Tanzo. Il hocha la tête, le regard brillant.

Elle posa ses mains sur ses joues, se retenant d'enfoncer ses ongles au creux de sa chair pour lui faire du mal. Elle ne souhaitait qu'une chose : le voir souffrir autant que ses pauvres victimes.

À cette pensée, des particules de magie sortirent du bout des doigts de la jeune femme, parcourant le visage de son interlocuteur. Ce dernier grimaça et tenta de reculer, mais Jess le poussa plus fortement contre le mur en pierre du couloir. Bientôt, des filets de lumière traversèrent son corps entier et il fut pris de spasmes. Des plaintes sortirent de sa bouche tremblante, alors que celle qui lui faisait face se délectait de sa douleur.

Elle ignorait d'où venait la puissance qu'elle utilisait, mais devina que la magie de lumière qu'elle avait volée à Torin en était l'origine. Des crépitements se firent entendre, semblables à ceux que produisait de l'électricité.

— Tu… comment ? la questionna Tanzo en grinçant des dents.

Elle n'était pas supposée détenir de la magie et il le savait.

Il convulsa, électrisé, tout en tentant d'ôter les mains de la semi-magique de son visage. Ses ongles laissèrent des traces rouges sur ses poignets et ses doigts, mais elle ne bougea pas. Il était devenu livide et elle le sentit atteindre sa limite. Bientôt, il perdrait connaissance.

Parfait.

— La prochaine fois que tu oseras même penser à faire du mal à quelqu'un, je veux que tu te souviennes de cet instant. D'à quel point tu te sens insignifiant et impuissant. Et dis-toi que cette souffrance n'est rien comparée à celle que tu infliges à toutes les personnes sur lesquelles tu poses tes sales mains, lui susurra-t-elle sur un ton menaçant.

Il la fixa avec les yeux écarquillés, terrifié par ce qu'on venait de lui dire. S'il n'avait jamais réfléchi aux conséquences de ses actes, il le ferait à coup sûr à l'avenir.

— Compris ?

Il hocha la tête en retenant ses larmes.

Elle le lâcha soudain et il inspira profondément lorsque la douleur cessa de le tourmenter. Il s'accrocha au mur derrière lui pour éviter de s'écraser par terre à cause de ses jambes tremblantes.

— Si je te vois agresser une personne de plus, je te ferai subir bien pire que ceci.

C'était une promesse qu'elle faisait autant à lui qu'à elle-même.

Puis, elle lui mit une claque, l'étourdissant. De toutes les choses qu'elle avait pu faire dans sa vie, aucune ne l'avait jamais autant soulagée que celle-ci.

Fière, elle s'éloigna de son agresseur avec un sourire satisfait aux lèvres. D'un point de vue extérieur, on aurait pu croire qu'elle était la méchante de la situation, mais elle avait rendu justice au nom de toutes les victimes du mage. C'était la seule chose qui comptait à ses yeux.

Chapitre 30

Lorsqu'elle s'était assise toute seule à table le midi suivant, de nombreux élèves l'avaient observée avec curiosité, avant qu'elle ne leur lance un regard noir. Face à son air agressif et hautain, les expressions des mages environnants avaient commencé à se teinter de méfiance. Surtout lorsqu'ils virent Khala la contourner en baissant la tête dans l'espoir de ne pas être aperçue par son ancienne amie.

Contrairement à ce à quoi elle s'était attendue, la rumeur de son altercation avec Tanzo la veille ne s'était pas ébruitée. Était-il trop fier pour avouer à quiconque qu'elle l'avait terrifié ? Qu'elle avait pris le dessus sur lui ? Qu'il avait été assez naïf pour se laisser charmer ?

Cette fois-ci, personne ne lui chuchota « monstre » en se moquant. Non, tous se turent, craignant de découvrir ce dont la nouvelle Jess ténébreuse et remplie de rage était capable.

La solitude ne l'avait pas dérangée auparavant, mais son cœur se serra malgré elle en voyant sa table vide. Elle observa le tableau des six gardiens suspendu au-dessus de la cheminée de la pièce et ne parvint pas à croire que toute trace de son père ait été effacée si rapidement après sa mort. Elle aurait aimé pouvoir contempler son visage. Au moins, elle connaissait déjà son nom : Isler Handers. C'était mieux que rien.

En arrivant à son cours du jour avec Dame Duroy, elle fut étonnée de voir que ce n'était personne d'autre que Sir Sevien qui l'attendait au milieu de la salle vide.

— Est-ce que mon enseignante a pris la fuite ?

Le chasseur croisa les bras en secouant la tête.

— Après l'incident avec Dame Shizumi, elle a estimé qu'il vous fallait vous dépenser un peu, Demoiselle Handers. Qu'est-ce qu'elle m'a dit, déjà ? « Elle doit évacuer la frustration qu'elle enferme à l'intérieur d'elle si elle souhaite un jour pouvoir se concentrer sur la maîtrise de son esprit ». Elle ne voulait pas perdre son temps cet après-midi.

Il se réjouit du fait qu'elle avait encore beaucoup de progrès à faire. De toute façon, à ses yeux, elle n'était sûrement qu'une intruse et il se délectait de chacun de ses échecs.

— Et vous êtes mon baby-sitter ? se moqua la jeune femme.

Avant qu'elle ne s'en aperçoive, elle se trouva plaquée au sol. Une seule prise avait suffi à la faire chuter sur le dos.

Elle l'observa, incrédule, alors qu'il s'éloigna de nouveau d'elle d'un air satisfait.

— Vous parlez trop.

Le vouvoiement indiquait qu'il dressait des barrières entre son étudiante et lui. Elle savait qu'il se protègerait mieux à l'avenir, qu'il ne se laisserait plus prendre au dépourvu par son charme.

Pourtant, toute envie de l'utiliser l'avait quittée à présent.

— Est-ce que mon père se battait ? le questionna-t-elle en se relevant.

Avant de s'engager dans une nouvelle joute verbale avec le chasseur, elle avait besoin d'extérioriser les questionnements qui la taraudaient. Elle souhaitait parler de son géniteur en compagnie d'une personne qui l'avait connu de son vivant.

L'expression de son interlocuteur se radoucit, alors qu'il baissa les poings. La jeune femme espérait qu'il finirait par lui dévoiler des informations au sujet de la mort de l'ancien gardien dimensionnel sans même s'en rendre compte. D'après sa conversation avec Dame Kishi qu'elle avait interceptée, il détenait des secrets dont elle ne demandait qu'à découvrir l'étendue.

— Il était un homme très respecté, mais pas un guerrier. Sa vision utopique d'un monde pacifiste était magnifique et, malheureusement, irréalisable, articula le professeur.

Entendre quelqu'un parler si honnêtement de son père fit naître une chaleur inattendue à l'intérieur de la poitrine de Jess. Elle avait enfin l'impression de discuter d'un être vivant et non pas d'une créature imaginaire dont le souvenir hantait les couloirs.

Elle faillit sourire, mais s'en retint par peur de paraître faible aux yeux de son instructeur. Peu importe combien elle prétendait le haïr, une partie d'elle souhaitait tout de même monter dans son estime. Alors, elle ne baissa pas sa garde, prête à bloquer les attaques qui suivraient après ce petit aparté.

— C'est pourquoi je sais que, malgré tes faux pas, tu n'es pas une mauvaise personne, Jess. Joue à la méchante autant que tu le souhaites, mais ne perds pas de vue la jeune femme que j'ai rencontrée dans le Coffee Shop.

Elle plissa les yeux, préparée à appréhender le piège qu'elle était convaincue qu'il lui tendait mot après mot. À chaque fois qu'il paraissait s'ouvrir à elle, il le faisait pour mieux la mettre à terre par la suite.

Jouer à la méchante ? Il n'avait toujours pas compris qu'elle était sérieuse ? Que ce nouvel élan de pouvoir lui plaisait ?

— Vous parlez de la fille faible recroquevillée dans un coin des vestiaires ?

Elle s'était jurée de ne plus jamais être aussi misérable, impuissante, chétive. Auparavant, elle ne s'était même pas rendue compte qu'elle était si pitoyable et elle remerciait l'Académie Covett de le lui avoir montré.

Sir Sevien serra les poings en secouant la tête avec désapprobation.

— Je suis une semi-magique. Comme vous l'avez dit lors de notre rencontre, vous devriez me tuer sur-le-champ. Je n'ai rien d'une sainte.

Pas besoin de me mentir, je sais que je suis un monstre. On me l'a assez répété ces derniers jours.

Il avait été le premier mage qu'elle avait vu de toute sa vie. Ce jour-là, dans le Coffee Shop, il avait changé son existence à tout jamais. Il était la cause de sa présence à l'Académie.

— Si tu souhaitais faire du mal à quelqu'un, tu serais déjà passée à l'acte depuis ton arrivée ici, argumenta le chasseur avec la mâchoire serrée et en ancrant ses appuis dans le sol.

Elle ignora quoi penser de son soudain élan de sympathie et se souvint du fait qu'il ne l'avait pas dénoncée ni tuée lorsqu'elle avait brièvement utilisé son charme sur lui.

À vrai dire, ce n'était pas la première fois qu'il l'épargnait. Après tout, il avait évité de toucher ses poignets en y voyant les hématomes liés à l'agression de Tanzo.

Pourquoi ?

Si seulement il savait d'où provenait sa nouvelle détermination !

— Je connais quelques personnes qui vous affirmeront le contraire.

Elle surveilla le moindre de ses mouvements, à l'affût d'une quelconque attaque.

Ce fut alors qu'il s'élança de nouveau en sa direction à une vitesse fulgurante et qu'elle parvint à l'esquiver de justesse. Il bougeait bien trop rapidement pour qu'elle puisse l'intercepter ou distinguer correctement ses points faibles.

Pourtant, elle faisait de son mieux et visait ses genoux et ses épaules dans l'espoir de le déstabiliser ne serait-ce qu'une seconde. Pas une seule fois, elle arriva à l'atteindre.

Trop concentrée et perdue dans ses pensées, elle ne vit pas venir le croche-patte qui la fit chuter sur le dos. Elle grogna, frustrée, alors que Sir Sevien laissa échapper un petit rire amusé. Ce même mouvement l'avait déjà terrassée trois fois depuis le début de leurs entraînements.

— Tu utilises trop ta tête et pas assez tes instincts, lui fit-il remarquer sèchement en lui tendant sa main.

Elle hésita, avant d'accepter son aide. Lorsque ses doigts furent posés autour de sa paume, elle tira dessus et il s'écrasa à côté d'elle. C'était un sale coup, mais cela avait fonctionné.

La jeune femme se moqua de lui, satisfaite de sa ruse. Si elle ne pouvait pas le battre en respectant les règles, elle trouverait un autre moyen d'y parvenir. Après tout, il lui avait dit qu'il fallait parfois tricher pour remporter la victoire.

Lorsqu'il leva la tête vers elle, de la magie crépita au bout des doigts de la jeune semi-magique. Son cœur lui fit ressentir les plus étranges des sensations, battant à mille à l'heure. Quant à son corps, il ne demandait qu'à se rapprocher de celui du gardien. Elle aurait aimé détester cette sensation, sans pour autant y arriver. Face à son regard étrangement attendrissant, elle n'avait plus du tout envie de lui faire la guerre ou de le tourmenter.

Ils se fixèrent, comme pris dans une transe.

— Jess, je n'aurais jamais dû te laisser utiliser ton don sur moi. Tu le sais aussi bien que moi. Je suis ton supérieur et je me dois de rester professionnel, s'excusa le chasseur après un long silence.

Elle ouvrit la bouche, mais aucun son n'en sortit. C'était elle qui l'avait charmée. Néanmoins, il prenait la responsabilité sur lui parce qu'il était plus âgé qu'elle, même si ce n'était que d'une poignée d'années. Il jouait à l'adulte responsable.

Jess baissa le regard, prise au dépourvu par ses excuses. À vrai dire, elle s'était attendue à ce qu'il lui crie dessus, à ce qu'il rejette la faute sur elle et son don.

— Mais je suis là si tu ressens le besoin de parler à quelqu'un. Parfois, on se perd au cours de notre vie et je sais que tu traverses des moments remplis de difficultés et d'épreuves. Un nouveau monde, des dons surnaturels à gérer, tout ça ne doit pas être facile. Toutefois, je suis convaincu que notre vraie nature se trouve toujours enfouie quelque part au fond de nous et que tu parviendras à trouver ta place ici, ajouta-t-il en relevant son visage vers le sien à l'aide de son index.

Elle sentit des frissons l'envahir à ce contact pourtant si banal. Est-ce que son ennemi était vraiment en train de lui donner des conseils ? De l'encourager ? En fin de compte, elle ne le comprenait pas du tout.

Aucun son ne sortit de sa bouche. Elle n'avait aucune idée de comment réagir à de tels propos puisqu'elle n'était habituée à rien d'autre que de l'hostilité de sa part. Cependant, il possédait un côté affectif qui la surprit.

— Il semblerait que j'aie enfin réussi à faire taire la fougueuse Jess Handers, ajouta le chasseur d'un air amusé.

Pour la première fois, elle remarqua que son sourire était agréable et sincère.

Plus elle passait du temps avec cet homme, plus elle commençait à se demander s'il la détestait réellement tant que ça.

Chapitre 31

Assise à son bureau qu'elle avait si peu utilisé depuis son arrivée, Jess ne pouvait pas s'empêcher de repenser à l'entraînement avec Sir Sevien. Son visage dansait devant ses yeux lorsqu'elle fermait les paupières et le souvenir de ses paroles lui réchauffait le cœur.

Croyait-il vraiment en elle ? Ou n'était-ce qu'une ruse pour pouvoir mieux se jouer d'elle comme Torin l'avait fait ?

Elle feuilleta son carnet de notes afin de chasser cette idée. Le silence de son ancien petit ami suite à leur dispute lui faisait plus peur qu'elle ne souhaitait l'avouer. Elle n'avait pas été amoureuse de lui, loin de là, mais il avait été le premier garçon auquel elle avait accordé sa confiance. Il avait été si doux, si gentil, construisant peu à peu une belle façade mensongère. Le fait qu'il l'ignore à midi et qu'il ne prenne même pas le temps de venir la voir pour lui parler en était la preuve. Il vivait sa meilleure vie de mage de lumière à présent et, malgré leurs désaccords, il lui manquait au même titre que Khala.

Bien qu'elle soit censée être forte, crainte, un monstre, des sentiments ne cessaient pas de l'envahir, affaiblissant graduellement la puissante obscurité à l'intérieur d'elle.

Sir Sevien, son ennemi, son Némésis biologique, avait réveillé de la vulnérabilité en elle. Il n'avait aucune raison d'être gentil envers elle, il était même la dernière créature au monde à devoir l'être. Cependant, il avait fait preuve d'une incroyable empathie à son égard.

Tout à coup, alors qu'elle était perdue dans ses pensées, quelqu'un toqua à la porte. Elle soupira, sachant que c'était sûrement un gardien qui venait la réquisitionner pour un énième enseignement. Elle était fatiguée de la journée, de ses réflexions, et n'avait aucune envie de s'adonner à plus d'activités avant de se coucher. Alors, elle ne bougea pas d'un millimètre, assise sur sa chaise en bois inconfortable.

On frappa à nouveau, de façon plus insistante. La jeune femme ne réagit toujours pas, sachant que la porte ne se fermait pas à clé et qu'on finirait par faire intrusion dans son espace personnel dans tous les cas.

Cependant, lorsqu'elle fut ouverte, elle y découvrit des individus qu'elle n'aurait pas cru revoir de sitôt : deux gardes. Leurs masques obscurs en place, elle n'apercevait que leurs regards perçants et accusateurs. Elle se leva d'emblée, les yeux écarquillés et l'air confus.

— Qu'est-ce que…
— Demoiselle Handers, venez avec nous, ordonna un des individus de sa voix grave.

Il paraissait las, comme ennuyé par la situation. Ils bloquaient l'unique sortie de la pièce, l'y piégeant telle une bête.

Son regard se dirigea alors vers la salle de bain dans laquelle elle serait en mesure de se réfugier.

— Ne rendez pas ceci plus compliqué que nécessaire, Demoiselle. Nous ne vous voulons aucun mal et, en tant que mages chasseurs en formation, nous sommes entraînés pour faire face à des situations de ce genre.

Elle se tourna aussitôt vers ses interlocuteurs, surprise par ces révélations. Les gardes étaient des élèves mages chasseurs ?

Une nouvelle angoisse l'envahit de la tête au pied : ils étaient venus la tuer. C'était la seule explication plausible pour laquelle Sir Sevien avait été si gentil avec elle lors de leur entraînement. Il avait confié à ses élèves qu'elle avait utilisé son charme sur lui et qu'elle devait être éliminée.

Elle avait été inconsciente de croire que ses actes seraient dénués de conséquences ! Au fond, elle regretta instantanément d'avoir éprouvé de la sympathie pour Sir Sevien, d'avoir pensé quoi que ce soit de positif à son sujet. Depuis le temps, elle aurait dû savoir qu'elle ne pouvait faire confiance à personne à l'Académie Covett. Surtout pas son ennemi juré !

Elle se maudit en grommelant, paniquée, et s'élança en direction de la salle de bain. La porte ne tiendrait pas longtemps face à deux guerriers entraînés, mais elle lui permettait de gagner du temps.

À son grand malheur, avant même qu'elle puisse l'atteindre, un des hommes l'intercepta en l'attrapant par le bras.

— Lâchez-moi ! Je ne vous laisserai pas me tuer aussi facilement ! s'écria-t-elle en se débattant.

Elle cherchait la présence de la magie de Torin à l'intérieur de ses veines, souhaitant l'utiliser pour faire du mal à ses adversaires. Elle avait l'avantage de posséder l'élément de la surprise. C'était son seul atout dans cette situation critique. À son grand malheur, le pouvoir ne se manifesta pas.

— Nous ne sommes pas venus vous tuer, Demoiselle, lui annonça tout à coup un des chasseurs.

Jess cessa de se débattre, sans pour autant baisser sa garde. Pensaient-ils vraiment qu'elle était si bête ? Qu'elle allait les croire comme ça ?

— Pourquoi est-ce que des mages chasseurs viennent me chercher de force dans ma chambre, alors ?

— Nous sommes ici, car votre présence est requise à la cérémonie de fin de semestre.

Elle cligna des yeux, surprise. Elle s'était attendue à tout sauf ça ! Khala lui avait parlé de cet événement lors de son arrivée, mais elle en avait complètement oublié l'existence par la suite. Elle ne faisait pas partie du classement étudiant et une telle futilité était réellement le dernier de ses soucis.

— Vous vous fichez de moi, murmura-t-elle avec les yeux écarquillés.

Les gardes secouèrent la tête face à son air incrédule. Elle aurait aimé les croire, leur faire confiance. Malheureusement, cette histoire lui paraissait trop absurde pour pouvoir être vraie. Alors, elle tenta de se dégager de la prise de l'homme qui lui tenait le bras. Elle ne voyait pas son visage caché par son casque, mais devina sa frustration.

Perdant sa patience, il soupira en faisant signe à son collègue d'attraper l'autre bras de la semi-magique. Ce dernier s'exécuta aussitôt avec une poigne un peu trop ferme, arrachant un cri de protestation à sa prisonnière.

— Espèce de brutes, marmonna cette dernière en serrant les poings.

Elle fut traînée en dehors de sa chambre de la façon la plus indignante possible et se promit de le leur faire regretter un jour.

Chapitre 32

Les mages chasseurs lui avaient dit la vérité.

Installée dans un coin isolé de la pièce, Jess observait la remise des prix les bras croisés. Les meilleurs élèves du semestre se voyaient remis des trophées et des médailles, et leurs immenses sourires indiquaient à quel point ces récompenses leur faisaient plaisir. Elle aurait aimé se dire que ce n'étaient que des objets banals mais, au fond, elle ne rêvait que d'en remporter un à son tour. Elle avait toujours été la meilleure des étudiantes et être incapable de participer au classement la frustrait.

Elle aurait préféré ne pas avoir à assister à la cérémonie. Malheureusement, on ne lui avait pas donné le choix. Le souvenir de la poigne des gardes autour de ses bras la fit grimacer. Ils l'avaient traînée derrière eux sans se demander une seule fois s'ils lui faisaient mal ou non. Elle n'était qu'une horrible semi-magique à leurs yeux.

Khala était assise quelques rangées plus loin, mais ne parlait avec aucun des mages de création qui l'entouraient. Elle fixait le vide d'un regard triste, perdue dans ses pensées.

Quant à Torin, il rigolait de temps à autre avec les commentaires que ses pairs faisaient. Il avait l'air plus heureux que jamais, ce qui brisait le cœur de Jess. Le jeune homme s'était de toute évidence servi d'elle depuis le début et ne paraissait pas éprouver le moindre remords à son égard.

Ne pouvant pas supporter de l'observer plus longtemps, Jess se concentra sur le podium. On l'avait installée aussi loin que possible des autres élèves, comme par peur qu'elle leur vole à tous de la magie. Ils la surestimaient cruellement.

Pourquoi la forcer à venir et l'exclure par la suite ? Elle aurait préféré rester seule dans sa chambre.

Avec son air renfermé et son expression glaciale, elle forçait les courageux qui osaient l'observer à détourner le regard. Leurs expressions apeurées la faisaient rire. Qu'est-ce qu'ils pouvaient être pathétiques ! Pourtant, ils prétendaient être les créatures supérieures de la dimension.

— Merci à tous de votre implication ce semestre. Profitez de la suite des festivités. On vous retrouve demain, en forme, annonça Dame Kishi sur son habituel ton autoritaire.

Les étudiants applaudirent, avant de se lever et de commencer à empiler les chaises sur lesquelles ils étaient assis pendant la remise de prix. Jess arqua un sourcil, intriguée par leur motivation inhabituelle à ranger. Cependant, elle ne tarda pas à en comprendre la raison.

La salle se transforma peu à peu en piste de danse, alors que certaines bougies furent éteintes pour créer une ambiance plus douce. Des mages scintillants montèrent sur la scène avec des instruments à la main et se mirent à chanter de leurs voix envoûtantes, tandis que les gardiens s'installèrent dans un coin afin d'observer les festivités d'un œil attentif.

Jess soupira, envieuse et convaincue qu'on ne la laisserait pas se lever de sa chaise pour se joindre aux autres. Elle n'avait pas le droit de trop s'approcher d'eux.

Un peu plus loin, Dame Kishi et Sir Sevien discutaient et la semi-magique s'inclina en leur direction afin de tenter d'écouter leur échange. Ça devenait une habitude. Au début, elle n'entendit rien à cause de la musique, mais, entre deux morceaux, elle eut le temps d'intercepter une bribe qui en disait long sur leur sujet de conversation : elle.

— Tu as insisté pour qu'elle vienne, Matiak. Alors, elle est sous ta responsabilité ce soir.

Le chasseur hocha la tête, déterminé. Son expression était indéchiffrable. Sa tâche de la soirée ne paraissait pas le déranger plus que ça et les gardiens lui faisaient une confiance aveugle puisqu'il était l'expert de la chasse de semi-magiques.

Je suis son fardeau, pensa la principale concernée en fronçant les sourcils.

Pourquoi souhaiterait-il la faire venir ici ? Pour la surveiller en permanence ? Était-elle un si grand danger à ses yeux ? Ou peut-être l'avait-il simplement fait emmener ici pour l'humilier ? Pire : parce qu'il avait pitié d'elle. Cette possibilité la révolta. Il était la dernière personne devant laquelle elle désirait paraître faible. Elle se massa les tempes à cette idée, n'ayant qu'une seule envie : plonger dans son lit. Elle avait eu sa dose d'émotions et rebondissements pour la journée.

Du coin de l'œil, elle vit Sir Sevien approcher et tâcha de ne pas réagir. Les bras toujours croisés et le regard rivé au loin, elle l'ignora du mieux qu'elle le pouvait. Même si elle sentait sa présence à ses côtés.

— Tu t'amuses bien ? lui demanda-t-il d'une voix moins assurée qu'à son habitude.

Oui, je m'éclate tellement ! pensa-t-elle avec sarcasme sans pour autant prononcer le moindre mot.

Au lieu de ça, elle haussa les épaules, cherchant à le faire partir dans l'espoir qu'elle puisse discrètement rentrer se coucher.

Son interlocuteur balaya la salle du regard, observant les élèves qui s'amusaient et rigolaient.

— Tu as envie de danser ?

La requête était si atypique que Jess ne put pas s'empêcher de se tourner en sa direction. Il déglutit et elle le fixa malgré elle. C'était la dernière proposition à laquelle elle se serait attendue de sa part. Il chercha autre chose à dire, même si rien ne vint.

À bien y réfléchir, cette proposition pouvait être une opportunité rêvée pour la jeune femme ! C'était un moyen de se rapprocher de lui, d'obtenir des informations au sujet des secrets qu'ils lui cachaient.

— Pourquoi pas ? Je n'ai rien de mieux à faire, après tout.

Elle se leva de sa chaise et lui fit face. Il ne s'approcha pas plus d'elle, respectant un bon mètre de distance entre eux.

Même de loin, son regard vert la fit frissonner malgré elle et elle se retint de se détourner de lui. D'où sortaient ces sensations inexplicables ?

— On doit rester éloigné des autres élèves, mais on peut créer notre propre coin de danse, l'encouragea Sir Sevien d'un air incertain.

C'était peu convaincant. La jeune femme n'en aurait pas attendu plus de lui. Elle avait presque envie de sourire face à son air inconfortable qui le rendait bien moins menaçant et imposant qu'à son habitude. Il pouvait être étrangement attendrissant lorsqu'il n'était pas occupé à jouer au justicier dur à cuire. Au point qu'elle faillit en rougir.

Afin de se distraire de ces pensées traîtresses, elle commença à agiter les bras et les jambes dans l'espoir de ne pas avoir l'air trop ridicule. Elle n'avait jamais assisté à des soirées au lycée et avait eu pour seul témoin de son horrible déhanché son miroir. À son grand soulagement, Sir Sevien n'était pas bien meilleur qu'elle en la matière et manqua même de trébucher. Heureusement, personne ne faisait attention à eux. Enfouis dans l'ombre de leur petit espace isolé, ils étaient en mesure de se laisser aller à des pas aussi ringards que mal exécutés.

Après la première chanson, et pour oublier qu'elle s'amusait malgré elle, Jess se força à se concentrer de nouveau sur sa petite mission personnelle : récolter des informations utiles.

— Avez-vous insisté pour que je vienne afin de me surveiller ?

Son interlocuteur soupira, désespéré, et s'arrêta aussitôt de danser. Elle avait l'impression que cesser cette activité censée être ludique ne lui plut pas autant qu'elle l'aurait cru. Il parut même plutôt déçu de ne plus pouvoir s'amuser en se déhanchant.

— Non, Jess. Je sais simplement à quel point la solitude peut être un fardeau et je me disais que tu avais bien mérité un instant de détente.

Sa sincérité la prit au dépourvu, la touchant en plein cœur. Elle ouvrit sa bouche, mais aucun son n'en sortit. Comment pouvait-elle faire le moindre commentaire malicieux après ça ?

Elle avait perdu espoir en elle-même, contrairement à son interlocuteur. Ironique, sachant qu'il avait été conçu pour la tuer.

Une part d'elle avait envie de lui poser des questions personnelles, de s'intéresser à lui et, l'espace d'un instant, elle en oublia la mission ridicule qu'elle s'était donnée. La musique parut s'effacer progressivement jusqu'à complètement disparaître, ne laissant place qu'aux battements effrénés de son cœur. Elle se réfréna de poser sa main dessus afin de le calmer, envoûtée par le regard vert émeraude du chasseur, et lui sourit.

Il sembla aussi surpris qu'elle par cet acte de paix. Ils n'avaient plus aucune envie de se battre ce soir-là. Leur rivalité incessante les avait lassés et, à vrai dire, la laisser de côté pour quelques heures les soulagea.

— Je sais que tu te dis sûrement le contraire, mais ton père aurait été fier de toi, Jess.

La bienveillance de ces paroles faillit faire monter des larmes aux yeux de la semi-magique. Elle savait que Sir Sevien avait connu son père en tant que gardien et avait l'impression de distinguer un semblant de sympathie, d'amitié même, dans sa voix. C'était quelque chose de vulnérable et de nostalgique qu'elle n'aurait jamais cru entendre sortir de la bouche d'un grand méchant chasseur comme lui. Avait-il connu son géniteur en dehors du contexte du travail ? À quel point avaient-ils été proches ?

Leurs yeux étaient toujours rivés les uns sur les autres et la jeune femme fut incapable de briser ce contact visuel si rassurant qui lui réchauffa le corps entier. Il se trouvait à un mètre d'elle, ils ne se touchaient même pas, mais elle avait l'impression qu'il l'enveloppait de ses puissants bras. Et elle se surprit à apprécier les fourmillements se frayant un chemin de sa tête jusqu'à ses pieds.

Ce n'était pas du désir charnel. C'était de l'ordre des sentiments. Elle se sentait étrangement comprise, comme si leurs regards suffisaient à communiquer. Cette sensation si agréable et déconcertante à la fois la poussa à retenir sa respiration. Ses joues brûlaient et ses muscles se détendaient.

— Merci, chuchota-t-elle en sentant ses murs protecteurs se fissurer peu à peu.

Il s'avérait qu'elle n'avait besoin que d'un peu de gentillesse pour aller mieux. Prise dans une transe, elle oublia les honorifiques, hypnotisée par l'expression si vulnérable et touchante de l'homme en face d'elle.

Chapitre 33

Peu après leur brève conversation, Sir Sevien avait proposé à Jess de la raccompagner à sa chambre. Elle avait apprécié sa galanterie malgré elle, étourdie par leur long échange de regards.

Sur le chemin menant à son espace personnel, elle avait eu l'impression de flotter, de ne pas maîtriser le moindre de ses mouvements maladroits. La raison de ses agissements étranges lui échappait, mais elle ne s'y attarda pas, trop occupée à observer l'homme à ses côtés du coin de l'œil.

Il se tenait droit, accentuant sa carrure musclée qu'il avait sculptée au fil de ses nombreux entraînements de chasseur. Ses boucles noires flottaient autour de son visage, rebondissant à chacun de ses pas. Il avait l'air plus jeune lorsqu'il ne portait pas son masque d'enseignant. Jess ne put pas s'empêcher de rougir en l'observant si discrètement. Elle avait l'impression d'être une enfant timide.

Pour la première fois, elle remarqua que ce qu'elle avait toujours pris pour de la condescendance était en réalité de la concentration. Il paraissait être perdu dans ses pensées et son air sérieux contrastait tant avec son sourire d'un peu plus tôt qu'elle peina à croire que ces deux expressions puissent appartenir à la même personne. Est-ce que Sir Sevien avait un frère jumeau qui prenait sa place de temps à autre ?

Elle aurait aimé qu'il lui parle plus en détail de son père, mais il ne lui adressa qu'un « bonne nuit » en s'éclipsant le long des couloirs de l'Académie. Jess l'avait regardé disparaître au loin, le surprenant à se retourner pour voir si elle avait déjà mis les pieds dans sa chambre. Puisque ce n'avait pas été le cas, il lui avait adressé un petit sourire gêné, avant d'accélérer le pas.

La jeune femme avait discrètement pouffé de rire, ouvrant sa porte et de foncer droit sur son lit. Une fois allongée au beau milieu de ses confortables draps, elle laissa échapper un soupir et se détendit. Une satisfaction inattendue était collée sur ses lèvres, comme tatouée sur son visage.

En contemplant le plafond au-dessus de sa tête, elle se remémora les détails de la soirée. Les pas de danse du gardien des mages chasseurs avaient été si absurdes, mais il n'avait pas hésité à se ridiculiser pour éviter qu'elle se sente seule. Il l'avait invitée, même si c'était de façon peu délicate, occupée et raccompagnée. Et elle ignorait pourquoi.

Il n'avait aucune raison d'être si gentil envers elle. Tentait-il de se faire pardonner de leur rencontre plus que terrifiante ? De ses menaces infondées ? Ou lui préparait-il quelque chose de bien moins bienveillant ? Ces questionnements pouvaient attendre le lendemain matin puisqu'elle n'avait aucune envie que son état rêveur prenne fin.

Elle posa ses mains froides sur ses joues brûlantes en écoutant son cœur battre contre ses tempes. Si elle n'avait pas été aussi épuisée, elle aurait pu valser à travers sa chambre telle une enfant.

Elle se sentait si légère, si insouciante, et ses pensées étaient dénuées de l'obscurité à laquelle elle s'était récemment habituée. Ce nouvel élan de positivité lui fit du bien, tandis qu'elle comprit que son désir de pouvoir et de vengeance ne l'avait poussé qu'à la solitude et à la misère. Elle se promit de faire mieux à l'avenir. Car à quoi bon accomplir des choses si l'on n'avait plus personne avec qui les partager ?

Les lèvres de Jess furent envahies par un sourire rêveur. Ses yeux brillaient d'une lueur nouvelle et son visage était éclairé d'une chaleur intérieure. Elle ne pouvait pas s'empêcher de repenser à l'expression tendre de Sir Sevien, à sa voix grave et agréable, à sa présence rassurante à ses côtés. C'était tout le contraire de la créature menaçante qu'il avait été lors de leur première rencontre.

La semi-magique ferma les paupières en entourant son corps de ses bras. Son organisme était épuisé, lui permettant de trouver rapidement le sommeil malgré le fait qu'elle soit envoûtée par la soirée miraculeuse qu'elle venait de vivre.

Assise au beau milieu d'une salle de classe, Jess entendait des élèves chuchoter, sans pour autant les apercevoir. Les tables et chaises étaient toutes vides, tout comme l'espace désert qui l'entourait. Devant elle, sur un tableau en ardoise, était dessinée une personne tenant un objet longiligne à la main. Autour d'elle flottaient les sept fleurs des gardiens, formant un cercle. Ou plutôt une prison ?

Intriguée, la jeune femme tenta de se lever afin de s'en approcher et découvrit qu'elle en fut incapable. Ses poignets et chevilles étaient attachés à sa chaise en bois avec de grandes chaînes en fer. Peu importe combien elle tentait de s'en défaire, ses entraves ne bougèrent pas d'un seul millimètre.

Leur matière métallique aurait dû la heurter, mais elle n'en sentait rien. À vrai dire, aucune émotion ne traversait son organisme. Ni même la panique ou la peur. Elle avait l'impression de flotter dans le vide, d'être intouchable, de se trouver a l'intérieur d'une bulle sécurisée. Pourtant, cette situation n'était pas ordinaire.

D'un seul coup, les fleurs esquissées sur le tableau s'illuminèrent, chacune de sa couleur attribuée. Attirée par leurs lueurs hypnotiques, Jess les observa une à une.

L'objet que l'individu représenté en leur centre tenait scintilla à son tour, indiquant qu'il renfermait de la magie.

La jeune femme remarqua qu'il ressemblait étrangement aux baguettes magiques dont les humains parlaient au cours de nombreux de leurs récits. Elle n'avait jamais vu un mage de l'Académie Covett se servir d'un tel objet. Alors, pourquoi l'avait-on dessiné sur le tableau ?

— Trouve-le, lui murmura-t-on.

Cependant, aucune silhouette ne se manifesta dans les environs. Jess était seule au sein de la pièce. Complètement recluse.

Lorsqu'elle porta de nouveau son regard sur le tableau en ardoise devant elle, les esquisses de craie avaient disparu. Comme effacées par une présence invisible.

— L'artefact, Jess.

Une vibration inquiétante traversa l'air et un frisson remonta le long de son échine, un souffle glacial caressa alors sa peau.

Elle se réveilla en sursaut et passa sa main sur sa nuque afin d'effacer le souvenir de la respiration froide qu'elle y avait sentie. À son grand bonheur, elle découvrit qu'elle était seule dans sa chambre. Aucun démon n'était venu la visiter ce soir-là.

Toute trace de la présence rassurante de Sir Sevien et de leur soirée venait d'être englouti par son rêve atypique. Elle aurait préféré pouvoir se reposer en paix pour une fois, mais son subconscient s'acharnait à lui faire passer des nuits tumultueuses.

En voyant qu'elle portait encore son uniforme, dans lequel elle s'était endormie, elle se leva du lit et partit se doucher. Rien de mieux qu'un peu d'eau chaude pour se purifier le corps et l'esprit !

Son imagination s'emballait après la soirée aux airs de rêves. Après tout, les baguettes magiques n'existaient pas à l'Académie Covett. On n'était pas à Poudlard, loin de là !

Chapitre 34

Seule au cœur des jardins, Jess faisait le tour des statues qui y étaient exposées, perdue dans ses pensées. Elle ne parvenait pas à oublier le sourire de Sir Sevien de la veille. Sa gentillesse hantait son esprit, illuminant une fraction de l'obscurité dont elle était constituée et colorant ses joues de rouge.

Comment un homme destiné à la tuer pouvait-il ressentir de la sympathie envers elle ? Comment un assassin comme lui pouvait-il renfermer une telle vulnérabilité ? Mais avant tout : pourquoi était-ce auprès de lui qu'elle se sentait plus authentique ? Pour une étrange raison, sa présence l'incitait à baisser son masque de monstre sans cœur et de renouer avec celle qu'elle était au fond d'elle. Peut-être était-ce parce qu'elle se fichait de ce qu'il pouvait bien penser d'elle ?

Cependant, il lui cachait des choses, au même titre que les autres résidents de l'Académie Covett et elle ne devait pas l'oublier.

Elle laissa sa main glisser le long d'une feuille en pierre du dahlia noir qu'elle contemplait. Les onyx qui ornaient ses contours scintillaient sous les rayons du soleil. Étrangement, elle se sentait plus proche de son père lorsqu'elle dévisageait cette statue, comme s'il se trouvait à ses côtés. Même si elle ne l'avait jamais connu, l'idée qu'il la protège, la rassura.

— Est-ce que mon cœur est vraiment rempli de lumière ? souffla-t-elle dans le vide.

Elle avait récemment poussé tout le monde à bout, testant leurs limites encore et encore. Et elle se retrouvait une fois de plus seule. Son égoïsme avait été incommensurable et il avait fallu que son Némésis biologique soit celui à la retenir de s'enfoncer plus profondément dans sa spirale infernale.

Sa mère n'avait pas élevé la personne horrible qu'elle était devenue. À vrai dire, elle aurait eu honte de ce que sa fille avait fait dernièrement.

Une larme coula du coin de son œil, parcourant sa peau tel un cristal. Elle lui manquait tant !

Les conflits des derniers jours la rongeaient de l'intérieur, la conduisant à s'enfermer dans sa misère. Mais ce n'était pas parce qu'elle avait une part d'obscurité qu'elle était obligée de la laisser prendre le dessus.

En comprenant cette importante nuance grâce à la gentillesse de Sir Sevien, elle se sentit libérée. Ça faisait du bien de savoir que quelqu'un croyait en elle malgré tout.

— Bonjour, Jess Handers, l'interpella soudain une voix grave.

Sir Vyr apparut sur le chemin en gravier menant au dahlia noir, habillé d'une cape argentée et de bottes faites de fourrure blanche. À son apparition, l'air se bloqua dans les voies respiratoires de Jess. Elle ne s'était pas attendue à le croiser ici.

— Bonjour, Sir.

Elle faillit reculer pour s'éloigner de lui, mais s'en retint. Venait-il lui parler de son fils ? Elle ne s'était pas séparée de lui dans les meilleures circonstances. Les traits des deux hommes se ressemblaient tant qu'elle se sentit immédiatement mal à l'aise.

— Torin m'a dit que tu avais besoin d'aide.

Il lui avait parlé des voix ? Pourquoi ? Il avait bien montré qu'il n'était pas très enclin à apporter son assistance à sa copine. Ex-copine.

— Vous arrivez un peu tard, répondit-elle sur le ton le plus neutre possible.

— Pardonne mon fils. Il a toujours peiné à discuter de sa… situation et regrette son comportement envers toi. Il a mis pas mal de temps à maîtriser son pouvoir et te voir entamer le processus qui l'a traumatisé en tant qu'enfant a fait remonter ses peurs à la surface. Mais, moi, je suis en mesure de te donner des astuces sans le moindre problème puisque je l'ai accompagné pendant toutes ces années.

Est-ce que Torin n'était pas assez courageux pour venir s'excuser lui-même ? Bien qu'elle souhaite le mépriser, une part d'elle comprenait que ses traumatismes du passé aient pu influencer ses actions.

— Toutes les informations que vous avez à me donner sont les bienvenues, se résigna-t-elle puisqu'elle manquait d'autres options.

Bloquer sa propre route à cause de son égo serait ridicule et enfantin.

Le gardien parut satisfait.

— Bien. Tente de ne pas te concentrer sur les paroles des voix lorsqu'elles se manifestent. Fais plutôt attention aux vibrations qui les accompagnent. Ce sont elles qui te guideront jusqu'au noyau de ta magie dimensionnelle.

Jess devina que c'était plus facile à dire qu'à faire vu à quel point Torin, un mage entraîné depuis un jeune âge, peinait à y parvenir au quotidien.

— N'est-il pas mieux que j'apprenne à maîtriser la magie de Torin avant que j'en active une autre ?

Elle retrouva aussitôt sur les traits de son interlocuteur la même frustration que celle qui avait envahi son fils lors de leur dernière conversation. Bien que ce dernier ait prétendu qu'il ne s'entendait pas avec son père, leurs mimiques se ressemblaient comme deux gouttes d'eau.

— L'une renforcera l'autre et tout s'équilibrera. Et puis, le pouvoir de mon fils est très difficile à contrôler. Ça te prendra des années d'entraînement d'y parvenir.

— Ce n'est pas grave. De toute façon, je n'ai nulle part ailleurs où aller, affirma-t-elle en réfléchissant clairement pour la première fois depuis des jours.

— Tout le monde n'a pas ton temps, Jess.

Ces paroles sortirent de sa bouche de manière plus agressive que précédemment, poussant Jess à reculer en fronçant les sourcils. Il se reprit rapidement en remettant sa cape en place.

— Ce monde n'a pas le privilège d'attendre que tu sois prête. N'as-tu pas envie d'avoir enfin ton mot à dire ? De ne plus être perçue et traitée comme une citoyenne de second rang ? compléta-t-il en feignant un air calme.

La jeune femme hocha lentement la tête, sans grande conviction. Elle n'était d'accord avec rien de ce qu'il disait, mais devina qu'il valait mieux lui faire croire l'inverse. Elle aurait le temps de réfléchir plus en détail à la conversation une fois qu'elle se retrouverait seule dans sa chambre.

Le regard du gardien s'illumina aussitôt, témoignant de sa satisfaction.

— D'ailleurs, avant que je n'oublie, je t'ai ramené un petit cadeau.

Il sortit des enveloppes reliées par un ruban blanc scintillant d'en dessous de sa cape et les lui tendit.

— Ces lettres ont été trouvées dans la chambre de ton père après son décès. Je me disais que tu voudrais sûrement les lire.

Les yeux de Jess se mirent à briller et elle attrapa les bouts de papier en douceur, ayant l'impression qu'ils pouvaient se désintégrer d'un moment à l'autre. Sir Vyr avait quelque chose de calculateur, mais il n'avait jamais manqué de lui apporter des informations au sujet de son géniteur et elle lui en était reconnaissante malgré tout.

L'idée que son paternel ait couché ses pensées les plus intimes sur ces feuilles lui donna des frissons. Tout comme elle, il avait posé ses doigts sur leur surface.

Indirectement, elle était en contact avec lui pour la première fois de sa vie à cet instant-là.

Sir Vyr posa sa main sur son épaule et approcha sa bouche de son oreille.

— N'oublie pas ceux qui se trouvent de ton côté depuis le début. Ne te mets pas les mauvaises personnes à dos, Jess.

Déglutissant avec difficulté, la jeune femme attendit que l'homme se soit éloigné, consciente des menaces que ses paroles masquaient.

Il lui apportait des informations au sujet de son père et de ses origines, mais à quel prix ?

Chapitre 35

Ma chère colombe,

Pas un seul jour ne passe sans que je pense à ton visage. J'aurais aimé me réveiller à tes côtés chaque matin pour que tu sois la première chose que j'aperçoive avant d'affronter la journée.

Je te promets que bientôt, nous serons réunis toi, moi et notre petite Jezebel. Je trouverai un moyen.

Notre fille doit avoir bien grandi depuis le temps. Je suis certain qu'elle est devenue une magnifique jeune femme. Sache que je fête son anniversaire chaque année, priant que je puisse la serrer dans mes bras.

Le conseil ne voudra jamais qu'on soit réunis, mais notre amour a résisté à l'épreuve des années et je suis convaincu que notre ténacité sera bientôt récompensée.

Vous êtes mon monde entier.
Avec tout mon amour,

Isler Handers

Les lettres de son père se trouvaient éparpillées sur son bureau. Jess était en pleurs, la main devant la bouche. Son père avait voulu la voir, il avait prévu de lui rendre visite à elle et à sa mère. Il ne l'avait pas rejetée ou oubliée. Il l'aimait.

Elle se sentait si vide et si comblée à la fois. Triste de ne pas avoir pu le connaître, mais heureuse de savoir qu'elle comptait à ses yeux. Ses lèvres tremblaient et le nœud dans son ventre ne cessait pas de se serrer. Elle ressentait tant de tristesse et d'exaltation.

Pourquoi n'avait-il jamais expédié les lettres ? Pourquoi les conserverait-il à l'intérieur de sa chambre ? On lui avait interdit de quitter la dimension magique, mais ne pouvait-il pas demander à un mage chasseur de déposer ses écrits ?

Nous étions son monde entier, songea-t-elle.

Il connaissait son nom, il l'avait imaginé des centaines de fois dans ses rêves, il avait fêté son anniversaire. Aurait-il été fier d'elle s'il avait pu la rencontrer ? S'il avait su qu'elle intégrerait Harvard pour offrir une meilleure vie à sa mère ?

Les derniers temps, Jess avait perdu de vue cette jeune femme ambitieuse dont le cœur était rempli de rêves et d'espoir. Rien ni personne n'avait pu l'arrêter ou la retenir d'atteindre ses objectifs. Cette version d'elle-même lui manquait.

Déterminée à reprendre le droit chemin à l'avenir, elle se leva de sa chaise et commença à ranger les lettres afin de les empiler proprement. Si elle les contemplait une seconde de plus, elle finirait par pleurer pendant des heures !

Alors, elle décida de quitter sa chambre, de se dégourdir un peu les jambes et de prendre de l'air. Lorsqu'elle mit les pieds dans le couloir, elle remarqua que la nuit était tombée. Envoûtée par les écrits de son paternel, elle n'avait pas vu le temps défiler.

Ses soirées papotage avec Khala lui manquaient tant. Elle aurait tout donné pour qu'elle vienne la déranger à l'improviste, son grand sourire collé aux lèvres.

Comme Dame Shizumi le lui avait si bien fait remarquer, elle n'avait pas cessé de se faire des ennemis depuis son arrivée. Et elle en payait à présent le prix.

Pensive, Jess s'arrêta devant une des fenêtres, curieuse de découvrir la voûte céleste du monde magique qu'elle ne pouvait pas apercevoir depuis sa chambre.

Elle remarqua aussitôt que des élèves s'étaient réunis au sein des jardins de l'Académie Covett. Ils discutaient les uns avec les autres, éclairés par des formes lumineuses incrustées dans leurs dos : des ailes. Les membranes de ces dernières scintillaient telle de la poussière de fée, reflétant les rayons de la lune et des étoiles. De loin, on aurait pu les méprendre pour des lucioles si leurs ailes n'avaient pas davantage ressemblé à celles d'un papillon.

Tout à coup, comme par magie, ils se mirent tous à flotter dans le ciel, suivis de traînées de paillettes argentées. Ces dernières furent emportées par le vent, alors que les individus poursuivaient leur chemin en direction des astres.

En tant que mages de lumière, ils devaient entretenir les éclats de ces derniers pour garantir que le soleil puisse se lever le matin suivant. C'était un de leurs nombreux talents aux côtés de la maîtrise de la lumière et la production d'éclairs. Dans cette dimension, leur existence était cruciale si on souhaitait éviter une nuit éternelle.

Alors qu'elle observait ce spectacle ensorcelant, Jess ne put pas s'empêcher de penser à Torin. Aurait-elle dû lui laisser le temps de s'habituer à sa nouvelle vie ? Aurait-elle dû être plus compréhensive et clémente ?

Est-ce que leur amitié s'était effondrée parce qu'elle avait voulu sauter des étapes et aller trop vite ? Elle n'aurait jamais dû sortir avec lui. N'ayant aucune expérience amoureuse, elle avait confondu de l'affection amicale avec quelque chose de plus puissant. Et ce qu'elle éprouvait en la compagnie de Sir Sevien lui avait prouvé tort.

Au début, elle s'était sentie si comprise et forte aux côtés de Torin, et elle avait tout gâché en un battement de cils. Elle avait honte de son comportement digne de celui d'un enfant capricieux. Le fait qu'elle se retrouve seule signifiait bel et bien qu'elle était le problème. Si elle pouvait retourner dans le temps et tout changer, elle le ferait. Elle n'aurait jamais absorbé la magie de Torin, elle n'aurait jamais laissé son obscurité intérieure prendre le dessus, elle aurait plus apprécié l'amitié de Khala. Ses erreurs la rongeaient peu à peu.

La jeune femme soupira, créant de la buée sur la surface en verre devant elle, et fixa les mages de lumière jusqu'à tard dans la nuit, jusqu'à en perdre tout sens de la réalité et du temps.

Si seulement, elle aussi, savait voler...

Chapitre 36

Le matin suivant, Jess se réveilla avec les lettres de son père fermement serrées dans ses bras. Recroquevillée, elle était encore fatiguée à cause de sa longue balade nocturne. Elle avait eu les yeux rivés sur les mages de lumière féérique jusqu'à ce qu'elle ne sente plus ses jambes. Ses mains avaient été si froides qu'elle avait eu du mal à les réchauffer sous sa couette et chaque mouvement lui avait coûté une quantité d'énergie considérable.

Si quiconque l'avait croisée le long des couloirs, on l'aurait pris pour un spectre.

Soudain, quelqu'un toqua à sa porte et elle grogna en se frottant les yeux. Ses mèches noires partaient dans tous les sens et des cernes gris la défiguraient. Après avoir envisagé de ne pas réagir, elle se leva à contrecœur en s'étirant.

Cependant, en ouvrant, elle regretta sa décision. Surtout dans l'état pitoyable dans lequel elle se trouvait.

Torin se tenait devant elle, un faible sourire aux lèvres. Elle ignorait quelle heure il était, mais il était déjà parfaitement apprêté pour la journée à venir.

— On peut parler, s'il te plaît ? Je n'aime pas la façon dont ça s'est terminé entre nous.

Elle inspira, avant d'acquiescer et de le laisser entrer. Son père venait de lui offrir les lettres de son géniteur, donc elle se devait d'écouter le fils. C'était la moindre des choses. Surtout après avoir été captivée par leur spectacle féerique la veille. Comment est-ce que des créatures aux pouvoirs aussi magnifiques et lumineux pourraient-elles être mal intentionnées ?

— Jess, je suis navré pour mon comportement de la dernière fois, commença-t-il.

Il tenta de l'enlacer, mais elle l'esquiva. Des milliers de pensées et de sentiments faisaient le tour de son esprit épuisé. Elle avait besoin de les remettre dans l'ordre avant de prendre une nouvelle décision qu'elle regretterait. C'était une de ses nouvelles résolutions. Et, à peine réveillée, elle n'était pas dans la meilleure disposition pour le faire.

— Ne t'inquiète pas, j'étais sur les nerfs. Aucun de nous deux n'était d'humeur.

— Je suis heureux de voir qu'on est sur la même longueur d'onde. Tu ne sais pas à quel point tu m'as manqué.

Il parut soulagé et lui tendit sa main, mais elle l'ignora. Garder ses paupières ouvertes lui demandait déjà une quantité d'énergie considérable.

Et puis, elle était bien moins attirée par lui qu'auparavant. Dès que son cœur s'emballait, c'était le visage de quelqu'un d'autre qui lui venait à l'esprit : Sir Sevien. Elle réprima aussitôt cette pensée qui la surprit au plus haut point. Quand avait-elle commencé à s'attacher à lui ?

Ce n'est pas le moment de penser à ça, Jess.

— J'ai besoin de temps pour réfléchir, Torin. Ma vie a changé à une telle vitesse que je pense qu'il serait préférable qu'on reste amis pour l'instant. On verra bien comment la situation évolue par la suite.

C'était toujours mieux que de ne pas se parler du tout. Pour une fois, elle était fière de la maturité dont elle faisait preuve.

— Amis ?

Quelque chose changea brusquement dans l'attitude du mage de lumière. La douceur de ses mouvements s'évanouit, laissant place à une raideur étrangement inhabituelle. Il parut heurté, comme s'il ne s'était pas attendu à ce que quiconque puisse le rejeter de la sorte.

— On ne doit pas se précipiter, Torin. On a tout le temps du monde, on est jeunes.

Un ricanement moqueur échappa d'entre ses lèvres.

— Oh Jess, j'ai été tellement patient. Mais même moi, j'ai des limites, articula-t-il d'une voix grave qu'elle reconnut à peine.

Il secoua la tête et la fixa d'un air condescendant. Son regard obscur la parcourut tout entière, accompagné d'un soupir. La jeune femme fronça les sourcils en découvrant ce côté sombre de lui qu'elle ne connaissait pas. Une partie d'elle se sentit mal à l'aise face à son changement d'humeur si soudain.

— Ne me regarde pas comme ça.

Il tourna autour d'elle tel un requin, l'incitant à se sentir toute petite. L'espace d'un instant, elle envisagea de s'élancer vers la porte de sortie de la chambre, mais savait pertinemment qu'il ne lui laisserait pas le temps de l'atteindre.

En une fraction de seconde, elle eut l'impression d'être devenue une proie surveillée de près par un prédateur affamé.

— Tu crois que quiconque t'a un jour vraiment apprécié ? Khala te surveillait pour les gardiens qui, eux, ne tolèrent ta présence ici que parce qu'ils ont besoin de toi. Et les autres élèves te détestent d'office à cause de ce que tu es.

Son parfum effleura ses narines lorsqu'il caressa son visage de sa main, remettant une de ses mèches derrière son oreille par la même occasion. Elle était trop confuse pour même pouvoir trembler.

— Quant à moi, j'avais simplement besoin de toi pour me libérer de mon fardeau. Je savais qu'en jouant bien mes cartes avec mon père, on parviendrait à faire en sorte que tu fasses tout le travail. Honnêtement, je pensais devoir fournir plus d'efforts, mais c'était assez facile en fin de compte. Tu étais tellement en manque d'affection et d'attention, si naïve et influençable, que je n'ai eu qu'à faire le minimum pour gagner ta confiance. Je devais uniquement être là lorsque tu avais besoin d'un peu de réconfort.

Choc. Dégoût. Frissons glacials. Le corps entier de Jess fut traversé d'émotions désagréables à cette annonce. Il s'était servi d'elle depuis le début !

— Donc tout n'était qu'une mascarade ?

— Bien sûr ! Tu croyais vraiment que je m'étais attaché à toi ? Tu n'es même pas une mage.

Il s'approcha d'elle d'un air menaçant. Dans ses yeux brillait une lueur dangereuse, accompagnée d'un rictus. Il attrapa ses poignets et la fit reculer jusqu'à ce que son dos heurte le mur derrière elle.

— Personne ne pourra jamais aimer une personne comme toi, Jess, murmura-t-il en approchant ses lèvres des siennes.

Penché par-dessus sa proie, il serra un peu plus fort ses poignets dans ses mains, la poussant à se tordre d'agonie. Tourmentée à la fois par le souvenir de l'incident avec Tanzo et par l'expression terrifiante de Torin, Jess ne put que trembler de terreur.

— Tu sais, notre cher agresseur n'avait besoin que d'une petite suggestion bien placée pour faire une bêtise. Il est si irréfléchi qu'un murmure a suffi pour qu'il s'attaque à toi, ma pauvre.

Son souffle brûlant caressait les joues de son interlocutrice qui comprit enfin à quel point il l'avait manipulée. Il l'avait brisée afin qu'elle fonce droit dans ses bras.

Un vide prit place au creux de son ventre, accompagné d'un haut-le-cœur et d'un frisson de répugnance qui remonta le long de sa colonne vertébrale. Elle trembla, terrifiée et révulsée par cette nouvelle affreuse.

— Tu lui as dit de m'agresser…
— Pas tout à fait, mais c'est l'idée, oui.

Souriant à pleines dents, il était si fier de lui, si satisfait de son plan mené à bien.

— Monstre ! s'écria-t-elle en se débattant du mieux qu'elle le pouvait.

Il leva les yeux au ciel, irrité par sa réaction.

— Non, je te laisse ce titre. J'ai simplement bien joué le jeu.

Il lâcha un de ses poignets et plaça sa main au niveau de sa gorge. Plaquée contre le mur, la semi-magique mit un coup de pied dans ses genoux, mais il ne bougea pas d'un poil.

— Ma chère, tout ce qu'ils t'apprennent ici ne te sert à rien. Sans magie que tu es en mesure de contrôler, tu seras toujours inutile et perdante.

Il resserra sa prise autour de sa gorge, l'empêchant de respirer correctement. Elle utilisa sa main libre pour tenter de griffer son visage, mais il l'esquiva. Sa bouche s'ouvrit machinalement, tandis qu'elle commençait à manquer d'air. Elle sentit ses paupières cligner à une vitesse inhabituelle pour chasser les épaisses gouttes salées qui se formaient aux coins de ses yeux.

— Tu perds. On gagne. Ne l'oublie jamais, lui cracha Torin, avant de la relâcher en cognant sa tête contre la paroi derrière elle.

Sonnée, Jess vit la silhouette du mage quitter la pièce. Puis, elle se laissa glisser le long du mur en pierre de sa chambre, prise dans une quinte de toux. Elle tentait de respirer, mais la marque laissée par les doigts de son assaillant brûlait encore sa peau. Le réveil avait été brutal et sa journée venait de débuter de la plus affreuse des façons.

Tremblante, la tête posée sur les genoux, elle se rendit compte que Sir Sevien avait eu raison depuis le début :

elle devait bel et bien être protégée. Après tout, elle était la seule demi-sang dans une Académie remplie de mages. Elle n'avait aucune chance contre eux et n'avait plus la force de se battre.

Chapitre 37

Avec ses longs cheveux devant sa gorge afin de cacher ses bleus, Jess traversait les couloirs en retenant sa frayeur de jaillir sur ses traits. Ses pas étaient précipités et elle faillit trébucher à plusieurs reprises. Sa panique la faisait avancer malgré la douleur qu'elle ressentait en respirant. Tout comme son père avant elle, elle n'était pas en sécurité au sein de l'Académie Covett.

Sous le bras, elle serrait les lettres de ce dernier. Il ne lui restait qu'une seule personne à aller voir, la seule qui lui avait tendu la main récemment : Sir Sevien.

C'était ironique que son Némésis biologique était devenu son seul recours. Sa situation était assez critique pour qu'elle ne se soucie pas plus que ça du fait qu'il avait été conçu dans l'objectif d'éliminer les semi-magiques comme elle.

Elle avait seulement besoin de se sentir en sécurité, protégée, à l'abri de tout ce qui venait de se passer.

— Où puis-je trouver le bureau de Sir Sevien, s'il vous plaît ? demanda-t-elle à un groupe d'élèves sur son chemin.

Ils s'écartèrent d'elle, peut-être à cause des rumeurs ou peut-être à cause de la sueur qui coulait sur son front, avant de lui indiquer l'emplacement de sa destination.

— Second couloir à gauche. Puis tourne à droite et va tout au fond.

Elle les remercia en se répétant les instructions en boucle afin de ne pas les oublier. Pas après pas, elle priait pour qu'il se trouve bel et bien dans son bureau. Elle ignorait si elle aurait le courage de l'attendre toute seule au milieu du couloir.

Lorsqu'elle vit enfin apparaître la porte sur laquelle était fixée une plaque avec le nom du chasseur, elle n'hésita pas une seconde et posa sa main sur la poignée. À son grand soulagement, la surface s'ouvrit et elle entra sans même penser à toquer.

— Patientez une se... commença Sir Sevien, avant de découvrir l'identité de sa visiteuse.

Debout face à lui, Jess ne savait soudain plus ce qu'elle faisait là. Qu'est-ce qu'elle devait lui dire ? Est-ce qu'il l'écouterait ? Pour une raison mystérieuse, ce lieu lui avait paru être le seul endroit sécurisé de tout l'institut. Ce qui n'était évidemment pas le cas.

— Jess ? Tu vas bien ?

Elle hocha la tête, hors d'haleine. Des gouttes de sueur coulaient sur son visage et elle se frotta les yeux rougis par les larmes. Avec ses mèches remplies de nœuds jetées devant sa gorge, elle devait avoir l'air d'une folle.

Elle laissa glisser ses bras de chaque côté de son corps, sans réfléchir au fait que les lettres de son père tomberaient par terre par la même occasion. Ces dernières s'éparpillèrent aussitôt partout sur le sol en bois.

Dépassée par la situation et ses émotions, la jeune femme s'accroupit en les ramassant. Sir Sevien se leva afin de l'y aider et en un rien de temps les enveloppes furent empilées sur son grand bureau.

— Assieds-toi, ordonna le chasseur à son étudiante.

Elle obéit, blasée. Et s'il se fichait de ce qu'elle avait à lui dire ? Que ça ne l'intéressait pas ? Il avait sûrement des choses plus importantes à faire.

Elle passa ses cheveux derrière son épaule et utilisa ses mains en tant qu'éventails dans l'espoir que ça l'aide à se calmer. Le chasseur lui ramena un verre d'eau, mais elle le déclina. Ça lui rappelait trop Torin qui lui en avait également proposé un après qu'elle ait aspiré une part de sa magie.

Qu'est-ce qu'elle avait été bête !

— Jess ? Qu'est-ce qui t'est arrivé ?

L'inquiétude était palpable dans la voix de son professeur, alors qu'il s'assit à côté d'elle pour observer sa gorge de plus près. À en voir son expression choquée, ses hématomes étaient sérieux.

— Je... je pense que j'ai... fait une grosse bêtise.

Sa voix se brisa et elle ferma les yeux de honte.

— Parle-moi, Jess. Qui t'a fait ça ? l'interrogea son interlocuteur sur un ton sévère et pressant.

Il posa sa main dans la sienne pour la réconforter et elle la serra de toutes ses forces, terrifiée par ce qu'elle devait lui avouer. Elle avait volé de la magie et il pourrait la tuer pour la punir de son crime. Pourquoi manquerait-il une telle occasion ?

Et c'était pourtant à sa porte à lui qu'elle était venue toquer.

— Il y avait ce garçon et on m'a proposé quelque chose, mais... Je pense que c'était un piège. Et puis... il y a le meurtre de mon père... et ma magie dimensionnelle... Plus l'entraînement qui est inutile.

— Ralentis, je ne comprends rien à ce que tu dis. Prends le temps de respirer.

Elle obéit et savoura l'air frais.

— J'ai aspiré un peu de magie de quelqu'un. Il était consentant, mais je pense que c'était son moyen pour me contrôler. Et maintenant, je me trouve enfermée dans cette cage obscure.

Elle laissa les larmes lui échapper, heureuse de pouvoir enfin avouer son plus grand secret de son plein gré. Un poids fut instantanément ôté de son cœur et de ses épaules.

— Torin Vyr. C'est lui qui t'a fait ça ? la questionna Sir Sevien en serrant la mâchoire.

Elle le regarda droit dans les yeux en acquiesçant, surprise que ce fût l'unique chose qu'il eût retenue de ses aveux. Pas une seule fois, il lâcha sa main nichée dans la sienne.

— Dire que je ne m'en doutais pas serait mentir. Il n'a jamais été du genre à s'intéresser à quiconque d'autre que lui-même et était devenu beaucoup trop souriant depuis ton arrivée. Il y a eu le miracle de son pouvoir qu'il était d'un seul coup capable de maîtriser.

— Vous saviez que j'ai absorbé une partie de sa magie ?

Sir Sevien la dévisagea du coin de l'œil, surpris de voir qu'elle le pensait si ignorant.

— Très peu de choses m'échappent.

La jeune femme réévalua la situation inattendue. Qu'est-ce qu'elle avait été naïve de croire qu'elle pouvait cacher une chose pareille à un expert de semi-magiques !

— Donc vous n'allez pas me tuer ?

— Jess, tu en parles à chaque fois comme si ce n'était rien, mais les mages chasseurs ne coupent jamais court à une vie sans raison. Tant que les semi-magiques ne sont pas actifs, tant qu'ils ne sont pas un danger, on les laisse tranquilles. Tout comme toi, nous ne sommes pas des monstres.

Elle comprit qu'elle avait perçu cette dimension en noir et blanc au lieu de distinguer ses nuances de gris. On lui avait tant caché de choses au sujet du monde dans lequel elle vivait qu'elle s'était raccrochée à son ignorance.

— Il a pris avantage de ta générosité pour être en mesure de contrôler son don. Si quelqu'un est en tort, ce sont les gardiens. Nous aurions dû mieux te protéger.

Sir Sevien l'enlaça et elle se laissa fondre contre son torse puissant. Il ne l'avait pas punie lorsqu'elle avait utilisé son don sur lui et elle savait que son sang de mage dimensionnelle y était pour quelque chose.

— Mais on va devoir signaler toute cette situation au conseil, avoua-t-il en caressant son dos de sa main de façon rassurante.

Jess ne put pas s'empêcher de rire en sentant son stress retomber. Si ce n'était que ça, elle y survivrait.

— Je ne laisserai plus jamais Torin te toucher. Je te le promets, Jess.

Elle sourit et se perdit dans l'étreinte protectrice du chasseur.

— Vous aviez raison depuis le début. Parfois, j'ai besoin d'être protégée, avoua-t-elle finalement.

Chapitre 38

— Sir Vyr m'a montré mon arbre généalogique et, simultanément, m'a suggéré d'aider son fils. Puisqu'il est un gardien, je lui faisais confiance et j'ai accédé à sa requête. Ensuite, des voix machiavéliques se sont manifestés dans ma tête et j'avais ces rêves étranges où une ombre me parlait. J'ai commencé à changer d'attitude sans m'en apercevoir et j'ai perdu ma seule amie dans le processus. Quand j'ai compris que Torin s'était joué de moi, il était déjà trop tard.

Elle avait sauté quelques passages pour éviter de s'étaler. À chaque nouvelle phrase, elle craignait de dire un mot de travers, peur qu'on la décrédibilise en lui assurant que tout était de sa propre faute. Après tout, elle prétendait qu'un gardien avait monté un complot à son désavantage. Et à chaque seconde, Sir Sevien pouvait se retourner contre elle, tenter de la tuer à cause de ce qu'elle avait fait. Cependant, elle ne parvenait pas à garder les secrets qui la détruisaient de l'intérieur pour elle.

À son grand bonheur, il ne l'interrompit pas une seule fois, concentré sur ce qu'elle avait à lui dire. Lorsqu'elle avait terminé, il se leva en se passant nerveusement la main dans la nuque.

— Sir Vyr et ton père ne se sont jamais appréciés, mais je ne le pensais pas capable d'une chose pareille, avoua-t-il.

Il commença à faire les cent pas, investi dans l'affaire comme si sa propre vie en dépendait.

— Mais je sais qu'il est apte à tout pour atteindre un objectif qu'il s'est fixé. Je l'ai déjà vu à plusieurs reprises lors des réunions des gardiens.

— Et moi, idiote que je suis, je l'y ai aidé en proposant à son fils exactement ce qu'il convoitait.

Personne ne pourra jamais aimer une créature comme toi, Jess.

Les paroles de Torin résonnèrent dans son esprit, tranchantes et agressives. Peut-être qu'il n'avait pas tort.

— Ce n'est pas ta faute, tu as été manipulée, la rassura Sir Sevien en s'accroupissant auprès d'elle. On aurait dû être plus à cheval sur ta protection dès ton arrivée.

Elle soupira, peu convaincue. Rien ni personne n'aurait pu la protéger de ses propres erreurs. Elle n'était pas entièrement innocente non plus.

— Je dois y aller, j'ai un cours dans quelques minutes, mais tu peux rester ici. Je fermerai la porte à clé pour que tu sois à l'abri.

La jeune femme l'observa avec de grands yeux, agréablement surprise par le comportement du chasseur. À mieux y réfléchir, il n'avait jamais été malveillant avec elle si ce n'était lors de leur première rencontre.

— Merci, Sir.
— Appelle-moi Matiak.

Elle hocha la tête, trop reconnaissante pour refuser sa requête.

— Je te retrouve dans deux heures. Au cas où, le double des clés est dans le vase vide sur le bureau.

Il posa délicatement sa main sur la tête de la jeune femme et lui sourit, avant de quitter son espace de travail. Une fois que la porte fut fermée à clé, Jess se laissa glisser contre le dos de sa chaise et expira longuement.

Peut-être qu'elle était vraiment en sécurité dans cette pièce. Ou peut-être pas. Pour l'instant, elle était satisfaite d'avoir pu raconter ce qui pesait sur son cœur à quelqu'un qui était prêt à l'écouter sans la juger.

***

Après avoir observé la pièce depuis sa chaise, Jess avait décidé d'explorer le bureau plus en détail afin de s'occuper l'esprit. Deux heures pouvaient paraître étonnamment longues lorsqu'on n'avait rien à faire.

Un grand tableau était accroché à un des murs, représentant une forêt traversée par des rayons de soleil dorés. C'était une œuvre apaisante et fascinante qui jouait aussi bien avec la lumière qu'elle le faisait avec l'ombre.

Le diplôme du chasseur avait été suspendu juste à côté, encadré comme il se devait. Il avait achevé son cursus seulement un an plus tôt. Ce qui signifiait qu'il était vraiment le meilleur de sa classe s'il avait obtenu le statut de gardien en si peu de temps. Et cela voulait également dire qu'il n'était pas beaucoup plus vieux qu'elle.

Un peu plus loin, des livres de tous genres étaient disposés sur des étagères. La jeune femme y découvrit même des œuvres humaines, comme *The Picture of Dorian Gray*, *Frankenstein* ou encore *The Tell Tale Heart*. Elle n'aurait pas pris Sir Sevien pour un fan du gothique ou des classiques, ni même pour un fan de lecture à vrai dire. Comme quoi, il lui réservait bien des surprises.

Elle avait lu et adoré chacune de ces œuvres et ne put pas s'empêcher de passer ses doigts dessus. À sa grande surprise, aucune poussière ne les recouvrait. Elle fronça aussitôt les sourcils et attrapa les ouvrages dans le but de les observer de plus près.

Les éditions en question étaient très anciennes, presque d'époques. Elles devaient valoir une vraie fortune ! C'était le genre d'exemplaires qu'on évitait de lire par peur de les abîmer.

Maintenant qu'elle les avait en main, elle remarqua que les romans étaient plus épais que dans ses souvenirs. Et, à en voir leur dos légèrement tordu, ils ne renfermaient pas seulement les histoires inscrites sur leurs pages.

En les feuillant, elle trouva des enveloppes cachées entre certaines d'entre elles.

Intriguée, elle lut le nom de Sir Sevien et l'adresse de l'Académie dessus. En retournant une des lettres, elle découvrit que l'expéditeur n'avait pas laissé ses coordonnées sur le dos. Le seul indice présent était un sceau en forme de colombe.

Une colombe ? La jeune femme commença aussitôt à fouiller dans les lettres de son père, posées sur le bureau. Elle rouvrit l'une d'entre elles à une vitesse incroyable et observa le haut de la page afin de confirmer ses doutes. « Ma colombe », avait écrit son père à sa mère.

Est-ce que sa mère avait entretenu une correspondance avec Sir Sevien ? Pourquoi ? Comment se connaissaient-ils ? Jess fit tourner l'enveloppe destinée au chasseur entre ses mains. Elle lui parut récente, même si aucun cachet de poste n'indiquait une date d'envoi. Elle devina que le mage s'était rendu dans la dimension humaine pour la récupérer en main propre.

Trop curieuse, elle finit par l'ouvrir et en ôter le message qu'elle contenait.

« Cher Matiak » était la première phrase, écrite en de belles lettres qu'elle reconnaîtrait d'entre mille. Toutefois, elle poursuivit sa lecture avant de tirer de conclusions trop hâtives :

Cher Matiak,

Je suis si heureuse d'entendre que ma fille s'est fait des amis. Vu sa difficulté à sociabiliser, j'avais peur qu'elle ne soit misérable à l'Académie. Elle ne cessera jamais de me surprendre, de la meilleure des façons.

Depuis que tu m'as averti de la mort d'Isler, il y a des hauts et des bas. Parfois, j'ai l'impression qu'une part de moi s'est éteinte avec lui. Mais jour après jour, tes lettres au sujet de ma fille illuminent mes journées.

Concernant le fils de Sir Vyr, si tu ressens le besoin de le garder à l'œil, fais-le. Tes instincts ne se trompent jamais si je me souviens bien et mon mari n'avait pas des rapports très cordiaux avec le père, donc pourquoi serait-on en mesure de faire confiance au fils ?

J'espère que tu vas bien et que l'absence d'Isler ne te pèse pas trop.

Je te remercie de protéger ma fille chérie, Matiak.
À bientôt,
La colombe

Sa mère connaissait Sir Sevien ? Jess n'en revenait pas ! Il lui avait envoyé des nouvelles de sa fille et de ses progrès sans jamais lui en dire quoi que ce soit. Sans jamais se vanter de sa bienveillance.

Elle posa sa main sur son cœur qui battait de plus en plus vite, tandis que le sang lui montait aux joues. Émue et écarlate, elle serra le bout de papier contre sa poitrine dans l'espoir de se sentir plus proche de sa mère. Elle lui manquait chaque jour, même si elle évitait de penser à elle pour ne pas pleurer au quotidien.

Une part d'elle était frustrée à l'idée qu'elle ne puisse pas lui écrire elle-même des lettres, mais elle était avant tout reconnaissante envers le chasseur. Il était évident qu'il avait connu son père encore bien mieux qu'elle l'avait anticipé.

Pendant tout ce temps, elle s'était obstinée à le détester, à penser qu'il ne souhaitait que la tuer. Au final, il s'avérait que c'était tout le contraire ! Qu'il gardait un œil sur elle pour la protéger ! Toutes les fois où elle l'avait vu l'observer, qu'elle avait cru qu'il imaginait des façons pour mettre fin à sa vie. Il s'était simplement inquiété pour elle.

Elle se sentait idiote d'avoir fait aveuglément confiance aux mauvaises personnes.

Khala, pensa-t-elle soudain.

Elle devait à tout prix se réconcilier avec son amie et l'avertir de la nature malhonnête de Torin ! Elle affronterait ses propres démons pour éviter qu'ils ne s'attaquent à la si douce et gentille mage de création.

Sur un coup de tête, elle piocha les doubles des clés du vase vide posé sur le bureau et sortit de la pièce en espérant de tout son cœur que Khala veuille bien l'écouter.

Chapitre 39

En s'approchant de sa chambre avec discrétion, Jess découvrit qu'une silhouette faisait les cent pas devant sa porte en agitant ses mains. Le pic de panique qu'elle ressentit laissa rapidement place à de la surprise et du soulagement lorsqu'elle remarqua que la personne en question n'était autre que Khala.

Elle tournait en rond en expliquant quelque chose à elle-même. Jess devina qu'elle tentait de s'entraîner à leur future conversation.

— Khala ? l'interrompit-elle en l'observant avec le regard rempli d'espoir.

La mage sursauta, avant de se retourner vers elle d'un air confus. Elle ne s'était visiblement pas imaginée que leur interaction soit initiée par celle qu'elle désirait visiter.

— Jess… je me suis trompée de chambre. Je… murmura-t-elle en baissant la tête.

Elle jouait avec ses doigts afin de se distraire de sa nervosité. Était-elle venue pour la réprimander ? Pour exiger des excuses de sa part ?

Les jeunes femmes se firent face, gênées. Elles avaient toutes les deux des milliers de choses à se raconter, mais restèrent silencieuses.

Ne pouvant pas supporter de la voir dans cet état plus longtemps, Jess la serra dans ses bras en fermant les yeux. Elle n'avait jamais été une fan de contact physique, mais c'était différent quand ça venait de celle qu'elle considérait comme sa meilleure amie. À son plus grand bonheur, cette dernière ne la repoussa pas, ôtant un poids de son cœur.

— Je suis désolée, Khala. Je... j'ignore ce qu'il m'est arrivé.

Sa voix était tremblante à cause de sa gorge douloureuse et gonflée. L'épaule de son interlocutrice appuya sur sa peau rougie, mais elle ne laissa rien remarquer de sa souffrance.

— Honnêtement, tu me fais toujours peur, Jess, lui avoua son amie en la lâchant peu à peu.

Elle recula légèrement en souriant faiblement.

— Mais je n'arrête pas de repenser à la conversation que j'ai entendue entre Torin et toi, et quelques éléments me chiffonnent. Par exemple, la façon qu'il a eue de te reprocher « c'était ton idée » ou « tu savais à quoi t'attendre ». Ça voulait dire qu'il avait fait le choix de te laisser absorber une part de sa magie. Puis, ces derniers jours, il parait si heureux, comme s'il se fichait totalement du fait que tu aies rompu avec lui. Pendant les repas, il ne t'a même pas observé une seule fois, alors que tu avais l'air misérable. C'était comme si…

— Je n'avais jamais existé à ses yeux, compléta son interlocutrice avec un soupir.

— Exactement. C'est à ce moment-là que j'ai eu l'impression que quelque chose clochait.

— Je pense que ce n'est pas seulement une impression, Khala.

La semi-magique déglutit avec difficulté, se retenant face à la douleur de sa blessure qu'elle recouvrit de nouveau de ses cheveux. Elle ne voulait en aucun cas mêler son amie à ses problèmes. Personne ne savait ce dont Sir Vyr et son fils seraient capables pour faire taire ceux qui connaissaient leurs vrais visages.

— Mais je vais m'en remettre. Promets-moi juste que tu resteras loin de Torin. Il n'est pas celui qu'on le pensait être et je ne veux pas qu'il te fasse du mal.

— Il est précisément celui que je le pensais être avant que tu n'arrives à l'Académie, affirma Khala d'un air désapprobateur.

Elle n'appréciait visiblement pas autant le jeune homme que Jess l'avait cru. Apparemment, jouer la comédie était un de ses nombreux talents.

— C'est lui qui t'a fait ça, n'est-ce pas ? Pour te faire taire ? demanda-t-elle en faisant signe à sa gorge.

— Je pense que c'est mieux si tu ne te retrouves pas mêlée à tout ceci. Je refuse qu'il s'attaque à toi, Khala.

Silence.

Son interlocutrice la regarda dans les yeux avec une farouche détermination. Son air enfantin avait disparu de ses traits, laissant place à une maturité surprenante.

— Je ne l'ai pas dit aux supérieurs, avoua-t-elle soudain.

Jess l'observa avec les sourcils froncés, confuse.

— Je ne leur ai pas confié que tu avais absorbé de la magie. Au début, ils me demandaient de te surveiller et de leur rapporter toutes les informations intéressantes à ton sujet. Toutefois, au fil du temps, j'ai commencé à t'apprécier et je gardais de plus en plus de tes secrets.

— Khala, je...

— Non, c'est à ton tour de m'écouter. Il est temps que tu me fasses confiance. Je sais que je n'en ai pas l'air, mais je sais me défendre.

Elle ne demandait qu'à être prise au sérieux.

— Je ne sais pas ce dont ces personnes sont capables. Je te fais confiance, mais je ne peux pas prendre le risque de te mettre en danger. Pas après toutes les erreurs que j'ai déjà commises...

Elle marqua une pause, peu habituée à confier le fond de sa pensée de la sorte. Si elle avait été plus honnête depuis le début, elle ne se trouverait pas dans cette situation en premier lieu.

— Je ne me le pardonnerai jamais s'ils te heurtent.

Khala posa sa main sur son épaule, l'air inquiète.

— Les amies se disent tout, non ?

Jess sentit du soulagement l'envahir. Après tous les événements des derniers jours, elles étaient toujours amies et il était temps qu'elle se comporte comme telle.

— Bien. Mais pas ici. Je connais un endroit où on sera à l'abri des oreilles indiscrètes, céda-t-elle finalement.

Elle espérait que Sir Sevien ne lui en veuille pas de faire de son bureau une petite salle de réunion secrète. Si elles se dépêchaient, Khala pourrait s'éclipser avant même qu'il revienne de son cours.

Chapitre 40

— Fais attention à toi en rentrant, Khala.

La mage hocha la tête, heureuse d'avoir enfin pu découvrir les secrets qui tourmentaient son amie.

— Ne t'inquiète pas. On va prendre le temps d'étudier ton pouvoir et de trouver un moyen pour que tu puisses le maîtriser. Je ne te laisserai pas tomber, Jess.

— Merci.

Libérée de toutes ses frayeurs, la semi-magique n'aurait jamais pu être plus reconnaissante envers son amie. Elle l'avait écoutée avec patience, en grimaçant parfois, mais sans pour autant protester.

— Je n'en reviens pas que Sir Sevien soit celui qui t'ait tant aidé. Comme quoi, il ne faut pas se fier aux apparences.

Son ton insinuait mille choses inappropriées, alors qu'elle mettait un petit coup de coude dans le bras de son amie. Elle accompagna ses paroles d'un clin d'œil qui poussa Jess à lever les yeux au ciel.

— Avoue, il n'est pas mal en fin de compte, insista Khala sur un ton taquin.
— Vas-y avant qu'il ne revienne.

La mage leva le pouce en souriant, abandonnant sa tendance à toujours chercher de la romance partout.

— N'empêche que des téléphones auraient pu être pratiques dans cette situation. Ils sont utilisés en cas d'urgence dans les livres humains, fit-elle remarquer en haussant les épaules.

Elle n'avait pas tort.

Finalement, elle s'éclipsa au loin et Jess la garda à l'œil aussi longtemps que possible pour s'assurer que personne ne l'attaque en cours de route.

Une fois la porte du bureau de nouveau fermée à clé, la jeune femme se mit à ranger la lettre de sa mère et le livre dans lequel elle avait été cachée. Satisfaite, elle remit les doubles des clés dans le vase vide et se rassit sur sa chaise avec un sourire aux lèvres. La journée avait mal commencé, mais lui réservait de belles surprises.

D'un seul coup, alors qu'elle chantonnait une musique qu'elle avait un jour entendue dans le Coffee Shop où elle travaillait, des clés furent enfoncées dans la serrure. Après deux tours, la porte s'ouvrit. Elle se fit toute petite malgré elle, par peur que le visiteur soit quelqu'un d'autre que Sir Sevien. À son grand bonheur, ce n'était pas le cas.

— L'attente n'était pas trop longue ?

Ses cheveux étaient humides et il sentait le gel douche à l'eucalyptus.

Elle secoua la tête, tout en se préparant à lui parler des lettres de sa mère. De la gratitude était largement la bienvenue après ce qu'il avait fait pour elle sans qu'elle ait à lever le petit doigt.

Il se mit debout derrière son bureau et commença à ranger la paperasse posée dessus, visiblement satisfait de voir que son invitée surprise ne l'avait pas fouillée. Avec tout ce qu'il s'était passé, elle n'y avait même pas pensé une seconde.

— Sir… Matiak, se reprit-elle.

Il leva aussitôt son regard vert vers elle.

— Je sais que vous avez envoyé des lettres à ma mère.

Ses yeux firent soudain des aller-retour entre elle et les romans disposés sur son étagère. Il paraissait calme, même si ses poings serrés en disaient long sur ses pensées.

— Tu as touché à mes affaires ?

— J'ai voulu lire un peu en attendant et puisque vous détenez des ouvrages humains, j'ai été intriguée, mentit-elle.

Il soupira et passa sa main sur son visage, résigné. Il n'avait pas la moindre envie de s'énerver.

— Je n'avais pas le droit de te le laisser découvrir.

Tout à coup, les pièces s'imbriquèrent dans l'esprit de son interlocutrice.

Il n'avait pas l'autorisation de lui en parler. N'était-ce pas ce que Dame Kishi lui avait dit lors de leur conversation qu'elle avait interceptée dans le couloir ?

— C'est de ce secret-là que Dame Kishi te parlait ? C'est pour ça qu'elle t'a réprimandé ?

Elle l'avait tutoyé malgré elle, mais ça ne parut pas choquer son interlocuteur. Cette familiarité leur venait naturellement.

— Tu nous as espionnés ?

Il arqua un sourcil et paraissait bien moins accueillant d'un seul coup. En même temps, il venait de découvrir deux vérités peu agréables. Face à sa surprise et sa frustration naissante, Jess s'empressa de poursuivre ses explications :

— Je sais que Dame Kishi ne m'apprécie pas et qu'elle t'a sûrement demandé de garder le secret, mais je tenais à te remercier d'avoir été si généreux envers ma mère, articula-t-elle dans l'espoir de réorienter le sens de la conversation.

Elle soupira et le regarda droit dans les yeux en sentant son cœur s'emballer. L'irritation s'effaça graduellement de ses traits, alors qu'elle se sentit plus vulnérable que jamais face à lui.

— Merci, Matiak. Savoir que ma mère va bien et qu'elle sait où je suis me soulage tant.

Sa voix s'était réduite à un murmure délicat, plus doux qu'une caresse. Elle lui était plus reconnaissante que des mots pouvaient exprimer. Puisque sa mère était au courant de la situation et gardait un œil sur elle depuis la dimension humaine, elle se sentait moins coupable de ne pas avoir pu la contacter jusque-là.

L'homme en face d'elle lui sourit avec affection. Il ne demandait qu'à la serrer dans ses bras pour la protéger.

— Ton père était un de mes plus grands mentors et fidèles amis. C'est lui qui m'a recommandé pour la position de gardien à l'Académie lorsque le précédent mage chasseur a pris sa retraite. Je lui dois tout et me disais qu'il était à mon tour de lui retourner la faveur en aidant sa famille.

Il marqua une pause, réfléchissant à s'il devait poursuivre ou non. Après un court silence, il estima son interlocutrice digne de la vérité.

— Et Dame Kishi ne te déteste pas. Elle était proche de ton père et le connaissait encore bien mieux que moi. Son visage s'illuminait dès qu'il mettait les pieds dans la même pièce qu'elle.

— Elle l'aimait, devina Jess en retenant son souffle.

Matiak hocha la tête.

— Elle a besoin de temps pour digérer qu'elle vient de le perdre. Imagine si en plus, tu dois d'un seul coup croiser sa fille au quotidien.

La jeune femme ressentit une douleur lui transpercer la poitrine. Elle n'avait jamais connu son père et se fichait de sa vie amoureuse. Toutefois, la présence de sa fille à l'Académie Covett devait être de la torture pour Dame Kishi puisqu'elle lui rappelait jour après jour que celui qu'elle aimait n'était plus. De la compassion l'envahit à l'égard de la gardienne.

— Tu possèdes le même cœur généreux que lui, Jezebel. Je l'ai su dès la première fois que mes yeux se sont posés sur toi.

Matiak venait de l'appeler par son vrai nom, celui que seule sa mère utilisait. Celui que son père avait employé pour parler d'elle dans ses lettres. Seuls ceux qui étaient proches de sa famille le connaissaient.

Son honnêteté la frappa de plein fouet. Sa mère lui avait parlé avec tant de familiarité dans sa lettre, elle lui avait demandé de protéger sa fille sans la moindre hésitation. Elle s'était tournée vers lui, car elle savait qu'elle pouvait lui faire confiance.

Et il avait été le dernier auquel Jess avait ouvert son cœur.

— Pourquoi as-tu prétendu vouloir me tuer pendant tout ce temps, alors que tout ce que tu faisais visait à de me protéger ?

Jess se leva de sa chaise pour se trouver à la même hauteur que lui. À vingt centimètres près.

— Je...

Il paraissait à court de mots, tiraillé entre ce qu'il souhaitait lui dire et ce qu'on lui exigeait de dire.

— Pourquoi t'es-tu réduit au rôle du méchant, Matiak ? poursuivit son interlocutrice en se rapprochant de lui.

Elle ne le comprenait pas. Il aurait pu être le héros de l'histoire, mais avait décidé de faire paraître le contraire.

— Pourquoi cherchais-tu tant à m'effrayer, à m'inciter à te détester ? insista-t-elle face à son silence.

Elle se trouvait maintenant derrière le bureau, à un mètre de lui. L'espace d'un instant, elle vit du désarroi briller dans ses yeux et aurait aimé le serrer contre elle pour faire disparaître cette émotion.

— Parce que je ne pouvais pas t'autoriser à te rapprocher de moi, Jezebel, confia-t-il d'un air mélancolique.

Sa voix grave lui donna des frissons et sa façon de prononcer son nom complet résonna dans sa tête. Elle n'avait jamais connu une sensation plus agréable.

— Pourquoi ? murmura-t-elle en baissant la tête.

Un seul pas en avant et elle se trouverait collée à lui, un seul pas en avant et elle pourrait l'enlacer. Au lieu de ça, elle resta immobile en attendant sa réponse.

— Parce que ceci n'est pas censé se passer entre nous.

Elle releva les yeux vers les siens et y trouva un spleen comme elle n'en avait encore jamais croisé. La jeune femme avait l'impression de voir le cœur du chasseur se briser et sentit sa main se poser sur sa joue sans même qu'elle ne s'en aperçoive.

— Pourquoi, Matiak ? Qui d'autre que nous a le droit d'en décider ?

Il était celui auquel elle pensait lorsque son cœur battait la chamade, lorsque les papillons envahissaient sa poitrine, lorsque ses joues s'enflammaient. Son regard hypnotique ne lui avait encore jamais paru aussi tentant. Et découvrir ses intentions charitables avait enfin abattu les derniers murs qu'elle dressait entre eux.

En ne l'entendant pas nier le lien émotionnel qui les unissait, le gardien glissa une de ses mains autour de la taille de la semi-magique. Il s'était imaginé cet instant des milliers de fois et prit le temps de contempler le visage de Jess avec un regard brillant d'allégresse. Il aurait aimé pouvoir effacer les hématomes de sa gorge, ôter toute sa souffrance et la faire disparaître. Son âme brisée transparaissait dans son expression, fascinante et frêle.

Le prenant au dépourvu, Jess fut la première à poser ses lèvres sur les siennes. Il l'attira à lui, et les mains de la jeune femme se nichèrent dans sa nuque.

Leurs bouches se découvrirent en douceur, bougeant en harmonie comme si elles avaient été conçues pour s'unir. Leurs organismes furent traversés d'ondes ressemblant à de l'électricité, réveillant en eux des sensations depuis longtemps endormies.

Jess sentit de la chaleur se propager dans son torse et son ventre, tandis qu'elle souhaitait que Matiak ne la laisse plus jamais s'échapper. Elle était heureuse, euphorique, envahie par l'étrange impression d'enfin se trouver à sa place. Elle le sentait dans ses jambes stables, dans ses pensées apaisées et dans son cœur tambourinant. Ses préoccupations s'effacèrent, faisant naître l'illusion qu'elle était libre comme le vent.

Son corps entier brûlait de la plus agréable des façons, parcouru d'une béatitude qui lui arracha un sourire.

Lorsque leurs bouches se séparèrent, Matiak la contempla avec émerveillement. Il était incapable de s'imaginer un instant plus parfait.

— Je devais te pousser à rester loin de moi parce que dès notre première rencontre, je ne parvenais plus à sortir ton visage de mon esprit, Jess.

Sa voix rauque ramena la jeune femme à la réalité. Elle avait oublié qu'ils se trouvaient en plein milieu de son bureau.

— Donc tu ne craignais pas l'influence de mon charme ?

Il sourit en secouant la tête.

— Je suis un mage chasseur, ton charme n'a pas d'influence sur moi. Je suis immunisé.

Ce fut alors qu'elle comprit qu'il ne s'était pas rapproché d'elle à cause de son don, mais parce qu'il avait vraiment des sentiments pour elle.

Chapitre 41

La journée de cours touchait à sa fin et Matiak était assis derrière son bureau. Il terminait de la paperasse avec ses lunettes, qu'elle avait découvertes pour la première fois, posées sur le nez. Étrangement, Jess le trouvait plus charmant ainsi. Il aurait eu tout l'air d'un écrivain si son corps n'avait pas été aussi athlétique. Pas que les auteurs ne pouvaient pas être sportifs, mais ce n'était tout simplement pas l'image stéréotypée qu'elle en avait.

— Tu vas me fixer toute la soirée ? la taquina-t-il en levant les yeux vers elle.

La bulle qu'ils s'étaient créés était si paisible et rassurante qu'elle n'avait aucune envie d'en sortir. La réalité était bien moins plaisante et elle craignait qu'elle ne creuse un nouveau fossé entre eux. Après tout, elle était son étudiante.

— Peut-être bien.

Il secoua la tête en souriant, avant d'ôter ses lunettes et de les poser sur son bureau.

— Si tu as peur de rentrer seule, dis-le-moi honnêtement.

— Je refuse de paraître si faible, avoua-t-elle en se détournant de lui.

Elle n'avait jamais cru l'être, au contraire, mais elle devait se rendre à l'évidence.

— Tu n'es pas faible. Torin t'a terrifiée, il t'a fait du mal, il y a de quoi avoir des cauchemars, la rassura le chasseur en se levant et s'approchant d'elle.

Elle avait fait de son mieux pour ne pas réfléchir aux hématomes qui prenaient place au niveau de sa gorge, même si chaque inspiration les lui rappelait. Et s'il revenait ? Et s'il lui faisait bien pire ?

— Reste dans mes quartiers ce soir. En tant que gardiens, on a droit à plus d'espace et de confort que vous.

Il la rejoignit et caressa sa joue pour la pousser à le regarder en face.

— De l'espace pour deux.

Malgré le sourire qu'il arborait, son angoisse qu'elle le rejette était palpable. Pire : qu'il lui arrive quelque chose en restant seule cette nuit-là. Plus elle était près de lui, plus il serait en mesure de chasser ses démons.

— Est-ce que ce n'est pas trop risqué ? Je doute qu'ils apprécient de voir un gardien et un élève ensemble.

Il haussa les épaules. Ce que les autres pensaient était le dernier de ses soucis.

— Vu le nombre de leurs secrets que je garde, ça m'étonnerait qu'ils me fassent remarquer quoi que ce soit. Puis, si on rentre avant la fin de leurs cours, ils n'en sauront jamais rien.

Elle se demanda de quels secrets il pouvait bien parler, mais ne le questionna pas par peur d'être trop indiscrète. Ce n'étaient pas ses affaires et elle avait déjà assez de mystère à démêler tel quel.

— Tu n'as pas du travail ?
— Rien que je ne peux pas faire de mon salon.

Salon ? Est-ce que les espaces étaient divisés de façon si inéquitable ?

Elle hésita par peur de ne pas se sentir à l'aise. L'embrasser était une chose, partager le même espace que lui en était une tout autre. Cependant, elle sentit ses muscles se tendre et l'anxiété l'étourdir à l'idée de devoir résider seule dans une chambre dont la porte ne se fermait pas à clé. Elle savait qu'elle n'y fermerait pas l'œil de la nuit.

— Laisse-moi t'aider, Jezebel. Au moins en attendant que les gardiens apprennent la vérité au sujet de la situation.

Après un court silence, elle acquiesça en sentant du soulagement se répandre dans sa poitrine. Même si elle savait qu'elle ne pouvait pas fuir ses problèmes à l'infini, savoir qu'elle n'aurait pas à se soucier de quoi que ce soit ce soir-là la réjouit.

***

À leur grand bonheur, ils n'avaient croisé personne dans les couloirs puisque tous mangeaient leur dîner. Le duo passa donc inaperçu.

En entrant dans les quartiers de Matiak, Jess découvrit qu'il avait pas moins de quatre pièces à sa disposition :

un salon, une cuisine, une salle de bain et une chambre. En les explorant, elle fut ébahie par leur grande taille et leurs belles fenêtres. C'était comme si elle entrait dans un appartement luxueux !

— Ne sois pas si étonnée. Contrairement aux élèves, l'Académie est notre seule maison.

Il habitait ici tout le temps ? Il n'avait nulle part ailleurs où aller ? Il n'explorait pas le monde qui l'entourait ?

— Installe-toi pendant que je termine ma paperasse, l'encouragea le chasseur en faisant signe en direction de son canapé.

Contrairement à ce dont Jess avait l'habitude dans le monde humain, aucune télévision ne se trouvait en face du meuble. Elle s'installa tout de même sur la surface confortable. Ou plutôt s'y affaler sans la moindre gêne.

Son hôte, quant à lui, s'assit un peu plus loin à la table à manger. Il se concentra sur son travail dans l'espoir d'en finir au plus vite.

Jess garda le silence par respect et observa son espace de vie personnalisé. Une énième peinture d'une forêt accrochée au mur, accompagnée d'un meuble rempli de livres et de bougies. Des fleurs et feuilles séchées ornaient une commode, posées dans des vases en cristal. Dehors, le soleil commençait à se coucher et sa lumière orangée envahit le salon entier tel un brasier, réchauffant son visage. Elle songea s'il ramenait des souvenirs de ses voyages dans la dimension humaine.

Après un long instant de calme, Matiak rangea enfin les tas de feuilles qu'il tenait. Étant donné qu'il commençait à faire sombre, il alluma des bougies et ferma les rideaux, avant de s'installer à son tour sur le canapé. Un soupir de contentement s'échappa de ses lèvres quand il étira ses bras et se massa la nuque.

L'ambiance à la lueur des chandelles était ordinaire pour lui, mais dans le monde humain, elle avait une tout autre connotation. Et, contrairement à ce qu'elle aurait pensé, Jess l'apprécia.

— Fichue administration. Mon dos va exploser si je dois me pencher dessus encore dix minutes de plus, grommela-t-il.

Son air grincheux arracha un rire moqueur à la jeune femme assise à ses côtés.

— Tu trouves ça amusant ?

Il se pencha vers elle, l'air enjoué, et commença à la chatouiller au niveau de la taille. Elle protesta en émettant de petits cris amusés qu'il ignora.

Lorsqu'il cessa, Jess reprit son sérieux et lui posa une question qui l'intriguait depuis son cours avec Sir Gödrindt :

— Pourquoi y a-t-il de moins en moins de mages chasseurs ?

Son interlocuteur se redressa en haussant les épaules.

— C'est un des grands mystères de cette dimension. Peut-être parce qu'il y a de moins en moins de semi-magiques ? Ou peut-être parce que l'heure de la fin de leur oppression a sonné ?

— Tu n'as pas l'air de nous détester tant que ça.

— Je suis né pour faire mon travail, c'est dans mes gènes, mais ça ne signifie pas que je suis tout le temps d'accord avec les décisions qui sont prises. Peu de personnes se préoccupent du sort des mages chasseurs, car nous sommes considérés comme les créatures les moins importantes de la dimension.

— Pourquoi ? Vous protégez la magie, non ?

Il lui sourit avec tendresse.

— Oui, mais on ne possède pas de don à proprement parler. On active juste les semi-magiques et on ouvre des portails vers le monde humain. Ce n'est rien comparé à ce que les autres font.

— Sans vous, ils vivraient dans la peur constante.

Elle ne comprenait pas comment on pouvait juger un type de mage plus utile qu'un autre. Ils avaient tous été créés pour une raison, pour conserver l'équilibre des pouvoirs.

— C'est un débat vieux comme cet univers.

Il hocha les épaules en feignant l'indifférence, néanmoins sa peine traversa ses traits l'espace de quelques secondes. Et elle n'échappa pas à son interlocutrice qui posa sa main sur la sienne afin de l'apaiser.

— Nous ne choisissons pas comment on est mis au monde, mais on décide qui on devient, conclut-il.

D'accord avec cette affirmation des plus sages, Jess laissa tomber sa tête sur son épaule. L'origine d'un individu pouvait faciliter ou compliquer son chemin de vie. Toutefois, c'était à lui de se battre pour atteindre ses objectifs ou non.

Dans son lycée, elle avait côtoyé des enfants provenant de bonnes familles qui ne travaillaient jamais alors qu'ils avaient toutes les clés en main pour réussir. Quant à elle, elle provenait d'un foyer avec peu de moyens, mais avait réussi à être acceptée à Harvard.

Même si le chemin avait été long et laborieux, le résultat en avait valu la peine. Du moins, si elle avait eu l'occasion de vraiment intégrer les rangs de l'université.

Matiak posa sa grande main sur ses cheveux avec clémence, la sortant de sa rêverie.

— Tu as déjà souhaité être quelqu'un d'autre pour un jour ? lui demanda-t-elle sur un coup de tête.

Il l'observa, amusé.

— Un jour ? Pour une année entière même !
— Sérieusement ?

Il hocha la tête avec ferveur.

— Mais pas en ce moment même, au contraire, ajouta-t-il en chuchotant.

Jess se sentit rougir.

Lentement, le gardien releva son visage et posa ses lèvres sur les siennes. Son corps entier frémit, ses joues devinrent brûlantes et elle se tourna en direction de Matiak. Leurs langues se mêlèrent à la danse, accompagnées des mains du mage qui se posèrent dans le dos de la jeune femme afin de l'attirer à lui.

Leur étreinte douce devint plus appuyée, plus fougueuse et Jess battit des cils lorsqu'une sensation chaude se réveilla au niveau de son bas-ventre. Prise au dépourvu par le réveil de ces sensations si charnelles, elle se figea l'espace d'un instant. Matiak sépara immédiatement ses lèvres des siennes en l'observant, l'air inquiet.

— Si tu veux qu'on arrête, il n'y a aucun problème, Jess.

Perdue dans son regard vert, elle s'aperçut qu'elle souhaitait tout le contraire. Elle voulait l'avoir auprès d'elle, le sentir parcourir son corps, continuer d'explorer ces sensations surprenantes, et jusque-là inconnues, qui l'envahissaient peu à peu.

Alors, elle secoua la tête et rapprocha son visage du sien.

— T'arrêter est la dernière chose que je te demande, Matiak.

Ils commencèrent par s'embrasser, puis ils détachèrent les hauts de leurs uniformes respectifs et Jess se retrouva pour la première fois aussi vulnérable. Elle se sentit d'abord gênée, rouge comme une tomate, ne sachant pas quoi attendre de la situation. Être nue face à un homme était une grande nouveauté pour elle.

Pourtant, blottie contre le torse puissant et rassurant de Matiak, elle ne s'en rendit quasiment pas compte. Elle n'avait pas peur de ne pas lui plaire, car elle savait ce qu'elle valait, qu'elle n'avait pas besoin de changer pour quiconque. C'était une des choses que la solitude lui avait apprises.

Les lèvres du gardien se posèrent sur sa clavicule, avant de descendre, rendant sa respiration plus saccadée, plus laborieuse, mais de la plus délicieuse des façons. Elle laissa ses doigts caresser le corps de l'homme, le parcourant avec hâte et curiosité.

Lorsqu'il revint à sa bouche, les mains posées sur ses hanches, elle ne put pas s'empêcher de s'arcbouter en retrouvant son baiser. Le monde était devenu un flou au milieu duquel Matiak était la seule chose qu'elle parvenait à distinguer nettement. Et il était la plus magnifique des visions.

Une de ses mains descendit le long de sa cuisse et elle le lâcha brièvement pour déboutonner son pantalon, tourmentée par la sensation inhabituelle qui avait envahi son intimité.

— Ne sois pas si impatiente, lui murmura Matiak en souriant contre ses lèvres.

Elle déglutit, le souffle court.

— On a tout le temps du monde.

Elle gloussa en réfléchissant à l'ironie de ces paroles qu'elle avait elle-même prononcées à plusieurs reprises ces derniers jours.

— J'ai attendu cet instant trop longtemps pour ne pas le savourer, lui confia son interlocuteur d'une voix rauque.

Le visage rougi de Jess était tellement magnifique qu'il n'en croyait pas ses yeux. Elle était là, entre ses bras, si belle et vulnérable.

Suite à ces paroles, il glissa lentement sa main dans le pantalon qu'elle venait de déboutonner. D'un seul coup, elle l'arrêta en lui attrapant le poignet, paniquée.

— Jezebel ? Quelque chose ne va pas ?

Il retira aussitôt ses doigts d'en dessous du vêtement de la jeune femme et écarquilla les yeux.

— Je...

Elle couvrit son visage, gênée.

— Je ne me suis pas épilée... jamais, avoua-t-elle, honteuse.

Son interlocuteur laissa échapper un soupir soulagé. Puis, il secoua la tête.

— Je m'en fiche, Jezebel. Ce sont juste des poils, tout le monde en a.

— Vraiment ?

— Je dirais que la majorité d'entre nous en ont, oui.

Elle éclata de rire en lui tapant sur l'épaule.

— Je voulais dire : est-ce que tu t'en fiches réellement ?

— Absolument, la rassura-t-il en l'embrassant.

Elle sentit de la joie l'envahir suite à cette révélation. Alors, elle laissa ses peurs quitter son esprit, tandis que la main de Matiak en revint là où elle s'était arrêtée. Il titilla son intimité, se jouant de sa patience. Avec chaque mouvement, elle eut de plus en plus de mal à retenir des bruits de sortir de sa bouche, allant au-delà de sa respiration saccadée.

Lorsqu'il glissa enfin son doigt en elle, elle se sentit se raccrocher à lui en se cambrant malgré elle. Son intimité se contracta et la sensation de chaleur changea, devenant quelque chose de plus liquide. Au début, c'était inconfortable, mais elle n'en laissa rien remarquer.

Il commença par de lents va-et-vient, accélérant graduellement sans perdre les expressions de sa bien-aimée de vue. En apercevant la moindre once de peur ou de douleur, il arrêterait immédiatement. À son grand bonheur, il n'en vit aucune.

Après s'être habituée à ce contact physique nouveau, Jess avait l'impression d'être soûle, de flotter sur des nuages, de ne plus rien contrôler. En temps normal, elle détestait cette sensation, mais dans ce contexte-ci, elle ne s'en lassait pas.

Puis, tout en douceur, Matiak inséra un second doigt et quelque chose changea. Une douleur perçante la secoua l'espace d'une seconde, la poussant à crisper les muscles, avant de laisser progressivement place à de la légèreté, de l'ivresse. Elle laissa échapper un cri de bonheur, envahie par une satisfaction qui la fit enfin lâcher complètement prise.

Elle n'avait plus de nom, elle ne se trouvait plus dans aucune dimension, elle ne ressentait plus rien. Tout n'était qu'un immense abysse.

CHAPITRE 42

Debout dans la salle du conseil, Jess voyait les fleurs gravées au sol s'illuminer. Cette fois-ci, les bijoux des gardiens étaient posés sur chacune d'entre elles.

Soudain, une trappe s'activa et l'emblème en forme de rose disparut dans le sol. En se rapprochant, la jeune femme comprit qu'elle s'était transformée en un escalier en colimaçon menant au sous-sol. Prenant son courage à deux mains, elle le descendit jusqu'à atteindre une pièce qu'elle reconnut.

Comme au cours de son rêve, elle était illuminée par des rayons lumineux représentant chaque gardien et en son sein se trouvait toujours un artefact magique. Elle s'avança dans sa direction en apercevant le dahlia noir gravé dans le socle sur lequel l'objet avait été posé.

Elle passa sa main dessus, se sentant connectée à sa lignée et à son père. Un sourire envahit ses lèvres, à l'instant où une ombre se manifestait à ses côtés. Néanmoins, cette fois-ci, elle adopta une forme humaine.

Son visage ressemblait étrangement à celui qu'elle observait dans le miroir chaque matin, à l'exception qu'il était celui d'un homme. Le souffle coupé, elle comprit que la présence n'était personne d'autre que son père. Ou, du moins, une image de lui.

— Jezebel... murmura-t-il.

Une larme coula de sa joue, s'écrasant sur le sol en pierre sous leurs pieds. Elle peinait à l'apercevoir correctement dans l'obscurité de l'espace, mais ne dévia pas une seule fois son regard du sien. Son corps entier était pétrifié, tandis qu'elle tentait désespérément de graver chacun de ses traits dans sa mémoire.

— Ça fait des années que j'attends de voir ton beau visage, ma fille.

— Papa...

Elle sentit sa lèvre inférieure trembler et se retenait d'éclater en sanglots par peur de gâcher l'instant. Elle ne cligna même pas des yeux, craignant qu'il disparaisse entre deux battements de cils.

— Il est temps que tu mettes une fin aux crimes de Sir Vyr.

Crimes ? Les dernières pièces du puzzle se mirent en place, dévoilant enfin le fin mot de l'histoire à la jeune femme.

— C'est lui qui t'a empoisonné ?

Son père lui sourit, satisfait.

— Qu'elle est futée, ma fille.

Il déposa un baiser sur son front, avant que son corps ne se mette à s'effriter peu à peu. Il se réduisit en cendres à vue d'œil.

— Non ! Attends ! Père ! s'écria sa descendante.

Elle tentait de le retenir par la main, de récolter des particules de lui afin de ne pas le perdre une nouvelle fois. À son grand malheur, rien n'y fit.

Tout à coup, sa poitrine fut envahie d'une lumière aveuglante, se répandant le long de ses veines jusqu'à ce que son corps entier soit illuminé.

— Rends-nous fiers, Jezebel. Tu possèdes notre puissance.

La pièce autour d'elle explosa en mille morceaux, la projetant au cœur d'une obscurité totale.

La semi-magique ouvrit brusquement les paupières, comme réveillée d'une transe. À court de souffle, il lui fallut quelques secondes pour comprendre où elle se trouvait. Lorsqu'elle parvint enfin à distinguer la salle de conseil de l'Académie, elle fronça les sourcils, confuse. Est-ce que ceci était la réalité ? Ou une autre vision ?

Avait-elle rêvé l'apparition de son père ? Tout lui avait pourtant paru si réel !

— Si j'avais su que te faire jouir suffirait pour réveiller ta magie, je l'aurais fait bien plus tôt, intervint soudain une voix grave.

En levant le visage, elle découvrit que Torin la surplombait, un poignard à la main. Paniquée, Jess tenta de se lever, avant de s'apercevoir qu'elle était enchaînée au mur. Les poignets liés derrière le dos, elle était incapable de se sauver.

— Que fais-tu, Torin ?

Elle faisait de son mieux pour rester calme, pour tenter de se trouver une issue.

Le mage s'agenouilla devant elle en faisant voltiger son arme blanche entre ses doigts avec habileté. Il était visiblement habitué à la manier.

— Pauvre Jess. Tu n'avais pas vu venir ce petit retournement de situation, n'est-ce pas ? En même temps, tu avais de quoi être distraite.

Il fit signe à quelqu'un derrière lui et, attaché de l'autre côté de la pièce circulaire, se trouvait Matiak. Il était inconscient et recouvert de sang et de blessures sanglantes. Jess écarquilla les yeux avec horreur, en état de choc. Un cri de désespoir et de rage lui échappa malgré elle, alors qu'elle se tortilla, résonnant dans la pièce entière. Malheureusement, cette dernière était trop isolée, perchée dans la tour centrale, pour que quiconque puisse l'entendre.

— Il regrette sûrement en ce moment même d'avoir souhaité coucher avec toi. Je doute que l'échange soit très équitable.

Torin se délectait visiblement de l'état pitoyable dans lequel le chasseur était. Il aimait provoquer de la souffrance. Son interlocutrice l'avait compris un peu trop tard.

— Pendant que tu te croyais si puissante, méchante et indépendante, j'ai progressivement planté mes griffes dans ton esprit. Et tu ne t'en es même pas rendu compte une seule fois. Pas avant que ça ne devienne irréversible, se félicita-t-il en s'approchant encore un peu plus de la semi-magique.

Il traça le contour de sa mâchoire avec sa lame, prenant soin de n'y laisser aucune coupure. Elle devina qu'il gardait ce plaisir pour plus tard.

— Tes rêves t'ont tout dévoilé, mais tu ignorais où regarder. Nous, si. Lorsque tu as absorbé des fragments de ma magie, j'ai pu m'immiscer dans ton subconscient pour localiser l'artefact en un rien de temps. Si seulement on avait pu se débarrasser de toi à ce moment-là. Malheureusement, on a encore besoin de toi. Pour l'instant.

Il ne cacha pas une seule seconde que la tuer lui ferait un bien fou, plus souriant que jamais.

Les veines pleines d'adrénaline, Jess ne trembla pas. Elle serra simplement les dents pour se retenir de crier quelque chose qu'elle regretterait. Après tout, c'était lui qui tenait le poignard. Mais pas pour longtemps si elle avait son mot à dire.

— Avant d'empoisonner ton père, on a fait des recherches à ton sujet. Tu vois, les lettres qu'il écrivait, on les a interceptées une à une pour éviter que ta mère ne les reçoive. Lorsque tu étais assez mature pour intégrer l'Académie, mais encore influençable, on est passé à l'action. Il était facile de dépeindre les gardiens comme les grands méchants de la situation. Ils découvrent que son seul enfant est une semi-magique illégitime, ils lui interdisent d'aller la voir, ils le tuent car il leur désobéit. Tout était parfait. Mais c'était sans compter sur ton amoureux qui amenait en main propre des lettres à ta mère, ce qui nous a empêchés de les intercepter. Lorsqu'on s'en est rendu compte, il était déjà trop tard et elle avait déjà partagé ses suspicions à notre sujet avec lui.

Il soupira, déçu par cette faille dans son cher plan machiavélique. Comment avait-il pu cacher sa réelle nature aussi bien ?

— Bref, passons.
— Tu es vraiment obligé de tout m'expliquer ?
— Ce n'est pas comme si tu avais quelque chose de mieux à faire.

Touché. Les mains accrochées derrière le dos, elle ne pouvait même pas se couvrir les oreilles si elle le souhaitait.

— Il y avait aussi les voix. Quelle idée de génie ! Tout du long, l'ombre que tu sentais te contrôler et te chuchoter ses choses horribles... c'était moi. Surprise ! Ça me permettait de t'influencer, de te pousser à bout, de te faire agir à ma guise. Et, simultanément, tu nous as ramené un des gardiens dont nous avions besoin. Je te remercie pour cette cerise sur le gâteau.

Jess comprit qu'elle s'était précipitée droit dans la gueule du loup. Pourtant, l'ombre présente dans ses rêves l'avait avertie en lui murmurant « ils nous observent », désignant Sir Vyr et Torin. Et elle était passée à côté de tous les indices depuis le début !

— Tu n'es vraiment qu'une enflure, lui cracha-t-elle au visage.

Il parut diverti par sa réaction et un rictus naquit sur ses lèvres fines. Il aimait l'adversité dont elle faisait preuve. Elle l'attirait même.

— Je pensais qu'un petit choc émotionnel suffirait à réveiller ta magie dimensionnelle, donc je t'ai accordé une petite visite pour bien te terrifier et te révolter. Il s'avère que j'ai parié sur la mauvaise méthode.

— Tu croyais réellement que me menacer allait changer quoi que ce soit ?

Son souffle chaud parcourut ses joues, mais il était toujours trop loin pour qu'elle puisse lui mordre l'oreille ou lui mettre un coup de tête dans le nez. Elle serra ses poings liés en n'ayant qu'une seule envie : le faire souffrir jusqu'à ce qu'il la supplie d'arrêter.

— Tu l'aimais bien quand Sir Sevien t'intimidait, donc je me suis dit que ça valait le coup. Je dois avouer que je l'ai aussi un peu fait par plaisir personnel. Il n'y a rien de plus beau que l'expression qui hante ton visage lorsque tu es terrifiée.

Il la rendait malade. Comment avait-il pu la berner pendant tout ce temps ? Elle aurait dû écouter Khala lorsqu'elle lui avait conseillé de rester loin de lui.

Il arqua un sourcil face à son silence inhabituel.

— T'inquiète, ma chère. Ton moment de gloire arrive bientôt. On attend encore un dernier élément.

Un dernier élément ? Quel énième plan sadique lui préparait-il ?

Son regard tomba de nouveau sur Matiak, dont l'état était déplorable, et elle pria de tout son cœur pour qu'il s'en remette. Quelles horreurs pouvaient bien l'attendre au sein de cette pièce ?

Chapitre 43

Soudain, alors que Torin la fixait, toujours accroupi auprès d'elle avec un rictus aux lèvres, la porte de la salle s'ouvrit. Sir Vyr entra avec les mains remplies de bijoux et recouvertes de sang, l'air satisfait.

Son fils se leva aussitôt pour le rejoindre.

— Elle est réveillée ?

— Tout juste.

— Parfait. Pile à temps.

La jeune femme ne parvenait pas à lâcher du regard les mains ensanglantées du gardien. Est-ce que c'était celui de Matiak qu'il avait torturé sans le moindre scrupule ? Dans quel merdier l'avait-elle mis ?

Elle l'observa et sentit son cœur se briser.

C'est à cause de moi qu'il a souffert, songea-t-elle en sentant de la douleur envahir sa poitrine.

— Pose-les sur les fleurs correspondantes. Les gardiens ne se réveilleront pas avant bien des heures, dit-il à Torin en lui tendant les colliers, bracelets, boucles d'oreilles et bagues qu'il tenait.

Il obéit et, dès que les objets touchèrent leur mosaïque correspondante, cette dernière s'illumina. Ceci était exactement la scène que Jess avait aperçue dans son rêve !

— Tu commences enfin à comprendre ? Je te pensais plus futée que ça, Jezebel Handers, s'amusa Sir Vyr.

De sa bouche, elle avait presque l'impression que son nom était une insulte qui lui brûlait les lèvres. Elle le fusilla du regard, consumée par la haine qu'elle ressentait envers lui. Il avait assassiné son père et utilisé son fils pour la manipuler. Quelle ordure !

— Ne t'inquiète pas, ma chère. Les autres gardiens sont endormis et ne se doutent de rien. Personne ne pourra te retenir de rejoindre ton père dans l'au-delà. Tu pourras enfin le rencontrer comme tu le souhaites tant.

Elle tenta de s'élancer vers lui, mais ses chaînes l'en empêchèrent. Elle sentit leur métal se loger dans sa chair tant elle tirait dessus et ignora la douleur.

Une fois que tous les bijoux eurent été placés au bon endroit, l'escalier à colimaçon fut dévoilé et le cœur de Jess se serra. Le lieu de sa mort se trouvait juste sous ses pieds, l'attendant avec impatience. Elle savait exactement où ce chemin secret menait.

— Il semblerait que notre temps soit enfin venu, lui dit Sir Vyr en souriant.

Son fils le rejoignit aussitôt avec un air ravi, son poignard à la main.

— Détache-la. On y va.

Torin obéit.

— Si tu tentes quoi que ce soit, prépare-toi à endurer de la douleur, susurra-t-il à l'oreille de la captive en la libérant de ses chaînes.

Quel psychopathe !

Elle hocha la tête, mais il ne lui fallut que quelques secondes pour se rebeller. En se relevant, elle mit un coup de pied dans le ventre du jeune homme accroupi auprès d'elle. Il laissa échapper un grognement étouffé, avant qu'elle n'abatte son genou en plein milieu de son visage. Il chuta par terre, le nez sanglant et sa lame tranchante à la main.

Elle le fusilla du regard, satisfaite d'avoir pris le dessus. Prête à assaillir son ennemi de coups, elle sentit l'adrénaline couler dans ses veines, au même titre de sa soif de vengeance.

— Peu importe combien j'apprécie ton petit spectacle, Jess, je me dois de te rappeler que nous sommes deux contre un, lui fit remarquer Sir Vyr en l'attrapant par les cheveux.

Elle laissa échapper un cri de douleur, alors que le gardien la traînait derrière lui tel un animal. Elle tenta de lui griffer les bras afin de le faire lâcher prise, mais il n'aurait pas pu moins s'en soucier.

Pendant ce temps, Torin se remit sur pied, l'expression remplie d'une rage folle causée par son humiliation. Il les rejoignit au bord de l'escalier à colimaçon en essuyant le sang coulant de son nez et appuya son poignard contre la gorge de sa victime qu'il avait déjà colorée d'hématomes plus tôt. À en voir le regard noir qu'il lui jetait, il était plus déterminé que jamais à en finir avec elle.

Chaque seconde, la jeune femme se demandait comment elle avait fait pour ne pas se douter de cette part horrifiante de lui.

Sa lame s'enfonça légèrement dans sa chair, y laissant une petite plaie superficielle. Juste assez pour s'assurer qu'elle ne le défie pas une fois de plus.

— Après vous, princesse.

Ils avaient visiblement peur qu'elle tente de les pousser dans les marches, chose qu'elle aurait faite si on lui en donnait l'occasion, et lui demandèrent de les précéder. Frustrée, elle commença sa descente, suivie de ses deux bourreaux.

À chaque pas, elle sentait l'angoisse l'envahir un peu plus et son cœur lui faire mal. Sa respiration, déjà laborieuse à cause de ses voies respiratoires gonflées, se fit de plus en plus saccadée au fur et à mesure qu'elle avançait.

En entrant dans la pièce secrète, elle eut l'impression de déjà l'avoir visitée maintes fois auparavant, de s'y être rendue régulièrement. Maintenant qu'elle connaissait son emplacement précis, elle comprit que les rayons lumineux aux couleurs des gardiens qui l'illuminaient provenaient des mosaïques de la salle du conseil. Ils se rejoignaient tous au centre de la pièce, formant une voûte de magie au-dessus de l'artefact que Sir Vyr et Torin convoitaient tant. Comme dans son rêve, des chaînes en perpétuel mouvement l'entouraient pour empêcher quiconque de le toucher.

C'était donc cet objet qui était à l'origine de la mort de son père ? Qui l'avait empêché de venir la voir dans le monde humain ? Son émerveillement laissa place au désespoir et à la haine. Elle aurait aimé que cet artefact, dont elle ne connaissait même pas l'utilité, ne soit jamais créé.

Elle tenta de faire appel à sa magie dimensionnelle, qui s'était réveillée d'après les dires de Torin, mais ignorait comment y procéder. L'énergie avait crépité au bout de ses doigts lorsqu'elle s'était trouvée dans les bras de Matiak et elle se remémora ces instants en espérant que ça réveille quelque chose à l'intérieur d'elle. Ou peut-être que la rage qu'elle ressentait envers ses geôliers serait plus efficace ? Elle tenta tout, serrant et relâchant discrètement les poings encore et encore. Rien.

Son pouvoir restait silencieux, endormi.

Je suis désolée, père, s'excusa-t-elle en baissant la tête.

C'était peine perdue. Sans entraînement adéquat pour le maîtriser, son don ne servait à rien. Elle allait devoir se servir des méthodes de Matiak à la moindre occasion.

— Chère Jezebel. Voici l'objet pour lequel ta lignée entière doit être décimée. Il est rempli de magie dimensionnelle à l'état pur et son détenteur peut la manier à sa guise, dévoila Sir Vyr en l'attrapant fermement par le bras.

Et donc contrôler toutes les dimensions qu'elle a créées, celle-ci inclus, devina-t-elle en cernant enfin les motivations de son interlocuteur. Il souhaitait non seulement gérer l'Académie en tant que gardien, mais tenir le monde magique entier au creux de sa main.

— Les mages dimensionnels savaient que l'un d'entre eux serait un jour assez idiot pour souiller la puissance de la lignée.

Face à cette attaque destinée à son père, elle ne put pas garder le silence.

— Il l'a fait par amour.

— Comme je disais, il était un imbécile.

Jess se retint de l'insulter, sachant pertinemment que ça ne résoudrait en rien ses problèmes.

— Prévoyant le désastre à venir, le mage dimensionnel à l'origine de ce monde inventa un moyen d'éviter l'extinction de son espèce. Il créa un artefact qui contient une partie du pouvoir de sa lignée au cas où un mage dimensionnel semi-magique incapable d'utiliser de magie verrait le jour. Il donna les clés qui le scellent à chacun des gardiens sous forme de bijoux, tout en leur confiant la tâche de guider son futur descendant demi-sang. Bien sûr, leur promesse secrète fut oubliée au fil des générations, tout autant que la présence de l'artefact. Jusqu'à ce que je retrouve d'anciens écrits dans la bibliothèque qui évoquaient son existence.

— Et vous avez décidé d'utiliser ces connaissances à des fins machiavéliques.

Il secoua la tête en refermant ses doigts autour de son bras avec une telle fermeté qu'une plainte faillit s'échapper de sa gorge. Le commentaire de Jess n'avait visiblement pas été apprécié.

— Seul un descendant semi-magique de la lignée des mages dimensionnels est en mesure de localiser l'artefact puisqu'il l'appelle à lui. C'était la principale raison pour laquelle nous avions besoin de te faire intégrer l'Académie et le seul moyen d'y parvenir était de tuer ton père. Comme prévu, les gardiens se sont immédiatement lancés à ta recherche.

Il la scrutait de haut en bas avec son regard blanc et vicieux, satisfait de voir qu'il avait réussi à manipuler tout le monde à sa guise pendant tout ce temps.

— À présent, nous avons besoin de ton sang pour déverrouiller la serrure magique de l'artefact et de ta magie pour l'activer. C'est pourquoi il nous fallait attendre que tu la débloques avant de pouvoir agir.

C'était pour ça qu'ils lui avaient tant suggéré d'explorer les différents moyens d'éveiller son don dimensionnel !

— Et grâce à Sir Sevien, tu es une grande fille maintenant, compléta Torin.

Il paraissait avoir développé une obsession malsaine avec la relation entre Jess et le mage chasseur. Même son propre père n'y prêta pas attention et poursuivit :

— Dernière étape importante : ta mort. Ce n'est que lorsque toute la magie dimensionnelle générée par des sources naturelles aura disparu que l'artefact sera prêt à l'utilisation. Prêt à être manié par un être ambitieux comme moi. Heureusement pour nous, tu n'es pas une adversaire de taille et tu ne devrais pas nous poser trop de problèmes.

Il lui donna un violent coup dans le dos afin de la faire avancer vers le socle sur lequel était posé l'objet magique qu'il convoitait tant. Si elle décidait de mettre un terme à sa vie avant de le débloquer, la dimension serait sauvée du règne obscur de Sir Vyr. Mais elle serait aussi plongée dans le chaos tôt ou tard à cause de la disparition de la magie dimensionnelle.

Dans tous les cas, cette affaire était inévitablement teintée de mort et de sang.

Chapitre 44

— Libère l'artefact, lui ordonna Sir Vyr.

Jess resta immobile en fixant le dahlia noir gravé dans le socle en pierre devant elle. Elle leur désobéirait aussi longtemps que possible en espérant de tout son cœur que quelqu'un découvre ce qu'il se tramait. C'était son seul espoir pour mettre fin à cette folie.

— Torin.

Elle se retourna vers lui. Il arqua un sourcil en serrant plus fortement son poignard dans sa main.

— Tu n'as vraiment jamais rien ressenti envers moi ? Pas une seule fois ? le questionna-t-elle en faisant de son mieux pour faire monter des larmes à ses yeux.

Le rendre confus était son seul moyen de retarder l'inévitable. Son interlocuteur garda le silence, mais elle vit son air menaçant quitter ses traits l'espace de quelques secondes.

Elle avait deviné qu'il devait bien y avoir une raison pour laquelle il détestait tant la voir auprès de Matiak. C'était une faiblesse dont elle comptait se servir.

Bien qu'elle tente d'inciter son charme à se manifester, à ensorceler le mage, il ne répondit pas à son appel. Son dégoût pour Torin était trop grand pour qu'elle soit en mesure de le séduire. Seconde après seconde, elle se concentra pour retrouver la présence dangereuse de son don de semi-magique à l'intérieur d'elle, sans succès. Est-ce qu'il l'avait déserté lors du réveil de sa magie dimensionnelle ?

Sir Vyr soupira et ôta la lame des mains de son fils, avant de l'utiliser pour ouvrir la joue de Jess. D'un seul mouvement calculé et maîtrisé, il trancha sa chair en profondeur. Du sang en coula, chaud et épais.

Puis il l'attrapa une fois de plus par les cheveux et la poussa à s'agenouiller auprès du socle de l'artefact. Jetée sur le sol en pierre rugueuse, la jeune femme sentit la peau de ses genoux s'ouvrir sous l'impact du choc. Son visage ensanglanté fut plaqué contre le dahlia noir serti d'onyx tranchants qui s'illumina au contact de son hémoglobine. La douleur lui arracha un cri de rage, mais il était déjà trop tard.

Les chaînes protectrices de l'artefact se mirent à ralentir, avant de tomber par terre. En leur milieu se trouvait une forme longiligne faite de diamant noir. Sur sa surface noire, opaque, vide de toute magie, avaient été gravés les emblèmes des sept gardiens.

Assise, Jess n'en aperçut qu'une fraction, mais comprit aussitôt ce que l'objet était : une baguette magique.

— Enfin… murmura Sir Vyr en posant ses mains sur ce qu'il lorgnait tant.

Il laissa le poignard qu'il tenait tomber par terre et s'empara de son nouveau trésor, euphorique.

Soudain, un bruit se fit entendre à l'étage et tous se retournèrent vers l'escalier en colimaçon. Sir Vyr leva les yeux au ciel d'irritation.

— Torin, va voir ce qu'il se passe. Ne laisse personne descendre dans cette pièce.

Son fils obéit et disparut aussitôt, se rendant dans la salle du conseil en enjambant les marches.

Jess espérait que celui ou celle qui était venue les interrompre serait en mesure de venir à son aide. C'était son dernier recours pour échapper à la mort.

— Bien. Maintenant, je vais te demander de rassembler toute ta magie et de m'activer ce petit jouet, Jezebel.

L'homme se pencha vers elle et posa la pointe aiguisée de la baguette sous son menton pour la forcer à regarder dans ses yeux blancs dénués de toute émotion.

Elle ne lui répondit pas et lui cracha au visage. La dernière chose qu'il pouvait attendre d'elle était sa coopération.

Il rigola en s'essuyant les joues et le front de sa main libre.

— J'espérais que tu fasses ça, se réjouit-il en enfonçant la baguette plus loin dans la peau de sa victime.

Elle ne bougea pas d'un poil, consciente du fait qu'il avait besoin d'elle pour que son plan fonctionne.

— Si tu ne souhaites pas m'aider, je vais devoir te pousser à le faire. Ton père était toujours si frustrant avec ses airs de pacifiste. Il n'a jamais rien fait avec l'immense pouvoir dont il avait hérité, il en gâchait jour après jour tout le potentiel. Dans ses derniers instants, alors qu'il savait pertinemment qu'il était en train de mourir, il m'a attrapé la main en me disant qu'il espérait que « je quitte le chemin de l'obscurité à l'avenir ». Je suis ravi de voir que tu es plus coriace que lui.

Il parlait de son crime comme si ce n'était rien, comme si tuer quelqu'un était dans ses habitudes. Peut-être bien que c'était le cas.

Tout à coup, un grand bruit se fit entendre, semblable à celui d'une chute, suivi par un son de voix. Sir Vyr parut frustré et se redressa en soufflant.

— Lève-toi, petite, lui ordonna-t-il en lui empoignant le bras.

Une fois qu'elle fut debout, il posa la pointe aiguisée de la baguette contre sa gorge. Un faux mouvement et elle trancherait sa chair recouverte d'hématomes.

— Avance.

Le bras bloqué derrière le dos et une surface tranchante appuyée sur sa peau, elle obéit en gravissant une à une les marches de l'escalier en colimaçon.

En arrivant dans la salle du conseil, elle vit Khala et Torin se faire face. De la magie crépitait au bout de leurs doigts et des plaies ornaient leurs visages et bras. Jess avait envie de crier à son amie de sortir d'ici, de fuir, mais l'arme serrée contre sa gorge l'en empêchait.

Lorsque son regard tomba sur Matiak, elle remarqua que la majorité de ses blessures s'étaient refermées. Ses paupières étaient toujours fermées malgré sa respiration régulière, calme.

Khala l'a guéri, comprit-elle en sentant des larmes de gratitude lui monter aux yeux.

La gentillesse de la mage de création lui coûterait la vie.

— Espèce de connard, marmonna cette dernière en préparant une nouvelle attaque.

Une haine incommensurable recouvrait son visage entier. Elle protègerait ceux qui lui tenaient à cœur jusqu'au bout !

De la magie bleue sortit de ses mains, formant de petites explosions azur dans l'air. Elle formait une boule d'énergie au cœur de ses paumes, prête à l'envoyer en direction de Torin dans l'espoir de le mettre KO.

Les racines de l'unique plante présente dans la pièce enveloppaient les pieds et jambes de ce dernier, l'immobilisant. Si la salle du conseil avait compté plus de végétation, Khala aurait pu employer leurs branches pour combattre.

— On n'a pas le temps pour ceci, s'impatienta Sir Vyr.

L'espace d'un instant, il lâcha sa prisonnière pour se concentrer sur sa propre magie. Il pointa son index en direction de la mage de création venue déranger ses plans, prêt à l'attaquer.

Avant que quiconque ne puisse s'en apercevoir, un éclair jaillit à travers le lieu, perçant le ventre de Khala comme si ce n'était rien. Cette dernière chancela, surprise, et s'écrasa sur le sol carrelé de la salle du conseil.

Une odeur de chair brûlée flotta dans l'air, envahissant les narines de tous.

— Khala ! Non !

Jess, brièvement libérée par son bourreau, s'élança aussitôt vers son amie qui était allongée un peu plus loin.

Un trou béant se trouvait au milieu de son ventre, laissant échapper une marée de sang. La flaque n'arrêtait pas de s'agrandir seconde après seconde et la jeune mage de création ne bougeait plus du tout. Jess glissa sa main dans la sienne, couverte d'hémoglobine, elle aussi. Elle ignora l'odeur métallique et l'aspect gluant de cette dernière et posa ses doigts sur la joue de son amie.

— Respire, Khala. S'il te plaît. Respire !

Elle sentit son corps entier trembler et des larmes brûlantes couler sur ses joues. Le cœur déchiré, elle porta la main de la mage à sa bouche et y déposa un baiser rempli de désespoir. Chaque partie d'elle savait que personne ne pouvait survivre à ceci, mais elle ne parvenait pas à se résoudre à abandonner espoir si tôt.

— J... ess...

Khala serra faiblement sa main, à peine consciente. Elle toussa du sang, secouée de spasmes et traversée de sueurs froides. Ses paupières peinaient à rester ouvertes, alors que son regard partait dans tous les sens à cause de la douleur atroce qu'elle éprouvait.

— Ne ferme pas les yeux, Khala. S'il te plaît, ne pars pas...

Jess aurait tout donné pour détenir de la magie de création à cet instant-là, pour être en mesure de la guérir. Elle secoua la tête face au sourire résigné de son amie.

Cette dernière rassembla ses forces restantes pour l'observer avec tendresse. Incapable de prononcer le moindre mot de plus, elle laissa échapper son dernier souffle avant que tout signe de vie ne la quitte. Ses spasmes cessèrent, ses muscles se décontractèrent et son regard bleu, autrefois si vivace, se riva sur le plafond, la faisant ressembler à une poupée de chiffon.

Jess poussa un cri guttural provenant du plus profond de son être. Elle posa son visage sur le ventre ensanglanté de sa meilleure amie, tout en sentant son cœur se briser en mille morceaux. Elle avait mal, elle avait l'impression qu'on déchirait son corps, qu'on lui arrachait les membres un à un, qu'elle mourait de l'intérieur. Ses poumons brûlaient à chaque inspiration et sa mâchoire lui faisait mal tant elle la serrait. Ses larmes se mêlèrent au sang et son chagrin la submergea telle une vague obscure.

— Quel dommage, articula Sir Vyr d'un air amusé en s'approchant.

Jess se retourna vers lui tel un animal sauvage protégeant son territoire. Elle ne le laisserait pas poser un doigt sur Khala !

— Je vais te tuer, Vyr, le menaça-t-elle d'un air grave.

Puis, enveloppée d'aversion et d'amertume, la semi-magique percevait quelque chose se manifester en elle. Une lumière jaillit de sa poitrine, traversant ses veines pour venir envelopper son corps. Elle sentit de la puissance pure couler dans son sang et laissa échapper un cri de guerre.

Des flammes blanches jaillirent de ses yeux et ses longs cheveux noirs se mirent à flotter autour de son visage devenu livide. À chacun de ses mouvements, des filets de magie noire se manifestèrent dans l'air.

Dans cet état, elle ressemblait plus à un démon qu'à un mage. Ce fut alors qu'elle sourit en se relevant, couverte de sang et prêtre à mettre un terme à la folie de Sir Vyr comme son père le lui avait demandé.

Et elle le ferait atrocement souffrir pour chacun de ses crimes.

CHAPITRE 45

Debout devant ses ennemis, Jess sentit ses pieds quitter le sol et la magie surgir de ses mains. Des filets noirs traversaient l'air et l'enveloppaient, ressemblant à des ombres prêtes à dévorer quiconque dont elles croisaient le chemin.

L'aversion qu'elle ressentit fut démultipliée, plongeant ses griffes dans son esprit rempli de soif de vengeance. Elle ne demandait qu'à tourmenter ses ennemis jusqu'à les rendre fous, à voir la détresse envahir leurs traits. Un sourire machiavélique envahit ses lèvres à cette idée tordue, tandis qu'une force incommensurable germait à l'intérieur de son organisme, prête à tout dévorer sur son passage.

Elle ne s'était encore jamais sentie aussi en accord avec elle-même.

Pour la première fois, elle vit de l'hésitation prendre place sur le visage de Sir Vyr, le poussant à reculer d'un pas. Torin resta immobile, pétrifié par les événements qui se déroulaient devant ses yeux. Aucun d'entre eux ne s'était attendu à ce retournement de situation.

— Vous allez payer pour vos crimes, leur promit Jess avec une voix qu'elle ne reconnut pas.

Sans même savoir ce qu'elle faisait exactement, elle leva les bras en l'air. La salle du conseil commença aussitôt à se distordre, se déchirant peu à peu comme une photo qu'on détruisait. Au fur et à mesure des secondes, les fissures dimensionnelles s'étendirent, s'agrandirent, recouvrant les moindres coins de la pièce.

Torin tenta de se raccrocher à une des étagères afin de ne pas être emporté dans une autre dimension, mais une surface invisible l'en retint. De l'obscurité engloutissait les murs en pierre, le sol en mosaïque et les vitraux écarlates jusqu'à ce qu'il n'en reste plus rien.

À son insu, Jess créait une toute nouvelle dimension aussi sombre que la rage qui habitait son cœur. Elle ne tarda pas à entourer le trio de toutes parts, les enfermant dans un abysse infini. Ils ne se trouvaient plus dans le monde magique.

— Mon fils, ceci est le pouvoir que nous procurera l'artefact, murmura Sir Vyr à son descendant en lui montrant la baguette surnaturelle qu'il tenait.

Il ne lui manquait plus qu'elle soit activée.

Tout à coup, l'espace funèbre qui les entourait commença à tourner dans tous les sens. Puisque sa créatrice n'avait pas encore défini les lois de la gravité, elle le faisait mouvoir à sa guise. Il lui suffisait de l'imaginer. Sir Vyr et Torin tentaient de trouver leur équilibre, mais elle le leur ôta à chaque fois de nouveau, les secouant de gauche à droite.

Un sourire maléfique prit place sur ses lèvres, alors qu'elle renversa ses adversaires à genoux avec un simple mouvement du doigt. Ils étaient ses marionnettes, elle était à présent en mesure de faire tout ce qu'elle souhaitait avec eux. Et elle se réjouit à cette idée, envahie par une vague d'euphorie en s'imaginant leurs morts douloureuses.

Ainsi, elle commença sa torture en leur ôtant la vue. Paniqué, Sir Vyr laissa échapper la baguette magique de sa main. Jess la récupéra aussitôt, satisfaite de sa ruse.

— Père ? Que se passe-t-il ? lui demanda son fils, désorienté.

Elle aurait pu les laisser se perdre dans le vide de sa dimension à tout jamais avec pour seul guide les échos de leurs propres voix. Mais elle ne leur accorderait pas le privilège de continuer à respirer. Pas après tout le mal qu'ils avaient fait autour d'eux.

Leurs âmes étaient trop corrompues pour pouvoir être sauvées.

Elle voyait qu'ils essayaient de rassembler de la magie au niveau de leurs paumes afin de se défendre, mais aucune étincelle ne se manifestait et pour cause : Jess avait garanti qu'aucun don autre que le sien puisse y exister. Elle était la maîtresse de tout ce qui l'entourait, elle en déterminait les propriétés, et avait décidé que les pouvoirs de lumière n'y avaient pas leur place. Désemparés, effrayés et fragiles, ses adversaires étaient réduits à l'état d'humains.

Et elle n'aurait pas pu imaginer de spectacle plus satisfaisant que l'épouvante inscrite sur leurs traits.

— Meurtrier… chuchota-t-elle dans l'oreille du père.

Sa voix créa des échos à l'intérieur de l'esprit de dernier. Sa respiration accéléra et il trembla tel un animal apeuré.

— Manipulateur... susurra-t-elle ensuite à Torin en posant ses mains sur ses épaules et en enfonçant ses griffes dans sa peau.

Le regard aveuglé du jeune homme partit dans tous les sens, reflétant son angoisse.

— Jess. Ne pars pas, lui dit-il en la retenant par la main.

Elle arqua un sourcil, sachant pertinemment que ceci était son dernier recours, qu'il lui mentirait une fois de plus dans l'espoir de sauver sa peau. Il la dégoûtait, mais le voir la supplier la fit jubiler. Il était si fragile, si insignifiant qu'elle peinait à croire qu'il avait réussi à la berner.

— On a passé de beaux instants ensemble, non ? Et si on laissait tomber cette hostilité et qu'on reprenait tout de zéro ?

Elle pouffa d'un air moqueur. Elle avait attendu bien mieux de sa part.

— Tu parles de tous ces splendides instants au cours desquels tu jouais la comédie ?

Du regret envahit aussitôt le jeune homme. Il savait qu'il avait fait une erreur en lui avouant la vérité, en lui partageant ses vrais sentiments.

— Je... non. Je me suis vraiment attaché à toi.

Elle fut surprise par sa sincérité, mais il était trop tard pour reculer à présent.

— Et qu'est-ce qui te fait croire que je souhaite encore t'avoir à mes côtés, Torin ?

Il resserra sa prise sur sa main, enveloppant la peau de son interlocutrice. S'il avait eu les ongles assez longs, il les aurait enfoncés dans sa chair jusqu'à ce qu'elle ne puisse plus se débarrasser de lui. Il ne l'autoriserait pas à l'abandonner, à le laisser seul face à la mort. Il la retiendrait afin qu'elle le transporte de nouveau dans son univers d'origine.

Soudain, une lame se planta dans l'épaule de la mage dimensionnelle et elle se retourna pour se confronter à Sir Vyr.

— Ta voix t'a trahie, petit monstre.

Étrangement, elle ne ressentit aucune douleur et se débarrassa de l'arme qui l'avait blessée en la lançant dans le vide. Sa blessure se referma progressivement jusqu'à ce qu'elle se soit refermée comme si elle n'avait jamais existé. Dans sa dimension, elle était une déesse, invincible, intouchable.

Elle inspira profondément, avant de rendre la pareille à son ennemi en enfonçant la pointe aiguisée de la baguette magique dans l'œil gauche.

Il recula en gémissant de douleur, alors que des larmes de sang coulèrent sur sa joue. Il recouvrit son visage de ses mains lorsque Jess retira l'artefact de son globe oculaire d'un coup sec. L'objet qu'il avait le plus convoité au monde le mènerait à une fin sinistre.

Pour la première fois de sa vie, elle ne ressentait aucune pitié, aucun remords. Elle était prête à mettre un terme à la corruption qui avait hanté l'Académie Covett pendant tout ce temps. Prête à venger son père et Khala.

Avec un mouvement de la main, elle projeta Torin en arrière. Puis, elle se laissa flotter un peu plus loin, apaisée, et compressa l'air de la dimension en contractant les doigts dans le but d'immobiliser ses deux cibles. Debout devant eux, elle leur rendit leur vue afin qu'ils puissent admirer le visage de celle qui mettrait fin à leurs vies misérables.

Elle avait assez joué.

— Jess, ne fais pas ça. Tu n'es pas une meurtrière, tenta de la convaincre le fils.

Elle ne l'avait encore jamais vu aussi effrayé et se réjouit malgré elle de ce qu'elle voyait. Plus tôt, c'était elle qui l'avait contemplé de la sorte, l'air suppliant. Elle lui rendait simplement la monnaie de sa pièce.

— Ceci est pour Khala et mon père, articula-t-elle sur un ton calme.

Elle avait déjà fait la paix avec l'idée qu'elle était sur le point de commettre un acte horrifiant. Les laisser en vie présentait un trop grand risque. Après tout, elle avait vu trop de méchants revenir dans le second volet des films et livres humains.

Des éclairs, issus de la magie de lumière que Torin lui avait cédée, jaillirent de ses yeux. En une fraction de seconde, ils s'abattirent sur les visages de ses ennemis, les défigurant et les tuant sur le coup.

Elle regarda leurs cadavres flotter dans le vide auquel elle avait donné naissance et soupira. Il aurait été préférable que l'histoire n'ait pas à se terminer de la sorte, mais certaines fins n'étaient tout simplement pas faites pour être heureuses.

Elle ferma les yeux et laissa ses mains tomber le long de son corps. L'air autour d'elle commença à se modifier et les fissures réapparurent, laissant entrevoir la salle du conseil de l'Académie Covett. Chaque élément retrouva sa place, la ramenant progressivement dans le monde où tout avait commencé.

Ses paupières s'ouvrirent lorsque plus qu'une fine faille se trouva devant elle. Une fois cette dernière fermée, il n'y avait plus aucun moyen de récupérer les corps de Sir Vyr et Torin. Après un long silence et avoir contemplé leurs cadavres, elle fit disparaître le passage une bonne fois pour toutes. La justice venait d'être rendue.

— Jezebel ?

Elle se retourna vers Matiak qui avait repris ses esprits. Toujours enchaîné au mur de la salle du conseil, il l'observa avec un regard confus et elle accourut aussitôt pour le libérer.

Une fois ses entraves détachées, elle le serra dans ses bras de toutes ses forces, heureuse de voir qu'il allait bien grâce à Khala. Elle n'aurait pas supporté de le perdre, lui aussi.

— Qu'est-ce qui s'est passé ? demanda-t-il en observant le cadavre de la mage de création allongé plus loin.

Jess déglutit avec difficulté.

— Sir Vyr et Torin ont voulu récupérer cet artefact et ont drogué les gardiens, volé leurs bijoux et tué Khala afin de tenter d'y parvenir.

Elle leva la baguette magique en l'air, tremblante.

— Où sont-ils ?

Il était à l'affût du moindre bruit, du moindre danger. Prêt à intervenir s'il le fallait.

— Quelque part où ils ne feront plus jamais de mal à personne, répondit son interlocutrice en posant ses mains sur les joues traversées de plaies du chasseur.

Elle n'avait pas la force de lui avouer qu'elle les avait tués, qu'elle était capable et responsable d'un meurtre. Ce n'était pas l'image qu'elle voulait qu'il ait d'elle. Le chasseur hocha la tête sans lui poser la moindre question. Après avoir été torturé par Sir Vyr, il y avait des choses qu'il préférait ne pas savoir.

Ils se relevèrent lentement, tous les deux dépassés par la situation. Que devaient-ils faire, maintenant ?

— Il faut que personne ne sache rien de ce qu'il s'est produit aujourd'hui. Si quiconque a vent de l'existence de cet artefact, l'histoire peut se répéter dans les années à venir. Dis-m'en le minimum afin que je ne sois pas en mesure d'en parler par inadvertance. Pendant que tu remets cet objet à l'abri, je rapporterai les bijoux aux gardiens, lui proposa Matiak après un court silence.

Même après avoir été malmené, il ne perdait pas le nord. Il était un guerrier, après tout.

— Je pense qu'en effet, il est judicieux de n'en parler à personne, mais que fait-on pour Khala ? Je refuse qu'on fasse disparaître son corps sans qu'il puisse être enterré, elle mérite mieux que ça. Elle a risqué sa vie pour guérir tes blessures.

Il observa ses plaies dont la plupart s'étaient miraculeusement refermées, remplacées par des traits rougis et des cicatrices.

— Pourquoi aurait-elle fait ça ?

— Parce qu'elle a un cœur généreux. Si ça ne dépendait que d'elle, elle sauverait chaque être vivant de ce monde de la mort.

Il hocha la tête en observant le corps ensanglanté de la jeune femme. Perdu dans ses pensées, il cherchait la meilleure solution possible. Elle méritait un bel enterrement.

— J'ai entendu Sir Gödrindt dire qu'elle passait ses heures libres dans la forêt à parler aux animaux. Et si on déplaçait son corps jusqu'à là-bas pour faire croire qu'elle y a été attaquée ?

Le trou béant dans son ventre risquait de poser un problème, mais Jess ne trouva pas de meilleure solution. Et le temps pressait. Alors, elle acquiesça à contrecœur.

— Faisons ça. Attends ici que je remette en place l'artefact avant d'ôter les bijoux de leurs fleurs respectives. Autrement, le passage secret se fermera.

Matiak hocha la tête, attendant patiemment qu'elle le rejoigne de nouveau.

Elle descendit dans la salle souterraine afin de rendre la baguette en diamant noir à son socle. Une fois l'objet en place, elle effaça les traces de son sang du dahlia noir gravé dans la pierre à l'aide de sa manche. Les chaînes magiques s'élevèrent aussitôt dans l'air, avant de se remettre à tourner à une vitesse fulgurante autour du trésor qu'elles protégeaient. Tout était revenu à son état d'origine.

Satisfaite, Jess recula lentement en chuchotant :

— J'ai réussi, papa.

Puis, elle remonta à la surface et l'escalier en colimaçon se referma une bonne fois pour toutes lorsque

Matiak collecta les bijoux pour les rendre à leurs propriétaires encore endormis. Il détala à peine quelques secondes plus tard, concentré sur sa mission essentielle.

Seule dans la pièce, Jess s'agenouilla auprès de Khala et serra sa main immobile dans la sienne. Penchée par-dessus son visage d'habitude si souriant, elle pleura toutes les larmes de son corps jusqu'à avoir l'impression de s'étouffer.

Chapitre 46

Jess se trouvait debout à côté du banc où elle avait rencontré Torin pour la première fois. Les nuits précédentes, entre ses nombreuses insomnies, le visage apeuré de ce dernier avait hanté ses rêves. Tout comme ses dernières paroles.

« Je me suis vraiment attaché à toi. »

Elle inspira en serrant les poings. Dès qu'elle pensait à ce qu'elle avait fait, elle éprouvait une haine incommensurable envers elle-même.

Il n'y avait pas le moindre doute : elle était une meurtrière. Dangereuse, puissante, elle devait à tout prix se contrôler à l'avenir. À ce train, elle serait même en mesure de détruire l'intégralité de la dimension si elle le souhaitait !

Le décès de Khala avait laissé un vide dans son cœur, la poussant à s'isoler et à s'enfermer dans sa bulle. Les conditions douteuses de sa mort lui avaient attiré de nombreuses suspicions, mais Matiak avait saboté les recherches des supérieurs afin de garantir qu'aucune piste ne pointe vers Jess. Toutefois, la coïncidence du réveil de sa magie avec la disparition de Sir Vyr et Torin était plus difficile à camoufler. Heureusement, sans preuves concrètes, toutes les théories qui circulaient au sein du conseil ne restaient que des spéculations. Et il fallait à tout prix que ç'en reste ainsi.

Jess leva la tête au ciel en expirant profondément. Tant de poids pesaient sur son cœur à présent. Mentir au quotidien lui pesait et les gardiens, suspicieux, l'observaient autant qu'ils le pouvaient.

Ils l'avaient laissée tranquille jusque-là, mais elle savait que ses devoirs de mage dimensionnelle ne tarderaient pas à la rattraper. Et elle ne pouvait en aucun cas les déléguer puisqu'elle était la seule à être en mesure de les accomplir depuis l'éveil de sa magie. On lui demanderait bientôt de rejoindre le conseil, de prendre la place qui lui revenait de droit, mais elle ignorait si elle en serait capable.

— Je te cherchais, l'interpella soudain une voix masculine.

Elle se retourna lentement vers Matiak en lui adressant un sourire faible. Ils ne s'étaient plus parlé depuis l'attaque de Sir Vyr une semaine plus tôt. Elle appréciait le fait qu'il lui laisse le temps de digérer les événements récents. Seule.

Surtout après que le corps mutilé de Khala ait été retrouvé dans la forêt et que sa mort soit jugée un accident. En voyant des mages chasseurs récupérer la dépouille de sa meilleure amie, Jess avait eu envie de crier la vérité de toutes ses forces, de tout leur confier. Toutefois, elle s'en était abstenue, et avait éclaté en larmes, consciente des conséquences que son honnêteté aurait.

— Tu m'as trouvée, murmura-t-elle.

Elle avait tant été trahie depuis son arrivée, mais savait que le chasseur était quelqu'un en qui elle pouvait avoir confiance. Il était le seul, d'ailleurs. Il avait gardé son secret, il l'avait couverte, défendue.

Bien sûr, sa mère, qu'elle avait hâte de revoir, restait sa plus grande confidente. On lui avait promis qu'elle aurait le droit de la visiter bientôt. En échange de sa loyauté envers les gardiens, bien entendu.

— Il se fait tard, tu vas attraper froid, Jess.

Elle hocha la tête avec le regard vide. Il ne l'appelait Jezebel qu'à l'abri des regards. C'était un de leurs nombreux secrets.

— Rentrons, finit-elle par répondre en enveloppant son corps de ses bras.

Depuis l'affrontement contre Sir Vyr et Torin, elle n'avait plus été la même qu'auparavant. Son esprit était rempli de pensées chaotiques, de « et si », d'hypothèses. Ça lui arrivait d'oublier les tâches les plus fondamentales de son quotidien, trop préoccupée par les images de la mort de Khala. Sa meilleure amie. Parfois, elle entendait encore son rire lézarder les couloirs de l'Académie

— Les gardiens m'ont demandé de te conduire à ta nouvelle chambre. Puisque tu rejoindras bientôt les rangs du conseil, il est plus judicieux que tu t'installes dans l'aile qui nous est réservée.

Elle leva son regard triste vers celui de Matiak, étonnée.

— Est-ce que ça veut dire que je…

Sa voix mourut dans sa gorge, alors qu'elle réfléchit au précédent résident ayant habité là.

— Oui, tu occuperas les quartiers de ton père, devina son interlocuteur en observant son air si fébrile.

Il l'avait connue si forte, si intimidante, si glaciale. Alors, cette nouvelle facette d'elle le terrifiait. Il avait l'impression de la voir tomber en morceaux devant ses yeux. Elle était plus tenace que ça, non ?

— Mais tout a malheureusement été vidé à sa mort.

De la déception envahit aussitôt les traits de la jeune femme. En même temps, à quoi s'était-elle attendue ?

Elle hocha la tête, avant de se mettre à avancer à travers le jardin. Les deux mages se redirigeraient vers l'intérieur de l'Académie et elle se retint de faire signe à Matiak de se rapprocher d'elle. Ils devaient maintenir une certaine distance afin de ne pas s'attirer de soupçons quant à leur relation.

Elle aurait tout donné pour pouvoir retrouver l'insouciance qu'elle avait ressentie en se trouvant dans ses bras une semaine auparavant. Avant qu'elle ne découvre ce qu'il se tramait vraiment autour d'elle.

Alors qu'elle avançait, toute l'attention était rivée sur elle. On l'observait en permanence depuis le réveil de sa magie dimensionnelle. Les élèves paraissaient intimidés, mais dans leurs yeux brillait un grand respect. Jess n'était plus considérée comme un monstre, elle était devenue une des créatures les plus puissantes du monde magique. Et un tel pouvoir changeait la donne.

Si seulement ils savaient ce que j'ai dû faire pour en arriver là, songea-t-elle en baissant la tête.

Ils n'avaient aucune idée du massacre qui avait eu lieu au sein de l'Académie Covett ni de la menace qui avait pesé sur son existence. Les gardiens avaient inventé une explication au sujet de la disparition de Sir Vyr et Torin afin d'apaiser les tensions. Cependant, Jess savait que plusieurs étudiants l'accusaient du meurtre de Khala en faisant le rapprochement avec le réveil de sa magie. À vrai dire, c'était une hypothèse beaucoup trop plausible.

En atteignant ses nouveaux quartiers de gardienne, situés loin de ceux des élèves, elle observa Matiak qui lui fit aussitôt signe d'en ouvrir la porte. Elle posa une main hésitante sur la poignée.

Son père avait dormi ici, il avait vécu ici. Elle aurait dû se sentir plus proche de lui, mais éprouva tout le contraire.

— Si tu as besoin de quoi que ce soit… commença Matiak en attendant qu'elle entre pour retourner à son tour dans ses appartements.

Il ne lui reprochait en aucun cas son air distant, bien qu'elle sache qu'elle lui devait une clarification quant au statut de leur relation. Ça faisait quasiment une semaine qu'elle l'évitait par peur de devoir faire face à ses propres sentiments. Le surplus d'émotion qui la traversait embrouillait son esprit d'habitude si rationnel et contrôlé.

Alors, terrifiée à l'idée de le perdre, elle se retourna vers lui et attrapa son poignet en douceur.

— Souhaiterais-tu rester dans ma chambre, ce soir ? l'interrompit-elle en sentant son cœur se serrer.

Malgré tout ce qu'il s'était passé entre eux, tout ce qu'il avait fait pour elle à son insu, elle avait peur qu'il refuse sa proposition.

Un sourire bienveillant étira les lèvres du chasseur et il posa sa paume sur sa joue gauche.

— Bien sûr, Jezebel.

Il la prit dans ses bras et elle se laissa aller à son étreinte, se détendant pour la première fois depuis des jours. Toute la tension qui avait envahi son être s'évapora, laissant sa place à une sensation de bien-être. Les voix faisant imposture dans sa tête se turent. Savoir qu'elle ne devait pas faire face aux épreuves seule la rassura.

Elle ne lâcha pas la main du mage en entrant dans son nouvel espace personnel composé d'un salon, d'une chambre, d'une salle de bain et d'une salle à manger. Bien qu'on l'ait prévenue, elle était déçue de découvrir qu'on ne lui avait pas laissé le moindre souvenir de son père. La pièce était une toile vierge qu'elle allait devoir s'approprier.

— Tu peux me parler de ta tourmente si tu le souhaites, Jezebel. Je suis toujours là pour t'écouter.

Matiak la regardait droit dans les yeux quand ils s'installèrent côte à côte sur le canapé en tissu gris.

— Je...

Les paroles restèrent bloquées dans sa gorge. Elle n'avait jamais su comment confier quoi que ce soit à quiconque. Ce n'était pas dans ses habitudes de parler de ses problèmes.

Son interlocuteur serra un peu plus fortement sa main dans la sienne pour lui témoigner son soutien.

Cependant, elle ne parvint pas à trouver les mots qu'elle cherchait pour autant.

— Ce n'est pas ta faute. Sir Vyr et Torin se sont précipités vers leur sort d'eux-mêmes. Tu n'avais pas d'autre choix.

Elle secoua la tête en sentant des larmes se presser jusqu'à ses yeux.

— Mais Khala n'avait rien demandé, elle.

Sa voix se brisa en mille morceaux et des gouttes cristallines se mirent à perler sur ses joues. Ses bras tremblaient, elle renifla en tentant de retenir ses pleurs. Elle se sentait si pathétique !

Matiak la serra aussitôt contre lui, tout en passant une main sur sa longue chevelure noire.

— Laisse tout sortir, l'encouragea-t-il d'un murmure.

Elle s'exécuta, sentant toutes les barrières qu'elle s'était construites se briser. Des sanglots s'échappèrent de sa bouche, tandis que ses épaules tremblaient au fil de ses inspirations saccadées. Elle s'accrocha à la chemise blanche de l'homme, sans prendre garde à sa morve qui coulait dessus. Son cœur lui faisait mal, tout autant que ses voies respiratoires brûlantes.

C'était dans des instants comme celui-ci qu'elle aurait préféré être un monstre apathique.

Elle aurait tout donné pour pouvoir réparer ses erreurs, mais à présent il ne lui restait plus qu'une seule chose à faire : apprendre à vivre avec.

Chapitre 47

Allongés sur le dos, Jess et Matiak observaient le plafond surplombant le nouveau lit de la jeune femme.

— Si seulement tu savais à quel point j'étais immature lorsque j'étais un élève ici, lui confia le chasseur.

Elle lui avait demandé de lui parler de son père, de leur passé commun, et il avait accepté avec grand plaisir. Il s'avérait qu'il avait autant besoin de discuter de son défunt mentor qu'elle.

— Ton père m'en faisait toujours voir de toutes les couleurs en prétextant qu'il voyait du potentiel en moi et que je le gâchais. Je l'ai maudit à chaque fois que je rentrais chez moi avec des courbatures, mais, en grandissant, j'ai compris qu'il était mon soutien le plus précieux.

— Et ta famille ?

Il déglutit avec difficulté.

— Quand mes parents ont appris que j'étais un mage chasseur, ils m'ont abandonné à l'Académie. Je ne connais pas leurs noms ni leurs visages et je n'ai aucune envie de les découvrir maintenant. J'ai grandi à l'institut et, puisque ton père passait également tout son temps ici et ne rentrait jamais pour les vacances, nous avons appris à nous tolérer en nous entraînant ensemble à nos heures perdues.

Il sourit à ce souvenir, visiblement peu affecté par l'absence de sa famille de sang. Au lieu de ça, il avait trouvé celle du cœur.

Jess se redressa sur ses coudes, tout en l'observant avec les sourcils froncés.

— Pourquoi te rejetterait-on ?

Il ricana, avant de soupirer.

— Comme je te l'ai dit, aux yeux de certaines familles, les mages chasseurs sont l'espèce magique la plus faible de toutes. Certains préfèrent nous rejeter plutôt que de devoir élever un échec pareil.

Quelle horreur ! pensa Jess en secouant la tête.

— Mais tes parents n'étaient pas des mages chasseurs eux-mêmes puisque tu en es un ?

— Parfois, la génétique saute des générations. Si un de mes grands-parents était un mage chasseur, mes géniteurs ne sont pas obligés d'en être pour que je naisse de la sorte.

Elle assimila ces informations clés dont elle ne savait rien jusque-là. À vrai dire, on ne lui avait pas confié grand-chose au sujet du monde magique ou son fonctionnement depuis son arrivée.

— Sauf pour les mages dimensionnels... réfléchit-elle à voix haute.

Matiak se tourna aussitôt en sa direction, ancrant son regard dans le sien. Ils se fixèrent l'espace d'un instant, avant qu'elle ne se dépêche de compléter :

— Parce qu'ils ne peuvent avoir qu'un seul enfant, donc il sera forcément un mage dimensionnel, non ?

Le chasseur hocha la tête, amusé. Il se délectait visiblement de l'embarras qui se dessina soudain sur le visage de son interlocutrice.

— Tu penses déjà à des enfants ? J'ignorais que tu avançais aussi rapidement, la taquina-t-il en se rapprochant d'elle.

Elle grimaça en se mettant de petites tapes sur le front.

— Je... non... ce n'est pas...

Elle détestait être à court de mots, mais ne parvenait pas à trouver ceux qu'elle cherchait.

Matiak, lui, laissa échapper un petit rire en se redressant pour s'asseoir en tailleur sur le matelas. Il posa sa grande main sur celle avec laquelle Jess se frappait et l'éloigna de son visage.

— Je ne sais même pas si je souhaite avoir des enfants, lui avoua-t-elle soudain.

Elle s'était toujours considérée comme une femme qui se concentrerait majoritairement sur sa carrière et rien d'autre. Alors, savoir que la survie d'une lignée magique entière était entre ses mains réveilla une profonde angoisse en elle. Est-ce qu'on lui donnerait le choix ?

— L'avenir dont tu parles est si lointain, gardienne.

Matiak la contempla avec un sourire compatissant aux lèvres, comme s'il savait exactement à quoi elle pensait.

— Ton destin t'appartiendra toujours, la rassura-t-il en remettant une de ses mèches derrière son oreille.

Jess sentit son cœur se remplir de bonheur face à ces paroles et un air espiègle envahit ses traits.

— Tu penses être mon destin, chasseur ? le défia-t-elle.

Aucun challenge ne lui résistait. Alors, il se rapprocha encore un peu plus d'elle jusqu'à ce qu'il la surplombe. Avec comme seul appui ses coudes, elle le fixait d'un regard enflammé, attendant qu'il rapproche sa bouche de la sienne.

Il ne tarda pas à s'exécuter, caressant son visage de son souffle chaud. Si elle avait pu se servir de ses bras, elle l'aurait déjà attiré à elle. Mais, il préférait prolonger le jeu et la pousser à attendre son baiser.

— Je l'espère bien, susurra-t-il contre ses lèvres.

Elle serra les poings, avant de se laisser tomber sur le dos et d'enlacer ses bras autour du cou de l'homme. Reprenant le contrôle de la situation, elle ne pouvait pas s'empêcher de sourire face à sa propre audace.

— Fais vite, avant que ta gardienne ne s'échappe.

Les yeux du mage se mirent à briller de malice.

Il plaça ses mains des deux côtés du corps de Jess, avant de l'embrasser avec tendresse. Des chocs agréables, euphoriques, parcoururent leurs organismes, incitant leur baiser à gagner en intensité.

Jess l'attira à elle, friande de sa bouche et de son contact physique. Il lui avait manqué.

Leurs langues se retrouvèrent dans un tango sensuel et la jeune femme ne put pas empêcher son souffle de devenir plus saccadé. Tous ses soucis s'évaporèrent l'espace d'un instant, remplacés par une ivresse indescriptible.

Elle était une mage à présent, elle n'avait plus besoin de craindre d'aspirer de la magie de quiconque. Elle pouvait complètement lâcher prise et se laisser aller à la délicieuse étreinte qui l'attendait. Son pouvoir coulait à travers ses veines, amplifiant chaque toucher brûlant de Matiak sur sa peau. Ces sensations étaient démultipliées par sa nouvelle nature.

Alors, lorsqu'il déposa une traînée de baisers le long de son cou, elle en eut le souffle coupé. Elle n'avait encore jamais rien ressenti de tel. Ses hanches se rapprochèrent d'elles-mêmes des siennes, tandis qu'elle retenait tous genres de sons indécents de sortir de sa bouche.

L'homme posa ses mains sur les siennes, enlaçant leurs doigts tremblants de désir.

Soudain, alors que son nom faillit franchir les lèvres de Jess dans un souffle rauque, il se releva. Le sort fut aussitôt brisé.

— Jezebel, tu…

Il laissa son pouce glisser jusqu'à son œil afin d'effacer une larme qui y coulait. Elle toucha à son tour ses joues trempées en fronçant les sourcils.

— Matiak, je ne sais pas pourquoi…

Sa voix mourut dans sa gorge.

— Ne t'inquiète pas, je sais que tu as besoin de temps, la rassura-t-il en se laissant tomber à ses côtés sur les draps.

Elle se tourna vers lui pour lui faire face et il remit une de ses mèches derrière son oreille. Puis, elle se colla contre son torse réconfortant et il passa ses grandes mains sur son dos. Il l'enlaça comme si elle était la chose la plus précieuse et fragile au monde.

— La douleur s'atténuera avec le temps, je te le promets.

Ses paroles douces avaient tout d'une promesse. Il savait visiblement de quoi il parlait et elle avait hâte d'apprendre à mieux le connaître dans le futur. Elle ne cherchait qu'à être sa confidente.

J'apprendrai à m'endurcir, songea-t-elle en se souvenant de ce que l'ombre lui avait murmurée dans un de ses rêves. Un jour, elle serait la puissante mage dimensionnelle qu'on lui demandait d'être.

En attendant, elle patientait pour que le sommeil vienne la chercher dans les bras de Matiak.

Epilogue

Debout sous la pluie, Jess observait la tombe de Khala avec le regard mélancolique. Chaque jour, elle venait y déposer un bleuet, la fleur représentant la magie de sa meilleure amie.

— Tu étais trop douce et gentille pour ce monde, murmura-t-elle en lisant encore et encore les mots inscrits sur la pierre tombale.

Khala Germain
Mage de création
Fille adorée et amie précieuse

Jess aurait aimé y graver une multitude d'autres qualificatifs, mais n'avait pas eu son mot à dire. Naturellement, ses parents avaient décidé de tout. Et la mage dimensionnelle savait qu'ils la tenaient pour responsable quant ç'en venait au décès de leur fille.

Avant son arrivée à l'Académie Covett, la scolarité de Khala s'était déroulé à merveille à leurs yeux.

Chaque jour, Jess se détestait d'avoir mené sa meilleure amie à la mort. Matiak la rassurait en lui affirmant qu'elle n'aurait rien aimé plus que de savoir que la dimension perpétuait en paix.

Elle ne croyait jamais à ces paroles, mais savait que Khala n'aurait pas apprécié la voir se morfondre. Pas après l'avoir protégée au prix de sa vie.

Jess apprendrait à se reconstruire au fil du temps, mais ça n'en avait pas rendu les funérailles plus faciles à vivre.

— Dame Handers, le conseil vous demande, l'interrompit soudain une voix féminine.

Lorsqu'elle se retourna, elle se trouva face à Dame Kishi qui l'observait avec sympathie, les yeux orange remplis de compassion. Quelque chose en elle avait changé depuis la disparition de Sir Vyr. Elle semblait plus lumineuse, plus éveillée.

— J'arrive, se résigna Jess en soupirant.

En tant que nouvelle et seule mage dimensionnelle, elle avait été contrainte d'intégrer le conseil des gardiens. Elle occupait à présent la place de son père et portait son collier et sa bague sertis d'onyx. Maintenant qu'elle se sentait si proche de lui et de sa lignée, elle ne s'était encore jamais sentie aussi éloignée d'elle-même.

Au moins, on continuait à l'entraîner afin qu'elle apprenne à maîtriser ses nouveaux dons et cela lui permettait de se changer les idées lorsqu'elle en avait le plus besoin. Après tout, dans le monde humain, étudier lui avait permis de se sentir vivante et il en était de même à l'Académie Covett.

Elle se détourna de la tombe et suivit celle qui était venue la chercher. En traversant les couloirs de l'institut, Jess aurait aimé lui poser mille questions, mais fut devancée :

— Je suis navrée de ne pas avoir pu t'avertir du danger en personne.

Du danger ? Désignait-elle les plans de Sir Vyr et Torin ? Avait-elle été au courant tout du long ?

Soudain, Jess se souvint de ses rêves, de la figure obscure à la voix féminine, et du pouvoir phare des mages des rêves. Enfin, les pièces du puzzle s'emboîtèrent une bonne fois pour toutes.

— Vous êtes celle qui a tissé mes rêves de la pièce secrète ? Vous connaissiez l'existence de l'artefact depuis le début ?

Dame Kishi soupira en hochant la tête.

— Ton père m'avait confié ses secrets en me faisant promettre de t'aider l'instant venu. Il savait que ses rivaux passeraient à l'acte un jour ou un autre, qu'il finirait assassiné.

Au final, Jess avait fait confiance aux mauvaises personnes du début à la fin. Elle avait pris ses alliés pour des ennemis et ses ennemis pour des alliés.

— Pourquoi ne pas m'avoir avertie de façon moins énigmatique ? Pourquoi ne pas être venu me voir avant qu'il ne soit trop tard ?

Si on lui avait clairement fait part de ce qui était sur le point de se produire, elle aurait pu mieux s'y préparer.

— Je pensais jouer la carte de la sécurité en te communiquant les indices à travers tes rêves. Mais ce qu'on voit en étant endormi n'est pas aussi précis que ce qu'on perçoit lorsqu'on est réveillé. L'interprétation des messages n'est pas une science exacte et appartient entièrement à celui qui les vit. Là est toute la difficulté de tisser des rêves, même pour une gardienne comme moi. Puisque je n'avais aucune idée de l'identité du meurtrier de ton père, j'ignorais de qui me méfier. À ma connaissance, quelqu'un cherchait à obtenir l'artefact, mais je ne me doutais pas que cette personne soit Sir Vyr.

— C'est pourquoi il a réussi à vous droguer et à récupérer vos bijoux à votre insu, compléta Jess en retenant son souffle.

Bien qu'elle ait tué l'ennemi et abandonné son cadavre dans une autre dimension, elle avait l'impression qu'il l'observait toujours depuis l'ombre. Sa plus grande frayeur était de le voir franchir les portes de l'Académie Covett une fois de nouveau, même si c'était impossible.

— Je pense que c'est une sage décision de garder l'existence de l'artefact secrète afin que personne ne puisse en tirer profit. Soyons des alliées à l'avenir, Jezebel Handers.

Elle observa longuement Dame Kishi, avant de hocher la tête et de lui serrer la main. En tant que nouvelle gardienne, elle allait avoir besoin de toute l'aide possible et inimaginable qu'elle pouvait se procurer. Surtout maintenant que sa magie dimensionnelle s'était réveillée et parcourait sauvagement ses veines au quotidien.

En entrant dans la salle du conseil, Jess vit, comme à chaque fois, la mort de Khala se reproduire devant ses yeux. Elle les ferma donc un bref instant et se concentra sur les cinq gardiens assis à la grande table en bois.

Matiak lui sourit aussitôt, sachant pertinemment ce qu'il se passait à l'intérieur de l'esprit de sa bien-aimée. Leur secret les rongeait tous les deux, les unissant jusqu'à leur mort. Leurs lèvres étaient scellées pour le bien de leur monde.

— Dame Handers, nous vous attendions, la salua Dame Shizumi sur un ton autoritaire.

Elle ne lui avait pas pardonné l'insolence dont elle avait fait preuve lors de leur dernier cours.

— Je vous prie de m'excuser de mon retard. Que se passe-t-il ?

Elle s'installa sur la chaise marquée d'un dahlia noir et joignit ses mains devant elle dans l'espoir de paraître sérieuse.

— Aujourd'hui, nous allons déterminer qui sera le prochain mage de lumière à intégrer les rangs des gardiens. Depuis la disparition de Sir Vyr et de son fils, les élèves se posent trop de questions, expliqua Dame Duroy avec une pointe de suspicion dans la voix.

Elle trouvait que l'absence de Sir Vyr et le réveil du pouvoir de Jess coïncidaient curieusement. Il n'y avait aucun doute qu'elle garderait un œil sur la jeune femme au cours des mois à venir.

— Commençons alors, leur répondit la mage dimensionnelle sur un ton assuré.

Personne d'autre que ses alliés ne découvrirait la vérité. Elle s'en assurerait au prix de sa vie.

Vous avez aimé ce livre ?

Alors, n'hésitez pas à partager votre avis sur les réseaux ou de laisser un avis sur Amazon afin de soutenir Jess et ses amis !

Retrouvez bientôt Jess dans le second tome de la saga :

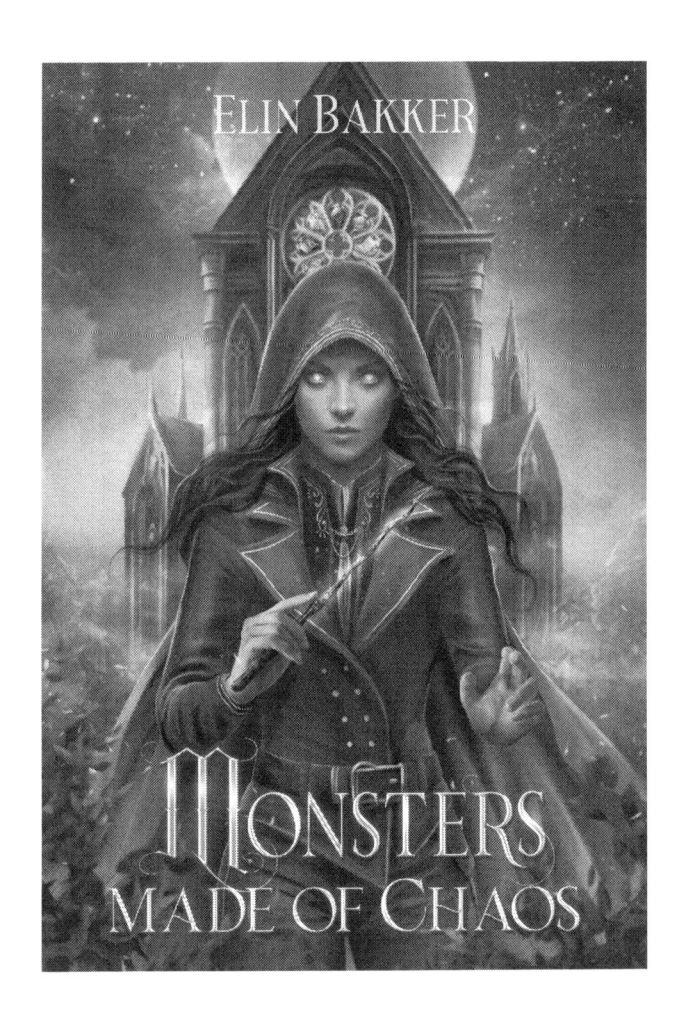

REMERCIEMENTS

À l'origine, Monsters made of magic était un projet détente sans prise de tête. Pourtant, j'ai rapidement compris que Jess avait plus à raconter que je l'avais anticipé… et que les secrets de l'Académie Covett étaient trop denses pour être démantelés en un seul tome. C'est ainsi qu'à vu le jour ma première trilogie.

J'ai tant de personnes à remercier pour l'aboutissement de ce roman !

À commencer par Nico qui a donné vie à Jess et à l'académie avec sa magnifique couverture ! Merci aussi à Sila qui a illustré à merveille mes personnages sur les cartes de tarot en début de roman !

Merci à mes bêta lectrices Inès, Adélina, Charlotte, Jessica, JeVousLis !

Merci à Colyne d'avoir corrigé ce roman avec rigueur et bienveillance !

Merci à Lydia, Mathilde, Alice, Pris, Marina et Gwen pour vos conseils au sujet de l'intrigue et pour votre éternelle gentillesse !

Merci à Caly, Marine, Merry-Ann, Ludivine, Nesrine, Charlie et Néo d'avoir accepté de chroniquer ce petit roman sorti de nulle part !

Merci à mon cœur qui m'a soutenu encore et encore (même lorsqu'il en avait assez d'entendre parler de Jess) !

Enfin, merci à VOUS d'avoir lu ce roman ! J'ai tellement hâte de vous faire découvrir la suite des aventures de Jess !

L'AUTRICE

Depuis petite, Elin Bakker écrit des romans fantasy et science-fiction. Elle adore s'échapper dans de nouveaux mondes et entraîner ses lecteurs dans son imagination (parfois) déjantée. Dans la vie de tous les jours, elle passe inaperçue avec un chaï latte à la main. La nuit, dans ses rêves, elle parcourt des couloirs de manoirs abandonnés avec un chandelier et un livre à la main.

Printed by Amazon Italia Logistica S.r.l.
Torrazza Piemonte (TO), Italy